一 九 八 〇 年 代 的 中 國 青 年 趕 潮 小 說

火燄
二部曲

李三一・著

主題歌

火焰把鋼鐵煉造，
火焰把人生鑄陶；
火焰將靈魂淨化，
火焰把厄運燒焦。
啊，愛情是火焰，
掉入冰窟也要燃燒；
生命是火焰，
打入地獄也要燃燒。

謹以此獻給自強不息的青年們！

火燄自序

一九九〇年春夏之交，為「六四」民運一周年之祭，有感於國事家事，回首自己前半生的坎坷經歷，目及社會上的污濁與腐敗，思考著中華民族的前途和命運，終日鬱悶悱惻．食不甘味，夜不能寐，腸一日而九回，總感不吐不快，遂產生創作一部長篇小說的衝動。心中的火苗猛一躍，一股烈焰騰然升起，這就是《火燄》的萌生。

創作伊始，我曾寫下誓言：「我將以詩人的激情、哲學家的睿智、歷史學家的深沉、經濟學家的實在創作出一部劃時代的巨著，以拯當今文學之衰微，獻給我們的民族，以慰先人之英靈。」懷著這種理念，就將此書寫成一部政治歷史小說。通過主人公前半生的奮鬥、成長史概括反映中華人民共和國成立四十年來的社會發展簡況，由此也就反映了社會主義運動在中國的發展簡史。主人公張秋水是一個有理想有抱負的熱血青年，他企圖通過個人奮鬥幹出一番大事業來，但他出身寒微，處處碰壁，動輒得咎，欲益反損，嚴酷的現實將他的理想撕得粉碎。這時擺在他面前的只有兩條路，一條是自滅，一條是自強，古往今來，多少滿懷激情的奮鬥者都是在這樣的自生自滅中消失。少年意氣，揮斥方遒，指點江山，激揚文字，而老來萬念俱寂，萬事皆空。張秋水在同命運的抗爭中，在厄運的壓迫下，沒有倒下去，一次次失敗，一次次打擊，他都揩揩身上的血跡，舔舔身上的傷口，奮然而前行。他逐漸跳出個人奮鬥的小圈子，立志以天下為己任，為中華民族的崛起而奮鬥，可是在我們這樣的社會裡，幸運的大門永遠也不會朝他這樣的人敞開。奮鬥的結果不但改變不了他的命運，反而更增加了他的人生悲劇。開始他面對的只是社會的不平與不公，後來他面對的卻是龐大的國家機器對他的打擊與制裁。他作為工人階級的一員被投進代表工人階級的政黨所設的監獄裡，出獄以後又被工廠開除了工職，取消了他的工人身分和城市戶口，又回到了原籍農村。由此他的人生軌跡似乎就地劃了一個圈又回到了原點。

我在此書裡只是實事求是地把主人公的命運全盤托給讀者，通過主人公命運去開拓更為豐富深刻的內涵，那還要靠讀者各自去思索，說得太多不免擠佔了別人的想像空間。我不祈求此書名垂青史，只求讀者通過此書的閱讀能對中國的歷史和現實有所感悟，我的同齡人讀罷此書不免脫口而出：「當年，我們那個時候……」

一位朋友對我說：「在我們今天的社會裡，每個人都很忙，許多人忙得連家都認不得了，哪有時間讀這樣厚重的長篇！現在人心浮躁，大家只講實惠，誰還考慮那些沒有任何好處的事？」因此如果此書能給讀者帶來耳目一新的感覺，如果讀者能夠手捧此書一氣讀完，而讀完之後又覺得工夫沒有白費，沒有上當受騙的感覺，則吾願足矣！

一九九〇年秋九月

目次

CONTENTS

第一章 激流滾滾

1

以後的幾年中，張秋水一直沒回過家，他與香蓮僅是名義上的夫妻，沒過過一天真正的夫妻生活，而與沈冰則經常在一起。沈冰畢業後，分配在本市一所中學當教師，她在學校裡有一間宿舍，房間裡只有一張床，一個寫字臺，兩把椅子，其餘的空間全部塞的都是書。四個大書架滿滿的裝著各類書籍，占去了一多半的空間，靠牆的地上放一大塊木板，木板上堆著一摞摞的雜誌、報刊及一些讀書筆記、文稿等，光這些筆記和文稿就能裝幾麻袋，所以這間宿舍就成了他的書齋，八小時之外張秋水幾乎都是在這裡度過的。他同香蓮結婚只有大溶河邊的人知道，在省城，在廠裡，誰也不知道他已是有婦之夫。人們都知道他在同一位中學教師搞戀愛，都說他小子交了桃花運，找一個非常漂亮的大學生。戀愛中的情人在一起無論發生什麼，人們都認為是合情合理的，兩性間傳情達意的方式在談戀愛的過程中是沒有社會界限的，一切表示愛慕、熱戀的方式都可以使用。一個男人的戀愛史再複雜也絲毫不影響他同別的姑娘再戀愛，一個女人在戀愛中即便是多次墮胎，也照樣可以找個漂亮的小夥子，社會對他們不會有什麼壓力，誰也不去管這閒事。在新婚之夜，誰也不會追問對方在以前的戀愛中都幹些什麼。在一對新婚夫妻接吻的時候，誰也不曾顧及對方的唇邊是否還留著先前情人烙上的印記。而一旦結了婚，就再不能有什麼非份之想了，再有非分之想就要遭到世人的唾棄，就要受到法律的干涉。不管那婚姻是什麼性質的，也不論那婚姻是怎麼形成的——強迫的還是自願的，幸福的還是痛苦的，名義的還是實質的。法律上的婚姻只是肉體上的歸屬與佔有。兩個心心相印的靈魂即便沒有任何肉體上的接觸也是心有靈犀，兩個沒有愛情的肉體即便扒光衣服綁在一起，也激不起愛的漣漪。因此從根本上說人的肉體是同動物一樣的，只有靈魂才是屬於人的，人與動物的根本區別就在於人的精神可以同肉體分離，也就是人們常說的同床異夢。

張秋水和沈冰在一起追求的是一種超凡脫俗的心靈契合，是靈與肉的融會，是一種心靈的愉悅與滿足，像盧梭說的一樣：「女人最使我們留戀的並不一定在於感官的享受，主要在於生活在她們身邊的某種情趣。」

張秋水有了這樣的學習環境，又加上沈冰的支持與鼓勵，再一次從痛苦絕望中掙脫出來，奮力拼搏。他白天上班幹活扛大鐵，晚上就到沈冰這裡讀書寫文章。現在劉樹德已提為副廠長了，鄭小芹也到廠辦去做接待工作了，張秋水帶著民工幹活比以前更順了，但卻比以前更累。

他感到在廠裡有種精神上的壓抑，同志之間冷漠得很，每個人都戴上一副假面具，誰也摸不透誰的心，人們之間時刻都有思想戒備。政治學習的時候，幾十個人在一起能保持長時間的沉默，一個人讀報紙，嗓子能累啞，其餘的人卻照樣打瞌睡，討論的時候，科長讓大家發言，每人都守口如瓶，只要有一人說到吃上，頓時氣氛便活躍起來，天南海北亂吹一氣。這樣的政治學習每星期要用三個半天，浪費了許多寶貴時光，倒不如放假好，還可以節省點能源。張秋水在學習會上總是躲在一個牆角裡回味他讀過的文章，思考現實中的矛盾，運籌將要起草的作品，他對時間是絲毫也捨不得浪費的。他口袋裡揣著英語卡片，就是在食堂排隊買飯也要抽出來看一遍。原來他一點外語底子都沒有，在沈冰的幫助下，他現在可以翻譯簡單的外文資料了，也可以看外語報刊，沈冰說他在學習上似乎有股神力。

每天一上班，他就感到自己的身軀像馬一樣被套到轅子上，沉重的大車拖得他筋疲力盡，道道的鞭影時刻在他眼前晃悠，令他鬃毛倒豎，而他的思想同時就被裝進了一個鏽汙的大鐵罐子裡，貼上皇封，不得擅自開啟。當前大報小報連篇累牘在批判白樺的《苦戀》，他不知道《苦戀》都寫些什麼，只能從批判文章裡摘出的片段中窺見它的一斑，從字縫裡看字。報紙說這是資產階級自由化思潮，按這一尺度去衡量，他的思想也是「資產階級自由化」。水溝裡流的總是水，血管裡流的總是血。他知道自己的處境，知道現代人的人性，因此很少同人聊天，顯得更加孤僻。

老右派秦工曾經同他說起自己過去經歷過的困厄與磨難，說起來聲淚俱下，慷慨激憤，說到平反落實了知識份子政策，簡直要三呼萬歲。秦工把歷史的功過是非都算在某個歷史人物頭上，對此張秋水不敢苟同，他認為過去的一切都是這個社會體制造成的，是必然要產生的，無論誰當權都是不可避免的。上邊並沒徹底否定「反右派運動」，只是說犯了擴大化的錯誤，把你打成右派是正確的，現在給你平反也是正確的，這一切都是政治鬥爭的需要！但就這些話也不能同老秦溝通。秦工是廠裡唯一一位高級工程師，一生歷盡坎坷，吃了許多苦，張秋水同他這樣的人尚不能溝通，同其他人就更不談了。

這天，剛一上班，秦工就扛著根鑽錯了孔的角鋼要到車間去返工。時置盛夏，烈日炎炎，秦工卻穿個大膠鞋，走起路來呱噠呱噠的響，先聲奪人，再生布工作服套在身上活像老和尚的偏衫，更像勞改犯的號衣。一見到他，張秋水就感到好笑，忙走上去拉著他說：「秦工，這麼熱的天，你這膠鞋是賃來的嗎？穿著不焐得慌嗎？」

秦工望他笑笑說：「唉，我這是多少年的習慣了，覺得穿著得勁。毛主席說：『知識分子要同工農打成一片』，首先就要從思想上改造自己，要改造思想就得先從生活作風上下手。」

「你現在是省級勞動模範，廠裡的總工程師，這活可不該你幹啊。」說著他就接過秦工肩上的那根大角鋼，「待會我喊個臨時工送到車間就完了。」

「哎，我說小張，你這思想可有問題呀，有一分熱發一分光嘛。在我們這個社會裡只有革命分工不同，沒有高低貴賤之分，工程師也照樣扛大鐵。」

「我不是這個意思，我是說你應該去幹你該幹的工作。比如咱這成品包裝車間這樣繁重的體力勞動，全靠肩扛手抬，你能否考慮製造一種自動分檢包裝機，設計幾個機械手，搞個自動流水線。那樣既可以提高功效，還可以節約大量的人力，減輕我們的勞動強度，提高分檢塔材的速度和質量。你想想，那可比你一天到晚扛角鐵去鑽眼子對廠裡貢獻大。」

「嘿，我何曾沒這樣想過，只是限於目前條件，搞不起來呀。反正咱中國人多，一個人的事幾個人幹，還有許多青年不能就業，要是這料場搞了自動化，你們豈不也要失業了嗎？」他說罷便嘿嘿一笑。

「你說得也有道理，機器排斥人是大工業生產必然要出現的結果，不光是在資本主義社會如此，在我們社會主義社會也一樣。我們的社會主義國家生產資料歸勞動者所有，工人就是生產資料的主人，因此工人和工廠之間是一體的，是沒有衝突和對立的。」

秦工看看他，皺皺眉頭說：「你怎麼這樣講，我們的社會主義制度遠遠優越於資本主義，我們能妥善解決勞工之間的矛盾，我們不存在失業現象。」

他看秦工說得很認真，就沒接著這個問題往下說。這樣敏感的問題，在這樣的公開場合根本沒法往下再談。張秋水話題一轉：「秦工，聽說你年輕時候英俊瀟灑，穿著也特別講究，追你的姑娘成大群，怎麼到現在連老伴都沒有呢？」

「嘿，都是過去的事了，提這些幹什麼。我剛從學校分到廠裡時，穿著講究得很呢，白天穿的衣服，晚上就熨，一天換一次襯衣。週末頭抹得亮油油的去參加舞會，經常帶幾個小姑娘去跳舞看電影。那時我不知天高地厚，敢說敢講，也敢幹，一天能幹兩天的活，後來一下子打成右派，這些都成了罪狀，從技術科下到車間去勞動，整天就是這麼個打扮。原來的對象吹了，朋友也不來往了……哦，這些都是過去的事了，還說它幹什麼呢。現在好了，落實了知識分子政策，入了黨，黨又給我很多榮譽，我打心裡感謝黨對我的關懷……」他說到這裡非常激動，眼睛都潮濕了。

「黨對你們這樣的人是利用，並不是關懷，你要是給資本家老闆幹這一生，肯定比這強八倍，也不會戴這二十多年的右派帽子，到現在連個家都沒有。」

「不能這麼說，黨好比母親，母親打兒子，打錯了也是對的，罵是教育，打是挽救，做兒子的難道能去責備母親不成。我們是從舊社會過來的，社會主義就是比資本主義好，只有社會主義才能夠救中國，沒有共產黨就沒有新中國。」

「我不這麼看，蔣介石在臺灣推行的是資本主義，實踐證明臺灣比我們大陸好，經濟比我們發達，政治也比我們民主。資本主義的社會政治制度不允許專制獨裁，因此也就不可能出現一次次整人的政治運動，資本主義必然要推倒官本位，消滅權力剝削，從根本上剷除官僚主義、形式主義。資本主義比我們的社會主義更能實現按勞分配，資本主義是商品經濟的產物，是不可逾越的一個歷史階段。」

「哎呀呀，我的天，快別說了，你這些言論是很危險的啊，搞不好是要倒楣的。要在以前，就憑你這幾句話打你個現行反革命也不算過分。現在好了，思想解放了，不打棍子，不扣帽子。你說來說去就是說社會主義不如資本主義，這可是不能瞎說的，搞不好就是資產階級自由化。」

「我不是說社會主義不如資本主義，我是說當今存在的社會主義不是馬克思所說的社會主義。」秦工立即打斷他的話，「我說小張呀，你還是太年輕了，自古道禍從口出，大路上講話，草棵裡有人聽，當心別讓人家聽見了。以後千萬注意，可別再說這些了。我要走了，你快去幹活吧。」他說著就像躲瘟神一樣地嚇跑了。

第二天一上班，書記就把張秋水找去，他一進辦公室，書記就很客氣地拉張凳子讓他坐下，然後又給他泡杯茶，還掏出高級香煙讓他抽。他接過茶杯，卻把香煙擋了回去。他呷了一口水，望著王書記那機器人一樣可掬的笑容說：「找我有什麼事？快說吧。」

「啊，沒什麼，沒什麼，只是想同你隨便聊聊。早就想找你談談的，可總是一直抽不出時間來，中央號召要加強和改善黨的領導，工作千頭萬緒，一天到晚窮忙。」說著他就將自己的椅子朝張秋水跟前拉拉，望著他嘿嘿一笑。

望著他那副笑容，張秋水感到一陣噁心，直想嘔吐。

「以前受極左思潮的影響，我們在一些問題上覺得對不住你，電大沒給你考，有些問題處理得也欠妥。嗯，這都要歸罪於『四人幫』頭上。現在好了，再也不搞政治運動了，一心一意搞建設。這就對了，我早就看出來該這麼做，中國非走這一步不可，搞不好經濟，落後就要挨打。」他說到這裡又望著張秋水嘿嘿一笑，略一沉吟說：「可話又說回來了，四項基本原則還是要堅持的。這兩年社會上泛起一股資產階級自由化思潮，你們這些年輕人最容易犯這樣的錯誤，可要當心啊，精神可不能受到污染啊。你年輕有為，又勤奮好學，應該好好工作，大展宏圖。我們廠還是很重視人才的，要實現四個現代化沒人才不行啊。但是我們選擇人才的標準首先是革命化，要有較高的思想覺悟和為我們的社會主義事業獻身的精神。你可要當心，不能受資產階級自由化思潮影響啊。我們黨在過去是犯過一些錯誤，可是任何時候成績都是主要的。黨對過去的某些問題作了否定，但不是全盤否定。就拿反右派鬥爭來說吧，反右派是正確的，只是搞得過頭了點，所以現在給一些右派分子平反是非常正確的。但在當時的情況下把他們打成右派也是正確的，我們看問題不能脫離具體的時間、地點和條件，這是馬克思主義的基本原理。」

書記洋洋灑灑，口若懸河，滔滔不絕地說了這麼許多教訓人的話，張秋水耐著性子聽下去，他慢慢明白過來，今天書記找他來是做他的思想工作的。為什麼要做他的思想工作？因為他受了資產階級自由化思潮的影響。啊，我們不是早已宣布說已經消滅階級了嗎，怎麼還會有資產階級自由化？既然資產階級連整個階級都不存在了，這資產階級自由化也就成了無源之水，無本之木。我是地地道道的工人，我的資產階級自由化思潮是從哪裡產生的呢？又表現在什麼地方？突然，他的腦子裡跳出秦工的形象來。啊，原來如此！我的資產階級自由化思潮就是同秦工說的那些。可是這些話又是怎麼傳到書記這裡來的呢？是像老秦說的「大路上說話，草棵裡有人聽」，還是老秦彙報的？想到這裡他心裡猛一悸，老秦那畏畏縮縮的形象又在他面前映現出來。不會的吧，知識分子做不出如此下劣的事吧，可那又是怎麼回事呢？

他正這麼一邊聽書記說教一邊苦思冥想著，王書記的話一下子又打斷他的思路。「你今後可得注意，多讀書，多看報，跟上形勢，一定要在政治思想上同黨中央保持一致。」

這談得上嗎？我是一個微不足道的小工人，我能出滿勤，多幹活就是最大的同黨中央保持一致。反過來說，就是不保持一致，我一個小老百姓又能起到什麼影響？他這麼想著，王書記後來的話他再也聽不進去了。王書記見他一言不發，洗耳恭聽的樣子，以為自己的思想政治工作顯了靈，起到了效果，也就把話剎住。正在這時，電話鈴響起來，他伸手同張秋水握一下，就立即去接電話。

張秋水始終沒說一句話，走出書記辦公室，他仍在想，什麼叫資產階級自由化？我這資產階級自由化思想又是怎麼產生的？我出身農民，現為工人，是徹底的無產者，怎麼不知不覺中成了資產階級自由化人物？然而無論如何，這是一次警鐘，以後再不要隨便亂講，再也不能同別人推心置腹地談話。

快下班的時候，又碰到老秦。只見老秦耷拉著腦袋來到他跟前說：「書記找你了？」

「找了。」張秋水漠然回答說。

「他上午也找我談了，這是一次很好的教訓，今後再莫談國事了。」說著他又警覺地朝周圍看了一眼。「星期天咱倆喝一盅去，我們兩個單身漢合起來不就是雙身漢了嗎？」老秦剛想笑，卻沒笑出來，見下班的人陸續從各車間出來，連忙說：「這裡不是說話的地方，走吧，到食堂打飯去吧。」

老秦走後，張秋水到車間辦公室洗把臉，換掉工作服，就急忙向沈冰那裡去。一路上他老想著老秦這個人，二十多年的右派生涯不但奪去了他的青春年華，奪去了他起碼的作為一個人應該具備的生活、家庭、孩子等等，而且還挖去了他作為一個知識分子應具有的靈魂。對一個現代人來說，精神的剝奪是最殘酷的剝奪，也是最徹底的剝奪。到了沈冰那裡，他把今天發生的事同沈冰一說，沈冰卻滿不在乎地說：「現在都什麼時候了還搞這一套，在這春天裡還有剛出蟄的蛇咬人，今後小心點就是了。是誰打的小報告且不去管他，我覺得可能不會是老秦。不管他，吃飯吧，我今天買了條魚，據說魚是補腦子的，你用腦太多，要加強營養呢。」沈冰說著就去給他盛飯。

望著她那快樂的神情，嗅著她滿身的芬芳，聆聽著她的歡聲笑語，享受著這間陋室帶給他的溫馨，他心裡酥酥軟軟的，一切煩惱與不快一下子都拋到了九霄雲外。這裡是童話般的境界，這裡是遠離紅塵的仙山，這裡是武陵溪，這裡是桃花源，只有在這裡他才感到快樂，只有在這裡才能清除掉他心靈上的塵土與灰跡。他接過沈冰遞來的飯碗，狼吞虎嚥，一會就吃完了。吃過飯，他碗一放下就立即坐到寫字臺前。他才思敏銳，精力充沛，在兩年多的時間裡就寫出了兩部長篇小說，兩個劇本，幾十個中篇，短篇小說往往即興而起，一揮而就。沈冰一方面幫他做些抄抄寫寫的工作，一方面將他隨手寫的詩詞整理成一個集子，加上題跋，定名為《古木蔭中》，以待將來有機會出版。沈冰還把他這些年來的文稿分類整理出來，幾篇合成一個集子，加上說明或案語。張秋水把文章寫好，往那一擺，一切善後工作就全是沈冰的了。有些字詞一時想不起來，寫個拼音代替，一些引語或典故，記不起來時，他只將書目寫出留給沈冰整理時去查找補充。他的業餘時間有三分之二是寫，三分之一是讀。他經常睡著睡著，突然從床上一骨碌爬起來，伏在寫字臺上就奮筆疾書，寫起文章他就處於一種癡迷的狀態中。

2

這天一大早王小海就帶著一群青年人來找張秋水，王小海說：「現在中央號召經濟體制改革幾年了，咱們廠仍然無動於衷。雖說廠領導在幾次大會上都說要改革，可就是沒有實際行動，顯然他們是在等待觀望。我們不應該等了，這樣一天天爛下去，大家都抱著混的思想，光拿錢不幹活，最後倒楣的還是咱老百姓。上面說企業的廠長可以通過民主選舉產生，我們集體聯名向廠領導提出改革要求，我們要民主選舉廠長。你在這方面很有一套，我們就請你起草一個改革建議遞到廠部去。」

王小海的話音沒落，幾個青年便一起圍到他身邊七嘴八舌地說：

「對，我們不能這麼不死不活的拖下去了。」

「我們這些人動筆都不行，就請張秋水起個草，我們都在上面簽名。」

「我們已徵求過許多老工人的意見，他們也願意簽名，這點子還是二車間的何師傅想出來的呢。」

「哪個何師傅？」張秋水問。

「就是那天在年終總結大會上向廠領導一連提出好幾個問題的那個老工人。」王小海說。

「啊……」張秋水心情很激動，他沒想到工人群眾中蘊藏著這麼大的改革積極性，更沒想到王小海今天要在廠裡鬧改革。可是要改革就存在一個權力的歸屬問題，首先就要把廠領導手中的權力奪過來交給全體職工，這能行得通嗎？沒有一定的背景和氣候是搞不起來的。要廠領導拱手把權力讓出來，那是不可能的，不過寫一份改革要求遞上去促促領導也有必要。想到這裡，他說：「改革要求我當然可以寫，也敢首先在上面簽名，但我恐怕這只是徒勞。我們的廠長只會聽局長的，不會聽我們這些職工群眾的。」

「那我們就要求重新選舉廠長。」一位站在他身邊的青年說。

「那不等於罷他們的官嗎？」

「無能的官，不為我們職工服務的官就應該罷。」

「現在是黨領導下的改革，所謂黨的領導，在我們廠就是廠長、書記的領導。你罷了他們的官不要他們領導，這能行嗎？」

「所謂領導者，應該是我們廣大群眾信任的人，是應該由我們推選出來的，是我們讓他當領導才對，而不應該是我們不要他領導他們卻非要領導我們不可。」

「我們不讓他們領導，可是局長要他們領導我們，這就是問題的關鍵，也是當前的現實存在。就是退一步講，現在這一位領導不在了，局裡還會派來新的領導，他們是替國家、替黨、替局長來管我們的，所以他們只是對上面負責，不對我們老百姓負責。」

「好了，好了，大家都別吵吵了，改革是當前的大勢所趨，誰也擋不住這歷史的車輪。我們先把改革要求遞上去，看看廠領導的態度再說。馬上就要上班了，咱們走吧，讓張秋水考慮考慮，儘快把東西寫出來。」王小海說著就朝先走開了，其餘的人也一哄而散。走了幾步，王小海又回過頭來對張秋水說：「這題目就叫給廠領導的一封公開信吧，你看怎麼樣？」

「可以，可以，就這麼定吧。」張秋水說著尾隨他們一群人送了幾步就走回來。

一股感情的激流在他胸中湧動，誰說當代青年沒有理想，沒有信念？誰說他們是消沉頹廢的一代？他們仍然是關心政治的，是關心國家的前途和命運的，只是沒有了上代人的盲從與狂熱，這是歷史的進步。通過這些，張秋水感到了歷史前進的步伐及其抖動的臂膀，聽到了激流滾滾的濤聲，他要將自己變成一朵小小的浪花投入這激流中去。

晚上，他回到沈冰那裡，匆匆忙忙啃兩個饃就坐下來起草「給廠領導的一封公開信」。這信不能過激，過激了實現不了，也白搭，又不能太低，太低了沒什麼意思。於是他就將他日積月累的對現實生活的思考凝聚於筆端，將一點點閃光的思想火花彙集成一串串熾熱滾燙的語言——

敬愛的廠領導：

黨中央作出進行經濟體制改革的決定已好幾年了，我們廠雖然也開過幾次大會，作過幾次號召，但至今仍無實質性的進展，廠領導多次申明要積極投身於改革之中，堅決擁護改革，支持改革，可是時至今日一樣改革措施也沒拿出來，不知這是為什麼？理由可能會找出千條萬條，但是我們認為最根本的是廠領導怕擔風險，等待觀望，怕犯錯誤，沒有開拓精神。看看我們廠的現狀吧，已到了非改不可的地步了。我們是全省唯一生產電力線路器材和工器具的大廠，連年完不成生產任務，產品質量差，設備事故不斷，連年虧損，人浮於事，機構臃腫，非生產人員膨脹，管理相當混亂，這哪還像個企業的樣子。可就是這樣的情況下，靠弄虛作假，搞形式主義，還能連年得獎，真令人遺憾。

之所以如此，不是因為別的，就是沒能把工人群眾的生產積極性真正調動起來，沒能真正實現按勞分配，沒能真正發揮工人群眾主人翁的作用。因此必須大膽徹底地對現存的機制進行改革。

所謂改革就是變革生產關係，通過生產關係的改革促進生產力的發展，從而改變不適應生產力發展的生產關係，建立起適應生產力發展的生產關係。社會主義的本質內涵就是解放人，這不僅要消滅地主、資本家的剝削，更重要的是要按一定的程序讓工人群眾直接掌握生產資料，掌握產品分配權和剩餘勞動的處理權，同時還要掌握為行使權力所必備的信息。因此首先要改變企業的權力結構，讓勞動者共同掌握生產資料，自治自理，而不應是設官而治。其次是要改變為權力結構服務的信息結構，以便為每個職工參與共同決策、管理和監督提供依據。凡與職工利害得失有關的活動均需定期向全體職工公布，以保障職工當家作主的條件，杜絕黑幕和暗箱操作。

為推進我廠的經濟體制改革，我們提出改革建議如下：

由全體職工民主討論，建立本廠的企業管理體制，制定民主管理實施細則，作為內部「憲法」。

廠裡建立職工代表大會和各級民主管理委員會，實行民主管理。職代會是企業的最高權力機構，一切權力歸職代會，廠裡的重大決策、人事任免、自有資金的處理、剩餘勞動的分配等重大事務均由職工代表大會民主討論決定。車間、班組應建立民主管理委員會，作為該級民主決策、管理和監督的權力機構。

廠長不應該是上面派來的管工人的官員，廠長應該是由全體職工投票選舉產生的為全體職工服務的公僕。廠長應不折不扣地執行職工代表大會作出的決議和廠規廠法，定期向職代會彙報工作，向職代會負責，由職代會任免。在此基礎上實行廠長負責制。

廠裡成立由副廠長，三總師組成的經營管理委員會，向廠長負責。

廠級以下各級幹部實行聘任制，取消各級幹部的任命制和終身制。對各級幹部每年由全體職工進行民主考評一次，考評結果張榜公布，作為下年續聘或解聘的依據。

各車間班組、科室實行定崗定員，優化勞動組合，打破大鍋飯，真正實現按勞取酬。精簡機構，裁減冗員，把後勤的富餘人員減下來充實生產第一線。

……

他一口氣把這封給廠領導的公開信寫好，又工工整整地謄抄了兩份，一份準備送給廠領導，一份貼到宣傳欄上。他首先在這封信上簽上了自己的名字，又認真檢查一遍才擱下來。

夜已很深了，沈冰一直陪著他坐在他的旁邊看書。見他停下來，抬眼望望他，微微一笑說：「寫好了？」

「寫好了。」他打個哈欠，站起來伸個懶腰。

「我去給你弄水洗洗臉，能消除疲勞。」說著她就站起來。他一把將她按住說：「我自己弄，看你的書吧。」

「我也看累了，你看這夜色多美好，和煦的東風，皎潔的明月，我們出去走走吧。」

「好的，我臉也不洗了，咱們出去兜兜去，莫辜負了這美好的時光。」

他們走在校園的林蔭道上，披著朦朧的月色，踏著氤氳的夜霧，彷彿又回到了童年。梧桐樹撒下斑駁的疏影，月季花送來馥鬱的暗香。他隨口詠出：「春色鬧人留不住。」

「天街緣情長更長。」她立即聯上。

「風輕露重疏影斜。」

「星稀月明暗香濃。」

「輕拂夜色驚鳥動。」說著她隨手在空中一劃。

「閑踏花蔭惹蜂鳴。」

「妙妙，對得好，對得好。」她猛地在他肩上捶了一拳，格格地笑起來。笑聲真的驚動了梧桐樹上的棲鴉，只見牠翅棱一聲從他們頭上飛過，兩人不禁相視而笑。「我們就接著往下聯句吧，換五言的，我先說了：今夜月光好。」

「踏階憐瓊瑤。」

「風露沾衣濕。」

「香霧隨裙飄。」

「嫦娥為君舞。」

「玉兔為卿蹈。」

「華光當自珍。」

「人勤春更早。」

「繁星綴天河。」

「燈影掛枝梢。」

「牛女遙相望。」

「青鳥架鵲橋。」

「莫憐綠肥紅瘦。」

「啊，換六言了，這句還真不好對呢。」他踱了兩步，略一沉吟，對道：「且愛良夜春宵。」

沈冰停下來，猛地給他一個飛吻，「還是沒把你難住。下邊我都想不出來了，走，咱們回去吧，你今天別回廠了行不行？」她有點呼吸急促，含情脈脈地望著他說。他看到她那嬌美的臉蛋浸透著月光，起伏的胸脯湧動著春潮，頓時感到一股濃郁醉人的花香襲來。漸漸的他被那嫋嫋的花氣托起，飄飄搖搖地用嘴唇銜著那花瓣……過了很長時間，他才從迷濛中清醒過來，拂拂她那兩彎修眉上的月紗說：「還是讓我回廠吧，以後時間長著哪。」

「你一定要走嗎？這麼晚了。」她的頭埋在他的懷中呢喃著。

「我想我還是回去得好，免得讓人家說閒話。」

「管他呢，走自己的路，隨人家說去。我累了呢，你把我抱回去吧。」她感到自己彷彿掉進了一片火海裡，一點點正在被融化。

他輕輕地將她托起，雙目凝視著她那半睒的眼睛，一步步慢慢往回走。她的裙裾被微風輕輕的擺動著，拂摸著他，像陣陣琴聲令他癡迷……

她似乎真的睡著了，他把她放到床上，她才猛地睜開眼睛，一手勾著他的脖子，輕輕念了一聲：「秋水，再吻我一下。」

他立即俯下身，深深吻了她一口，才慢慢退去。他熄了燈，掩上門，便走出來。夜靜悄悄的，輕風哼著醉人的小夜曲，他踏著如水的月光往回走，心中流淌著幸福的旋律。

3

第二天，一上班他就找到了王小海，把那寫好的公開信交給他。王小海接過去匆匆看了一遍連連說：「寫得好，寫得好。」接著就圍上來一大堆人。王小海把那稿子在手裡揚揚說：「這是給廠領導的一封公開信，大家傳著看，看過後願意簽名的就在後面簽上自己的名字，然後交到廠部去。」他的話還沒說完，手裡的東西就被圍上來的人搶過去了。「噯，我還沒簽名呢，我先簽了名你們再傳看。」他又把那信奪過來簽上自己的名字又遞過去。

張秋水說：「我這裡還有一份，走，我們把它貼到廠部宣傳欄去。」說罷他就拉著王小海從人群裡擠出來，跑到宣傳欄就把那封公開信貼了出來。

上班的人流經過宣傳欄都停了下來，擠著去看那封公開信。人越聚越多，除掉廠裡幾位領導，幾乎全廠職工都圍上去看。人們簇擁著，擠搡著，都吵著說看不見。一個小夥子突然拿來一只凳子站上去大聲對人們說：「這樣擠來搡去的大家都沒法看。你們讓開點，我站在這凳子上念給大家聽好不好。」

「好，可以可以。」

「前面的快讓開點。」

「對，讓小劉念給咱們聽。」

那位叫小劉的小夥子立即上前開始用很標準的普通話念道：「給廠領導的一封公開信。敬愛的廠領導……」

張秋水沒想到這封公開信會引起這麼大的轟動，激起了這麼強烈的反響，群眾中蘊藏著這麼大的改革熱情。他的一封信轟動全廠，引起全廠上下震動，他再也不感到自己孤獨無力了，他體察到了自己的力量。「一個人的拼搏奮鬥必須匯入時代的激流中才有力量，才能有所作為，我終於找到了力量的源泉。」他在心裡這麼歡呼。

人們看過這封公開信，紛紛在上面簽上自己的名字，表示熱烈擁護，堅決支持。不大一會，那幾張紙的空白處全被群眾的簽名填滿了。這更出乎張秋水的意料，使他激動不已。下班後他立即跑到圖書館借來了關於東歐幾個社會主義國家進行經濟體制改革的書籍，以便加緊他的探索與研究。當前中央對於改革是「摸著石頭過河」，並沒有具體的辦法和規定，一些有識之士立即站出來在各個領域進行了大膽的探索和嘗試，湧現出一些改革家。但是就整體情況而言，整個改革的步子邁得並不快，進退維谷，舉步唯艱。究起原因，改革不僅是要轉換運行機制，還要改變舊的思想觀念，更重要的是要觸及到部分人的既得利益，所以改革一開始就困難重重，阻力很大。但是再困難也要改，不改是沒有出路的，這點黨中央明確表示過。因此他信心十足，覺得實現自己理想和願望的時刻終於來到了。他又起草了一份「加快電建廠改革的具體實施細則」，準備作為那封公開信的附件遞到廠部去。

第二天一上班，王書記就把他找去，王書記已兼任廠裡副廠長了，又多了一個頭銜。王書記今天的態度很嚴肅，他眼裡網著血絲，一臉的倦容，顯然他是昨夜沒睡好覺。王書記見了他，開門見山地說：「這封公開信聽說是你寫的，對吧？」

「不錯，是我寫的，有什麼問題嗎？」

「哦，不，你的想法很好，出發點是好的，思路也不能說不對。你對電建廠的關心，我們深表感謝。你的改革設想也很大膽，我們廠領導……」

「怎麼，這電建廠難道只是你們幾個廠領導的？我作為電建廠的一名職工應該關心廠子裡的興衰，作為一個青年也應該響應黨的號召，積極投身於改革大潮之中，為祖國的繁榮昌盛而貢獻自己的力量。」

「是啊，是啊，你是個很好的青年，這點我們過去對你認識不夠。不過事情總得慢慢來，不能操之過急嘛。誰不想明天就實現四個現代化，可那是不可能的呀。不錯，咱們廠在生產管理中是存在不少問題，但是主流是好的，這點無可置疑。中央號召進行經濟體制改革，這是社會主義制度的自我完善，不是對過去的徹底否定，改革的目的是進一步發展生產力，並不是要改變生產關係。對此，我們必須有清醒的認識，否則我們就要犯錯誤。現在方方面面都叫得很凶，可是究竟怎麼改，上面並沒有明確的東西，所以我們這些當領導的也很不好辦。你在信中批評我們廠的改革沒有實質性的進展，但是你前後左右比比看可有比我們強的。我們認為我們廠在同行業中還是比較好的。當然問題也是存在的，但那是前進中的問題，我們在任何時候都要看到我們的成績，看到主流。」

「照你這麼說我們廠就不需要改革了。」

「我不是這個意思，我是說改革必須在黨的領導下有條不紊地進行。對我們廠來說，一切合理化建議都可以提，一切興利除弊的措施都可以試，但必須在廠黨委的領導下進行，一切都必須經過廠黨委集體研究決定。我們需要改革，我們更需要安定團結的政治局面，沒有安定團結的政治局面還談什麼經濟體制改革。你們將信貼到宣傳欄裡，引起了全廠轟動，各車間大半天都沒人上班幹活，這明顯的擾亂了廠裡的生產秩序，影響了生產，這是不應該的。」

「那麼，為什麼會引起這麼大的轟動呢？你們想過沒有？以前宣傳欄裡貼出的宣傳材料怎麼沒人去看？這說明我們的廣大職工群眾迫切要求加快我們廠的改革步伐。至於說耽誤半天上班時間，我認為上班不幹活甚至幹私活還不如不上班。通過改革把群眾的積極性調動起來了，會加倍的補回來。」

「把群眾的生產積極性調動起來，說起來容易，做起來難啊。社會主義是人人有飯吃，你能把誰怎麼樣，不幹活也得給工資，有時扣點獎金，一些人還搗得你不得安生呢。對犯罪犯法的有辦法，對調皮搗蛋的誰也沒奈何。」

「為什麼沒奈何呢？這不正說明我們的管理體制有問題嗎？這就需要我們加快改革嗎？」

「改革是要進行，可也不能急於求成。譬如像你們要求的民主選舉廠長，這就是非常脫離實際的。目前任何改革措施都得經過上級審批，我們無論進行哪方面的改革都必須預先徵得局裡同意，不然出了岔子誰負責？」

張秋水正要答話，這時電話鈴響了，王書記立即去接電話。只聽他點頭哈腰對著電話「嗯」了幾句，然後放下電話對張秋水說：「局裡通知我馬上去開會，我們以後有機會再談。你去車間幹活吧。」說罷他就匆匆跑下樓去。透過窗戶，張秋水看到王書記鑽進等候在辦公樓前的皇冠小轎車裡。只聽到汽車轟隆一聲，一溜煙奔出廠去。張秋水搖搖頭，心裡說：「是啊，我是幹活扛大鐵的，他是坐轎車開會的，我們的思想怎麼能夠統一呢？扛大鐵是我的本職工作，搞改革是狗咬耗子，多管閒事。」想到這裡，他心中感到很壓抑，立即走下樓去，來到大料場帶著一群臨時工幹活。他感到自己只是幹活的工具，沒有真正的參政議政當家作主的權利。難怪人們上班磨洋工，出勤不出力，誰願意戴著主人的帽子而受僕人的驅使，去給那以「公僕」名義行使主人權利的人幹活啊！

4

幾天後，廠裡召開了全體職工大會，大會的第一個議程就是王書記作「關於經濟體制改革的報告」。王書記在報告中說：「我們廠部分職工聯名向我們寫了一封公開信，主要內容是要求加快改革步伐。這是好事，我們非常歡迎，這說明我們廠的職工具有高度的主人公責任感，我代表廠領導向這些同志表示感謝。同志們有積極參與改革的革命熱情，這很好，值得讚揚，然而光有熱情是不行的，還得有科學的態度。管理是一門學問，我們一方面要借鑒西方發達國家成功的管理經驗，另方面還要結合自己的實踐走自己的路，建設有中國特色的社會主義。改革沒有現成的模式，要靠我們自己去摸索，允許『八仙過海，各顯神通』，但必須在黨的統一領導下有組織、有計劃的進行，不能亂來。我們一定要努力保持安定團結的政治局面，我們經受了十年浩劫，再也經不起折騰了。我們必須穩步前進，不能急於求成。不是給你們潑冷水，我敢說你們信中所提到的改革建議一條也不能付諸實施，將來如何我不敢說，起碼目前不行。原因很簡單，那樣一搞肯定會出亂子，要影響正常的生產秩序和工作秩序。」他說到這裡朝台下掃了一眼，乾咳一聲繼續說：

「對於咱們廠的改革，我們也有打算，我們準備重新制定勞動定額，實行聯產計酬，對於那些一貫調皮搗蛋，出勤不出力的實行內部待業，待業期間只發百分之五十的工資。《企業法》規定，廠長有權辭退職工。所以我希望同志們都要認清形勢，改革的目的就是為了提高生產力，把我們的經濟搞上去。無論怎麼改，我們企業就是要生產合格的產品，向國家多交利稅，無論怎麼革，我們還是要各幹各的活，你原來幹什麼，以後還是幹什麼，這點是不會改變的。所以我勸大家不要起鬨，要盡心盡力做好自己的本職工作。如果大家都能各司其職，都把自己的本職工作做好了，那麼改不改不都是一樣的嘛。各人把自己管好了，我們的整個企業也就管好了。

「下面我告訴大家一個好消息，根據上級的指示，我們廠準備成立職工代表大會。代表由各車間選舉產生，廠領導無需再選，都是法定代表。職代會的常設機構是我們廠工會。散會後大家回去就可以按要求把代表選出來，將名單報到廠工會審查。關於這方面的問題，等會由方主席作詳細介紹，我在此就不多說了。我再強調一下紀律，最近我們廠的勞動紀律越來越差，遲到早退現象十分嚴重，包括後勤各科室十一點不到摺棍都打不住人了，這是不行的，紀律鬆懈的隊伍是不可能打勝仗的。從明天起，我們廠領導班子成員輪流查崗，查到一次扣發當月獎金，兩次扣當月工資，三次給予處分。今天先給大家打個招呼，希望諸位注意，到時候別怪我們不客氣……」

張秋水再也聽不下去了，你聽這口氣不是十足的工頭大老闆嗎？哪有一點「公僕」的味道。顯然這個廠裡只有他們是主人，只有他們說了算，只有他們的覺悟高，廣大群眾都是靠他們這些人來管的。我們的生產搞不好就是因為對工人管得不嚴，我們的經濟搞不上去就是因為工人群眾不好好幹活，這就是他們的邏輯！工人拿著國家的工資就得給國家幹活，他們廠長書記就是代表國家來行使管理大權的，不好好幹活就得嚴加管教。「端誰的碗，屬誰管」，工人吃的是國家的飯，拿的是國家的錢，當然就得服從這些代表國家來管他們的廠長書記們的管。廠長不是全廠職工的廠長，而是局長派來的代表國家的廠長；書記也不是全廠職工的書記，而是黨派來的代表黨說話的書記。然而什麼叫國家，國家的性質又是什麼？究竟誰是這個國家的主人？想到這裡，張秋水恍然大悟了，他的改革建議想要讓這些廠領導去實施那真是白日做夢。像他張秋水這樣的小工人想與廠長書記平起平坐談改革，那真是不知天高地厚。在他們看來我這小工人只是幹活的，只要幹好我的本職工作就算是對廠裡，對國家的最大貢獻了，只要老老實實地幹活，多出力多流汗就算是個好工人了。然而我這些年來一直埋頭苦幹，一個人幹幾個人的活，不惜力氣和汗水，可是也沒哪位廠領導講我一聲好啊，多年來我連一個先進生產者都沒評上過，這又怎麼解釋呢？看來人人都唱改革戲，但卻各有各的調啊！想到這裡，他心中又突然閃出一個念頭，我可以越級向上反映，把我的改革設想反映到局裡、省裡、部裡去。即使沒用，我也應該盡到我個人的努力，說不定會得到哪位首長的垂青也未可知。

接著他就打起腹稿來，他把上書的主題內容，基本觀點，層次結構和所使用的材料一個個在心裡都理出來，條分縷析，仔細推敲。特別是一些具體的改革措施更要考慮到實施的現實性和可能性……

他正聚精會神地思考著，只聽一陣譁然，原來是散會了。人們爭先恐後地朝門口擁擠，他坐在後排，立即站起來隨在人後往前走。他剛走出禮堂，就被王小海一把拽住。王小海憤憤地說：「他媽的，我們何苦來，找不素淨，沒打住黃鼠狼，枉落一身騷。我們想為廠子好，可是有屁用，他們一句話就泡湯了。我勸你以後也別管這些閒事了，天塌下來砸大家，人家能過咱也能過，隨他們怎麼弄，反正每月也不少咱這百十塊錢的工資。」

他想勸王小海不要洩氣，繼續幹，機會總會有的，可是王小海卻一揚手就走開了，走了兩步又停下來回頭說：「晚上下班咱們喝兩杯解解悶，你下了班等我，我去喊你。」說罷就走開了。

張秋水心裡感到很煩悶，難怪許多青年不問政事，一心經營自己的安樂窩，他們不但得不到正確的引導，參政議政的積極性屢遭打擊，受到壓抑，消磨殆盡。在這樣的環境中怎麼能夠提高工人群眾的主人公責任感，怎麼能夠提高他們參與管理的熱情，又怎麼能培養他們的主人公精神。許多大人先生們都慨歎中國工人素質太低，要讓他們參與管理國家事務、管理社會事務根本不可能。不錯，目前工人的素質是低，可是這又是怎麼形成的呢？五十年代的工人是什麼樣的精神面貌？現在工人的素質難道比那時候還低嗎？現在的工人缺乏的正是建國初期那樣的一種精神面貌啊！他感到現在許多問題確實令人費解，要解釋任何一個社會現象都不是那麼容易的，都可以寫幾篇論文出來。他越來越感到需要自己去認真研究的東西實在太多了，需要幹的事情也太多了，他生在這個社會上不是為了扛大鐵，他要努力去幹那些更有意義的事情，那樣他的生命才是光輝的，他的追求才是幸福的……

沒過多久，廠職代會就成立了，他們車間和銷售科一起給了兩個代表名額。選的結果，一個是柳科長，另一個是王玉琢。因為按比例有名女代表，而他們組就王玉琢一個女的。開會那天，聲勢特別隆重，廠領導一宣布電建廠職代會成立，立即鳴炮奏樂，國際歌摻和著鞭炮聲響徹雲霄，經久不息。會上每個代表發只小皮箱，還開了幾十桌喜慶宴，讓所有的代表都搓一頓，代表們從會場出來，無不喜笑顏開，精神煥發。第二天廠大門口又多了一塊牌子，原來是一黨一政兩塊牌子，現在又添上一塊職代會的大牌子。這些完成之後，也就萬事大吉了，職代會立了哪些章程，討論了哪些問題，形成了哪些決議，為職工做了哪些事情等等，一切都子虛烏有了。

不久又開了一次選舉大會，是選省級人大代表，上面指定要他們廠選一個五十歲左右的男性知識分子，政治條件是擁護黨的十一屆三中全會以來的方針政策，工作積極能幹。顯然這代表候選人只能是秦工了。果然不錯，選票上的候選人正是秦工。選舉結果秦工以五百八十九票當選，滿票是六百五十票，只要超過半數就行。全廠只有五個人投反對票，其中一票上選的是早已住進精神病醫院多年的劉復生，這真是莫大的諷刺，張秋水猜測投這一票的可能就是王小海，而他自己接過選票就撕掉了，根本就沒往票箱裡送。指定什麼性別，什麼身分，什麼年齡的人當代表，還走這種選舉的過場幹什麼呢。這麼一來電建廠的女職工，青年職工，非知識分子職工的被選舉權就無形中給剝奪了。既然這樣，還搞什麼選舉，直接指派也就算了，何必搭這個花架子，浪費人力物力。這樣的選舉誰還把它當回事，或者是閉著眼睛劃圈，或者是胡寫一通。選秦工這樣的人當代表有什麼意思呢？歷次政治運動已整斷了他的脊樑骨，除了唯唯諾諾他還能說些什麼？他能代表電建廠千把號人說話嗎？他能把職工群眾的意願反映上去嗎？他能代表知識分子這個層次的人去發表意見嗎？他也只能閉著眼在選票上劃圈圈，跟著別人舉手表決。而作為秦工本人來說，被選為人大代表則是一種莫大的榮耀，他要感謝黨對他的關懷和信任，是不是真的代表群眾說幾句話提幾個意見，那卻無關緊要。這就是我們的民主生活嗎？張秋水從心中發出一聲長長的悲歎。

這期間，他更為系統地研究了馬克思主義，弄清了社會主義在馬克思那裡是什麼樣子，在列寧那裡是什麼樣子，而到了史達林毛澤東那裡又是什麼樣子。漸漸地他對社會主義應該是什麼樣子，而現實所謂的社會主義又是什麼樣子有了更清楚的認識。他認識到中國的封建勢力至今依然根深蒂固，其根源就是商品經濟不發達，商品經濟必然要衝破封建勢力，因此只有大力發展商品經濟才能徹底驅逐封建的幽靈。資本主義生產關係體現的是人們在商品生產和交換中的平等關係，不光是資本家剝削工人的剝削關係。在資本家的工廠裡，工人是有力量的，是能夠團結起來為自己說話的，而我們企業的工人階級是被一級級的官僚取而代之了。因此我們的企業沒有自我發展動力，沒有生機與活力，死氣沉沉，只能在外力的作用下苟延殘喘，奄奄一息，這就是影響我們生產力高速發展的根本原因。將生產資料一下子收歸國有，那僅僅是形式上的公有制，這種公有制實質上仍然是勞動者與勞動資料相脫離。社會主義革命的任務就是要解放生產力，要解放生產力就首先要解放勞動者。因為勞動者是生產力的主體，只有充分調動勞動者的勞動熱情和創造精神，才能高速發展生產力。我們的企業，職工工資與自己的勞動成果沒聯繫，企業經營好壞與職工利益不掛鉤，企業缺乏自我約束，自我激勵的機制。所有這一切都必須靠改革來解決，改革如果不解決這些根本問題，那麼就必然以失敗而告終。

他接著就五次上書省工業局，兩次上書國家工業部，三次毛遂自薦當廠長，系統地闡明了他的改革思想和具體方案，但都未有任何結果。原因他也十分明白，那就是他的設想太激進，他要求實行工廠自治，要求職工直接選舉廠長，要求一切權力歸職工代表大會。同時他還提出要把工廠由一個小社會變成為單純的商品生產者，因此就要取消企業的黨團組織及其政治、宣傳機構。工會要成為工人自己的組織，工會主席不能作為企業領導成員。他這樣的改革思想當然不可能付諸實施，即使個別領導認為他說得有理，但誰也不願意冒這麼大風險去支持他。當官的誰不圖個輕鬆自在，照章辦事，執行上級的文件，當個平安官。烏紗帽怕的就是犯錯誤，並不怕庸庸無為。經過這番周折，張秋水對此有了更清楚的認識，他的改革希望徹底破滅了。他認識到改革一開始就潛伏著危機，經濟體制改革沒有政治體制改革作清道夫是根本不可能成功的。要進行政治體制改革就必然要觸及一部分人的既得利益，靠掌權的官僚來改革，那等於讓自己拿刀挖自己的膿瘡，那是要護疼的，是沒法下手的。

從此他便丟掉幻想，退而著述，加緊對社會主義理論的研究。當然靈感來時，他仍寫些文學作品，這主要是因為他對文學的愛好，況且文學也有其獨特的社會作用。一種強大的責任感驅使他奮力拼搏著，一股巨大的精神力量支持著他朝科學的高峰攀登，他在追求真理的道路上執著地求索著。

5

在廠職代會成立後的第二天夜裡，張秋水剛剛睡下，便被一陣尖銳急促的警笛聲驚醒，同時嘈雜的呼叫伴隨著哀號一陣陣傳來，他心裡一驚，一個鯉魚打挺坐起來，心中呼叫一聲，「又出什麼事了？」他一骨碌從床上爬起來，趿拉著鞋往樓下跑。他看到幾輛白色救護車正拉著警笛從外面開過來，家屬區的人也一群群往廠裡跑，人聲鼎沸，喧囂翻騰，幾個家屬哭號著直奔後面的鍍鋅車間，張秋水也隨著人流往鍍鋅車間跑。鍍鋅車間在廠的最後面，車間的後面就是一條小河，為了排放廢水才把鍍鋅車間建在那裡。夜裡十一點半正是小夜班和大夜班交接的時候。從各車間和家屬區趕過來的人群塞滿了通向鍍鋅車間的道路，空中散發著刺鼻的硫酸味。工會方主席在路上疏散人群：「同志們！大家不要在這裡湊熱鬧，沒事的趕快離開，趕快把路讓開！」

接著十幾副擔架便飛跑著從鍍鋅車間過來，人們立即避讓，救護車因為進不來，就停在大料場上。廠長拿著喇叭筒指揮擔架隊一個個抬上救護車，他滿臉汗水，幾縷頭髮被風吹散遮住了半張臉，赤著腳連鞋都沒穿，看來他是正在睡覺被突然喊起來的。等把十幾個傷員都塞到救護車裡，人們才發現，廠辦主任拎著一雙拖鞋跟在廠長的後面也鑽進救護車，顯然那雙拖鞋就是廠長的。

救護車拉起響笛一個接一個駛出工廠大門，呼嘯而去。人們一簇簇圍在一起互相打聽出了什麼事，人聲一片嘈雜，都說些什麼張秋水也聽不清，與此同時，人群也陸續從鍍鋅車間走出來。

「秀才，你也沒睡？」

張秋水看到王小海從人縫裡鑽出來，正朝他走過來，邊走邊向他打招呼，他也立即迎上去，急切地問王小海：「你是從鍍鋅車間過來吧？快告訴我出了什麼事？」

「嘿！大事，出大事了！一個工人掉進了鍍鋅鍋裡，十幾個人掉進清水池裡，還有幾個掉進酸洗池子裡。可不得了啊！」王小海拉著張秋水的胳膊說。

「走，到旁邊去，這裡太吵了。」

他們緊走幾步來到廠部宣傳欄跟前，就站在他們貼的那封公開信邊上，幾十張紙的公開信經過一段時間的風吹雨打，大部分已經掉了，還有殘存的幾張紙被風吹打著發出嘩啦啦的聲響，看來要不了多久也會掉。

王小海掏出一根香煙塞到嘴裡，皺著眉頭抽了兩口才接著說：「我今天正好小夜班，十一點多，我到鍍鋅車間的洗澡堂子去洗澡，因為鍍鋅車間的工人沒下班澡堂子沒開門，我就只能站在外面等。你知道，洗澡堂是背對著鍍鋅車間的，離鍍鋅車間還有點距離。我沒事正在那裡抽煙，只聽嘭通一聲，接著有人喊『人掉下去了——』然後就聽到一陣淒慘的哀嚎。我立即跑過去一看，一下子嚇呆了。十幾個掉進清水池裡的工人像煮餃子一樣在裡面撲騰著往外爬，那一百多度的水溫，人掉進去肯定得掉層皮。掉進酸洗池子裡那幾個可能連命都保不住，最慘的還是那個掉進鍍鋅鍋裡的傢伙，當場就斷氣了。等撈上來，他已經像塔材一樣鍍了一層銀裝，剩下的只是一副骨頭架子，人都燙化了。我立即投入到自發趕來的救援隊伍裡，我都不知道我幹了些什麼，反正碰到什麼幹什麼，碰到誰救誰。我從清水池裡拉出了張敢反、毛衛東、劉保國幾個，其他人怎麼被救上來的，我無暇顧及。反正就一句話，這次事故太慘了。」他眼裡含著熱淚，又猛抽幾口煙，然後把剩下的半截煙頭甩出去老遠，「這樣的廠不垮才怪呢！」

「是什麼原因造成的呢？怎麼會出這麼大的事？」張秋水急切地問。

「我聽到喊叫才跑過去，前面的事情都不知道。據老王師傅說，快下班的時候，他們在鍍最後一捆塔材，這捆塔材剛從鍍鋅鍋裡撈上來，準備放到清水池裡冷卻，不知怎麼回事，行吊一抖動，吊件左右一甩，就把下面的操作工打倒了一片。一個人被甩到鍍鋅鍋裡，十幾個人被打進清水池，還有幾個慌不擇路，逃跑時掉進了酸洗池裡。老王師傅因為兼職管洗澡堂子，他先去給洗澡堂子開門，沒走幾步便聽到呼喊和哀號，扭頭一看，人已經被打下去了。他躲過了這一劫，真是命大。」

說到這裡，王小海又長歎一聲，便蹲在地上。聽了王小海的敘述，張秋水大致明白了事故的經過。鍍鋅操作整個過程基本都是人工作業，鍍前工人把塔材碼成捆，一捆幾百公斤，然後用行吊把成捆的塔材放到酸洗池裡除鏽。除鏽完成，就用行吊把塔材從酸洗池裡撈出來放入鍍鋅鍋裡鍍。鍍一鍋大概一二十分鐘時間，鍍好再從鍍鋅鍋裡撈出來放到清水池裡冷卻。最危險的是甩鋅渣，鍍件從鍋裡撈起的時候，鍍水順著鍍件往下淋，這時要大家一起上，用鐵鉤拉著鍍件左右甩，同時還要在鍍件上不停的敲打，以便將鋅渣都敲掉，避免鍍鋅件產生滴流和矛刺。而操作工人一點防護措施都沒有，勞動工具就是幾個一兩米長的鐵鉤子和擊打鍍鋅件的鋼筋棍。這次事故看來也是出在這個環節上。想到這裡，他問王小海：「你說因為行車抖動，左右甩才把操作工人甩倒的，那麼是操作行車的操作失誤，還是行車的設備問題？」

「哪知道呢！開行車的趙小紅當場就嚇傻了，問他什麼都不知道，一個勁地哭。我覺得既有設備問題，也有操作問題，最主要的是我們的鍍鋅操作工藝缺乏安全規範和防護措施。以前小事故也不斷出現，你想想用人工敲打除鋅渣，這本身就很危險。行車在負重的情況下受到外力的衝擊震動，還要不斷上下左右晃動，能不出問題嗎？」

「不是聽說我們的鍍鋅鍋要改造嗎？改造成工頻爐。」

「改造成工頻爐，不過是把燒煤變成燒電，加熱系統改了，不改其他流程，這樣的安全事故就是不可避免的。就這個工頻爐改造，聽說要花幾百萬鈔票，廠裡哪來的錢，打報告向局裡要，局裡還沒批呢！」

張秋水朝四周看看，人們漸漸離去，周圍又安靜下來。他彎腰把王小海從地上拉起來說：「現在都深夜兩點多了，回去睡會吧。這事故反正已經出了，你參加了救援，也算出了力，問心無愧了。其他的事，咱也管不了啦，趕快回去睡覺吧！」

「我現在心裡還在砰砰跳，哪能睡得著呢？你要是困了就回去睡吧，我在這裡待會。」

「要麼，我們一起到外面去走走吧。你待在這裡會著涼的。」

「好吧。」

說著他們便一前一後離開宣傳欄。這時一張大標語被風刮下來，迎面打在張秋水的臉上。張秋水抓過那張標語一看，上面寫著「安全第一」四個大字。他一把將它撕碎，揉作一團，拼命扔出去，不知扔到了何處。

他們並肩走出廠大門外，舉目望去，星空深邃，月光已落下去，東方還沒發亮，離天亮還有一段時間。不知不覺中，他們便來到了流芳園，兩人心情都很沉重，誰也沒再說話……

第二天，廠裡便召開了全體職工大會。會上，廠長報告了事故的經過和傷員的救治情況，並進一步強調安全生產的重要性。廠長一連講了個把小時，動情時聲嘶力竭，聲淚俱下，很是讓人感動。他最後總結說：「這次事故原因還正在調查中，但是初步認定是操作者的責任事故，既有行車工的責任也有鍍鋅工的操作責任。我們要從這次事故中吸取教訓，全場停產整頓學習，避免此類問題再發生。」

方主席重點說了傷員的救治情況和對家屬的安撫。他說：「這次重大事故，死一名，重傷十二名，輕傷六名，鍍鋅車間的一個班組只有老王師傅倖存下來，其餘的全部受傷。這是建廠以來最大的一次事故。廠領導高度重視這次事故的善後處理工作，並成立了事故調查處理小組，王書記親自擔任組長。所有傷員已送到一〇五軍區醫院治療，一〇五醫院是我市最好的燒傷醫院，是找關係才送進去的。我們將不惜一切代價，砸鍋賣鐵也要把傷員治好。」

聽到這裡，張秋水想，燒傷燙傷就算把傷治好，也會留下永久的疤痕，這些疤痕留在臉上就是一輩子的事，這傷痛會給傷者心靈上留下永久的疤痕，這心靈的創傷則是沒法治癒的。在目前的情況下，把他們送到外國去整容，那是根本不可能的。所謂治好，最多也就是把命保住，那留在身上的傷疤是永遠也去不掉的了。正在張秋水胡思亂想的時候，書記說話了：「我現在宣佈一條紀律，這次事故誰也不許外傳，更不要街談巷議瞎說。大家要相信我們，我們會把這次事故處理好的，會把事故調查清楚的，該誰的責任是誰的責任，該怎麼處理就怎麼處理，對事故責任者決不姑息遷就。」

這明顯是在堵群眾的嘴，不讓人說話，封鎖消息不讓上邊知道，怕的是為此掉了他們的烏紗帽。張秋水索性再也不聽王書記的講話了，他從口袋裡掏出一個英語卡片，背起單詞來。

不知過了多久，只聽一陣哄鬧，人們一齊站起來往外走，他才知道散會了。他目光呆滯，好像一腦子心事，可是腦子裡卻一片空白，什麼也沒想，便隨人流走出大禮堂。

第二章　不熄的火燄

1

這幾年香蓮又是怎麼過來的呢？大溶河畔的草木最瞭解她的心，大溶河的流水最清楚她的情。將那草木都變作筆也寫不完她的春愁秋思，將那河水都化作淚也流不盡她胸中的痛苦與哀傷。

她同秋水成婚的時候，秋水正在大病中，她竭力抑制著內心洶湧的春潮不讓它往外溢，她要讓秋水好好養病。每當激情湧上心頭，她就雙手摀住自己那怦怦狂跳的胸口，心裡說再等幾天，再等幾天，等他好了再……睡夢中不知什麼時候她將秋水的手按在了自己的小腹上，一清醒過來她便感到臉熱心燥，神魂飄蕩，立即將他的手挪開，翻個身望他一眼，見他正在酣睡，她便在他的嘴唇上輕輕地吮一口，又將自己的鼻子放在他的鼻子上嗅幾下他呼出的氣息，心中有些微醉，迷迷糊糊地一頭紮在他的懷裡，又睡著了……她等待著，等待著秋水病癒，等待著像電影上那迷人的鏡頭出現……可是秋水他剛能起床，路還走不好，就堅決要回城。她含著眼淚，頭紮在他的懷裡，讓他再住幾天，等身體好透了再走。可是秋水說，他回來得急速，連假都沒請，再晚回去是要受處分的。她無可奈何，只得讓他走，她一邊給他打點行裝，一邊對他說：「我反正已是你的人了，無論到哪兒，可別忘了俺。我給你繡的那花手絹還在嗎？」

「啊……在……還在……」秋水在床頭上緊閉著雙目，支吾著回答。

「你一個人在外邊要知道愛惜自己，你看你這次病得多厲害呀，都是平時不注意保養，你要是有個什麼好歹叫俺怎麼往下活，還有咱爹娘，年歲都這麼大了。」說著說著，她眼圈一紅，淚珠兒就滾了下來。一盞油燈的昏黃之光籠照著她滿臉的悲苦。

秋水仍是一句話沒有，可是他心裡卻在倒海翻江，對香蓮的無限同情與憐愛緊緊地攫住他的心，但那心理障礙卻總是像一堵高牆把他與香蓮隔開，無聲的淚水順著他的面頰往下滾。香蓮一夜沒合眼，給他新綃了一雙布棉鞋，又把她親手織的毛線衣給他套在身上，她一邊欣賞他穿上毛線衣的身姿，一邊說：「這才像俺的秋水，我就要把你打扮得比那城裡的小夥子還瀟灑漂亮。」她眼裡噙著晶瑩的淚花，臉上放著幸福的光芒，一下撲到他的身上扳著他那已有鬍茬子的嘴巴在自己的腮幫子上慢慢地摩擦，癢乎乎的，真舒服啊。「秋水，你不會學那電影中的高加林吧？我知道俺小弟不是那號人。秋水，秋水，再叫我一聲姐姐吧，我好多年沒聽你叫過了，現在真想聽呢。叫啊，叫啊……」她雙手捧著他的頭，嘴貼著他的耳根說。

「姐姐……」秋水帶著哭腔喊了一聲。她聽到後渾身像觸了電一樣一陣瑟索，一邊在他的額上親了幾口，口裡喃喃著：「傻瓜瓜，俺裡傻瓜瓜，咱倆都是大傻瓜。」

秋水再也按捺不住胸中激起的一股狂瀾，猛地翻過身把她壓在了身子底下。她的魂一下子像被小鬼抓走了，一股烈燄炙烤著她，她感到喘不過氣來……突然，門口一聲狗吠把她驚醒，她一把將秋水推開，一翻身跳下床。「秋水，你不能，啊，我不能……你病還沒好透，這是要傷身體的，我不能在你病中就……忍著點吧，以後時間長著吶，夫妻恩愛也不在那上邊……」

接著一聲雄雞高唱，天很快就亮了，爹的一陣咳嗽過後，院子裡立即傳來呼啦呼啦的掃地聲。「啊，爹起來了，我去趕集去，娘說買點肉包餃子給你吃，怕你到廠裡吃不到。天還早，你睡吧，再多睡一會，噢——」她說著就又走上來把他的頭擱到枕頭上，給他蓋好被子，自己穿好衣服，轉身就走了。快走出門了，她又回過頭來，望他一眼，臉上掠過甜甜的一笑，然後輕輕把門關上就走開了。

秋水一直緊閉著雙目，雖然他根本睡不著，但他怕看到香蓮那春光融融的臉蛋，怕看到她那烈火般燃燒著的目光。待她走出去，他才追隨她的背影望了一眼，喟然一聲長歎，猛地拉過被子蒙上頭，淚水又像決堤的江河一樣濤濤湧流……

秋水走了，有工作的人是不自由的啊，不回去是要犯錯誤的，她無論如何也不能讓秋水在廠裡犯錯誤。這方圓幾十里的大溶河畔就秋水一個人在外工作，不混出個人樣子來怎好見家鄉的父老鄉親。她鼓勵秋水努力工作，積極要求進步，爭取儘快解決組織問題。聽了香蓮的這些話，秋水不禁發出一聲苦笑，他不明白入黨為什麼被稱作解決組織問題，這問題又是屬於什麼性質的問題？他連入黨申請都沒寫過，憑他這樣子還想入黨，靠邊站吧。黨的大門雖說是敞開的，可那些看門狗厲害啊……

秋水終於回城了，留給她的只有那臨別時的一個吻。幾年來香蓮就是靠這一吻作為精神支柱在無邊的痛苦中掙扎著，就靠這一點美好的回憶打發去無數的寂寞與孤獨。「七夕」之夜，她遙望著那對牛郎織女星，黯然傷神，情思難排，默默祈禱各路神仙保佑，讓秋水快回到她的身邊。牛郎織女一年尚有一次鵲橋之會，她與秋水一別就是這好幾年。八月中秋，她坐守空床，獨自垂淚。明月皎皎，夜色如水，撩不去，拂不開，令她心煩，使她心焦。春日傍晚，她站在大溶河畔，聆聽著嘩嘩的流水，面向東方，遙寄白雲藍天，訴說她的心事。秋季黃昏，她目送陣陣飛過的大雁，撕下片片樹葉漂入水中，帶走她縷縷相思，傾吐出她心中的聲聲哀歌。每到快過年的時候，她總是老早就給秋水去信，讓他無論如何一定回來過年。接著就是一天天的盼望與等待，她數著日曆，掰著指頭計算秋水何日能收到她的信，何日請假，何日上車，何日能夠到家。她早上一起來就往大隊部跑，看有沒有秋水的來信，以便知道秋水回來的時間，她好到車站去接他。眼看到了臘月二十八，還沒收到秋水的信，今年怕是又沒指望了。她心裡剛冒出這麼一句，眼淚便禁不住流了下來。她一次次等來的只是失望，一次次盼到的都是一場空。她收不到他的信，也冒然去車站接他，她懷著僥倖心理，心想也許他不來信，人就到家了呢。可是她一次次去縣城接來的總是失望，總是一腔苦水，滿腹愁情。

啊，聲聲鶯燕，濛濛飛絮，漫漫長夜，絲絲秋雨……這一切無不牽動她的情思，糾纏著她的心緒，傳播著她的哀怨，使她無法忍受。「造夕思雞鳴，及晨願烏還」，「焦首日日還夜夜，煎心年年復年年」……

秋水走後，一家的重擔就落在了她的肩上。她家承包了六畝責任田，還養著牛、豬、羊、雞等。她除了在公社衛生院上班外就是在家幹活，她一刻也不願閑著，可總還有幹不完的活。挖溝修路出義務工要她幹，繳糧賣棉也得她幹。數九寒天，冰凍雪封，就開始修堤壩、培溝渠，人家都是男勞力上陣，她爹關節炎老寒腿一到冬天就犯，秋水又不在家，只得她去幹。堅硬的凍土用洋鎬坌上去，一坌一個白印子，她的手都震裂了，順著指縫往下直滴血，可她絲毫不顧，只是一個勁地拼命幹，只穿件棉毛衫還是直淌汗。她咬緊牙關硬撐著幹，她往往在工地上幹半天，連飯都顧不上吃就立即趕到衛生院上班。她時刻想到秋水，她想她是在為秋水盡義務，想到秋水她身上就有使不完的勁。

這年的冬小麥長得特別好，馬鬃一樣的一片油綠，她家種了四畝麥子都在官路旁邊。這天上午她扛著工具去挖溝，走到地裡，見一輛小轎車從遠處駛來，到了大溶河大橋便停了下來，接著就從車裡下來幾位挺著肚皮的大幹部，隨後又開過來十幾輛拖拉機。只見那幾個幹部走下官路，來到她家的麥田裡兜了一圈，指指劃劃不知說些什麼。然後見為首的那位幹部將手一揮，說聲：「從這兒到那兒全犁掉，沿路兩旁五百米全栽泡桐樹，樹空裡栽煙葉。一個星期內完成，迎接省裡來檢查，誰阻攔這一綠色工程就抓到派出所去。」那幹部說完就跳上小車開跑了，十幾部拖拉機分在路兩邊一齊開犁。

隨著拖拉機的轟鳴，一壟壟綠油油的小麥被翻在了地下，翠綠的麥田立即變成黃土。看到自己家的小麥被犁掉，她心疼得直掉眼淚。這是她們全家的一年口糧，犁掉了吃什麼呢？這幾畝麥光化肥就上了幾百塊錢的，這不白費了嗎，太可惜了，太可惜了。她立即跑過去，來到拖拉機前頭揮手讓停下來，可那拖拉機仍朝她開過來。拖拉機的轟鳴震得她耳鼓轟轟叫，她不顧一切，一屁股坐在地上大喊：「快停下！看你們還敢往我身上軋。」

拖拉機停下了，立即跳下一個胖得大狗熊一樣的傢伙對她怒吼：「你幹什麼，想死嗎？這是咱縣裡頭號工程，你敢阻攔！」

「這是我家承包的地，你們犁了讓我們吃什麼！」

「我管你吃什麼，上面叫我們犁，我們就得犁，有意見找縣長去，剛才縣長親自在這裡指揮，你沒看見嗎？」

「我不管別的，誰犁我家的地我找誰。這麼好的小麥，你們為什麼要犁掉？」

「哎呀，你還不知道嗎，犁掉是栽泡桐樹，這泡桐樹可是能出口的，出口到日本，可以賺到大量的外匯。泡桐樹行裡還可以栽煙葉，這經濟價值大得很。城南幾個公社去年就搞了，得到了省裡的表揚，今年要在全縣推廣。」司機說著就摘掉自己的墨色眼鏡，望望這大塊的麥田，皺皺眉頭，似乎也覺得有點可惜。

「那你們得賠償我們的經濟損失，不能就這麼犁掉了，這幾畝地能收幾千斤糧呢。」

「哈哈……你這人還想賠償損失，不瞞你說，這犁地的費用還得你們自己出呢，就是栽上樹，那樹苗子錢也是你們自己的。縣裡的通知難道你們不知道。」

「哪有這樣的道理，你們這不是坑人嗎？」

「你趕快走開，我們完不成任務可是要受處分的。」那司機顯然早就不耐煩了，但面對這麼個年輕女子他又無可奈何，憑他的脾氣要是個男的來搗亂，他早就一腳給踢一邊去了。他朝遠處揮揮手，然後高喊一聲：「李警員，快過來把這女人弄走。」

聽到喊聲，一位年輕警員立即從官路那邊跑過來。他跑到香蓮跟前二話沒說，連拖帶拽就把她拖走了。隨即拖拉機猛吼一聲又開動了，一壟壟的麥子被它踩入黃土中，埋在地裡的麥苗子還在寒風中搖顫、掙扎、抗議、控訴，可是這一切絲毫沒用，它們的命就掌握在那個小小拖拉機手的掌中。香蓮掙脫著大叫：「放開我！放開我，你們幹什麼，你們這些強盜！」

「你敢罵我，你這臭婊子。」那民警對臉給她幾個耳光，打得她鮮血順著嘴角往下流。接著那警員又踢了她幾腳，拉著她的胳膊順地拖到官路上。

這時派出所所長走過來，一眼認出她來，便立即大喝一聲：「小李，不能打人，她是何書記的女兒。」她這才看到馬所長，馬所長同她爸一塊喝過幾次酒，所以才認識她。馬所長立即趕上來把香蓮從地上扶起來說：「對不起，我不知道是你，要知道是你我就親自過去了。怎麼樣，沒傷著吧？」說著他就幫香蓮整理好衣服，撣去她身上的塵土。「今天怪我，你可別生氣。」

「不，怪我，你要生氣就踢我幾腳吧，請你原諒。」李警員紅著臉，堆著笑說：「不過這叫我們也沒辦法，我們是執行任務。」

香蓮不願理睬他們，立即掉頭就往公社跑，她要去找爸爸問問究竟這是怎麼一回事，這些當官的怎麼整天就想著法子整治老百姓。跑了幾步，她才看到一輛警車停在路旁，邊上坐著一大片被五花大綁起來的農民，男的女的都有，還有幾個十幾歲的孩子。他們眼裡都噴射著怒火，望著那隆隆吼叫的拖拉機，萬分憤慨，可又一句話沒有。她的肺似乎都要氣炸了，她再也不忍去看那一片被綁起來的農民，也不忍心去看那很快被吞噬的大塊麥田，不顧一切地朝公社跑。

2

當她經過小田莊的時候，老遠就看到路邊的一戶人家門口站滿了人，旁邊還停一輛草綠色吉普車，她漸漸走上去，才看出來，原來是一位年輕女幹部帶著公社和大隊的一幫幹部在扒房子。只聽那位女幹部說：「你們這裡的計劃生育工作總是抓不上去，超生的總控制不住，歸根結底就因為不敢動真格的，像這樣的典型不治怎行？上，動手扒！」隨著她的一聲令下，一二十個壯漢子立即衝上去，扒磚的扒磚，敲瓦的敲瓦，不大一會功夫，三間新瓦房就變成一堆碎磚礫瓦。一個普通社員靠種地往往要用十幾年的積攢才能蓋起這麼樣的三間大瓦房，而因為生個第二胎，這房子頃刻之間就變成碎石瓦片。真可惜啊！計劃生育是要抓，可怎麼能這樣抓法，這不是要人命嗎？這麼大冷的天，房子扒了讓人家到哪裡去棲身呢。她又聽到那女的對站在自己身旁的幹部說：「何書記，今後就這樣搞，誰違反政策就扒他的房子，牽他的牛。你們別怕，要告，叫他們上縣裡去告我好了。」

啊，這裡原來還有爸爸，原來他也站在這裡指揮人去幹這傷天害理的事。她心裡猛一悸，一陣揪心的疼痛。她再也不想多看爸爸一眼，立即就想走開。她剛轉過身，就聽到爸喊了一聲：「香蓮，等一下，乘我們的車走吧。」

她立即扭過頭來，漠然地望了爸一眼，正不知說什麼好，只見站在爸身邊的那女人猛地轉過身，臉上現出驚喜的神情。「啊，香蓮，香蓮妹子。」她說著就立即跑上來，一下子抓住香蓮的胳膊就地打了幾個旋轉，像小孩子一樣毫無顧忌地哈哈大笑。

她也非常吃驚，「啊，原來是你，劉萍姐，你可比以前胖多了。你怎麼……怎麼到這來了……」

「啊，她現在是咱縣裡的計劃生育辦公室主任，上月剛上任。怎麼？你們認識？」爸忙插嘴說。

「我們可是老朋友了，還是患難之交呢，在那最困難的時候，我同香蓮可是情同手足啊。」劉萍格格笑著說。

「你現在當了大官了，咱哪還敢認你這麼個朋友啊。」香蓮沒有笑，咧咧嘴像是笑，又像是在挖苦劉萍，不知怎的，她現在覺得劉萍的臉變得沒以前好看了，下巴子都有點嘟嚕起來，言談舉止都像是表演出來的很誇張。特別是她身上的那股子香水味，她感到很刺鼻了。

「哎呀，看你說哪裡的話，咱們之間沒什麼官不官的，要說官還是你爸的官大呢。走，回公社再敘，快上車吧，我這些年時刻都想念你，一直想回來看看的，可是不知一天到晚忙些什麼，總是沒來上。」劉萍說著就拉著她的胳膊把她拉上了吉普車。香蓮身子往後撤著說：「你們人多，不好坐，我還是走去吧。」

「不行，不行，坐不下讓他們都走著，你也得上車。」劉萍說著又是爽朗一笑。

香蓮坐上車，司機一踩油門，汽車就開動了。這車能坐四五個人呢，她從來沒坐過小車，聽人家說得很玄乎，說坐著怎麼舒服，可是她坐在上面，小車總是顛來搖去的，搖得她頭髮暈。碰到孬路，一顛老高的，又落下來把人的屁股能顛爛，還有沖人的汽油味，鑽到鼻子裡，腦子都是疼的，讓人發昏。

劉萍呱呱的，話說個沒完，可是香蓮腦子裡總回映著剛才扒房子的那一幕。她想，劉萍本來是個很好的姑娘，最有同情心，知道可憐人，心地非常慈善，幹活的時候連個螞蚱都不願意傷害。可是她現在怎麼變得這麼兇殘，她指揮人扒房子時那樣子活像隻母夜叉。自從我和她相識就見過她兩次凶相，一次是那天她從公社「開會」回來，韓書記欺侮了她，她用姑娘的貞操換回一張招生登記表，第二次就是這次了。第一次是受別人欺凌而帶悲苦的憤怒，這次卻是欺凌別人而又不可一世的盛怒。看來人也是會變的啊，劉萍已不是從前那個可憐巴巴的接受貧下中農再教育的劉萍了，而是官大氣粗威風凜凜的劉主任了。再看看爸爸，他滿臉的憂鬱，重重的心事，一句話也不說，坐在車上一口接一口地抽煙。他是農民的兒子，知道扒了房子對一位農民來說意味著什麼。也許他是不得已才這麼幹，也許有他的苦衷，也許他的心正在為剛才那一幕而難過……可是說來說去不就是為了保那烏紗帽嗎？他要不當這個書記，打死他也不會去扒人家的房子的，當了這書記，他就得幹他書記該幹的事。想到這裡，她猛然感到爸爸和劉萍都是那麼陌生，與自己離得那麼遠。越想，越感到困惑，越想，她越感到不是滋味，越想，她的頭炸得越狠。她實在忍受不住了，猛一仰頭，高喊一聲：「停車！我要下去。」

滿車的人都猛一吃驚，一齊用驚疑的目光望著她。司機聽到喊聲，嗄吱一下把車剎住，也吃驚地回過頭來，望著她說：「怎麼了，你？怎麼回事？」

她勉強笑了一下說：「啊，我暈車，光想吐，我下去走吧。」說著她就去拉車門，拉幾下沒拉開。

劉萍立即上來，把車門打開，自己先跳下去，然後伸出雙手把她扶了下來。「怎麼搞的，你身體太差了，以後可得加強營養，你看你瘦的，我都不敢認你了。怎麼樣，難受得很嗎？」劉萍非常關切地問她。

「啊，不要緊，下來也就好了。我是沒福氣坐這車，你快上去走吧。」

「不，我陪你一道走，咱姐妹倆正好多說會話。」

「以後時間長著吶，你既然回來工作了，今後咱們還愁沒有見面的時間嗎？你快上車吧，幾個人等著你呢。」她說著就將劉萍往車裡推。

這時何書記也說：「既然香蓮暈車，就讓她自己走吧。劉主任，你快上來吧，咱們回去還得開會呢。」

「那好吧，開完會，我到衛生院去找你，今天誰的飯也不吃，就叫何書記招待了。」只聽爸在車裡連聲應諾：「一句話，一句話，我回去就讓人準備。」

劉萍一頭鑽進汽車裡，轉身又朝香蓮揮揮手，然後啪地一聲把車門帶上。司機一踩油門小吉普車又一溜煙跑開了。後面卷起丈把高的黃土，把路兩旁的小樹都蒙上灰濛濛的一層塵垢，正在路上啄食的小雞，也一起嘎嘎叫著沒命地飛跑，生怕被追在身後的那轟轟叫的怪物一口吞掉。

一下車，香蓮心裡便感到猛一陣清爽，嫩陽照射下來，讓人感到幾分溫暖。田野裡的積雪還沒化完，散佈出陣陣寒氣吸盡了太陽的光和熱，空氣依然清冷。她深深地吸一口清新的空氣，心情暢快了許多，於是就邁開大步，一路小跑㨪地往衛生院趕。一望無際的田野，麥苗鬥風傲寒，翠綠一片。可是它們不久將被那無情的拖拉機犁去，短暫的青春將被那隆隆的吼聲吞沒。想到這裡，她心裡又沉鬱起來。

她很快就來到了公社衛生院，聽說馬上就撤社劃鄉了，以後將公社改成鄉，大隊改成行政村，這衛生院怎麼個變法還不知道。現在大小幹部都在走門子找關係，花錢請客送禮，有的不惜幾萬元往上送，去買官當。衛生院院長也在跑路子，求人安排工作。所以醫生和護士上班都不正常，到點了還沒人來上班。她立即換上工作服，把門診室打開。突然一副擔架抬著一位病號飛奔而來，聽到那病號一陣陣泣瀝嘶啞的哀號，她的心頓時擰作一團，立即走上去問：「怎麼了，他怎麼了？」

「啊，大夫，他的眼被人打瞎了，快救救他吧，我求你了。」跟在擔架後面的一位中年婦女哭得鼻子一把淚一把的，抽噎著說。抬擔架的那幾個男的把擔架放下來，一起對她說：「何醫生快救人吧。」他們搖頭歎息著，期待地望著她。

她一聽說是打架的，就火來了，「打架打的，為什麼要打架？咱這裡治不了，你們上縣醫院吧。」

「啊，去縣裡幾十里路，這一會半會哪來得及，你行行好，想想辦法吧。」一位抬擔架的說，「你看他疼得那樣子，抬不到縣醫院怕就疼死了。」

只聽那病人又哀號幾聲，接著就昏過去了。那位婦女一下子撲上去哭喊著：「孩他爸，你醒醒，醒醒啊。」

看到這慘狀，她幾乎要掉下淚來，長歎一聲，二話沒說，就讓人把病號抬進屋，立即進行急救。她給病人打了針，清洗過血污的眼睛，敷上藥，紮上繃帶，又吊上水，直忙了個把小時，這才喘過一口氣來。病人鎮靜下來，安穩地睡下，她才坐下來望著那婦女說：「你家孩子爸因為啥事被人家打成這個樣子？男人火氣大，你也該勸住才是呀。」

那女的抹抹眼角，一臉的悲傷立即換上一副怒容。「大夫啊，哪是咱跟人家打架喲，我家孩子的爸從沒跟人家爭鬥過，不信你打聽打聽，這前後左右，十里八里的誰不知道他是個老好人。」

「那是怎麼搞的呢？」

「唉，別提了，這話得從頭說起。這幾年咱這裡淨搞花花樣，搞什麼方子田，林蔭道，好好的田地都挖成了路，栽上了樹，攤到誰地裡誰倒楣。俺家承包了八畝責任田，就有六畝挖成了路，栽上了樹。我家的麥子長得那麼好，花了幾百塊錢的本買了肥料放到地裡也就白撒了。光吃這虧還不算，公糧還一兩不能少繳，你想我家種上的麥都給毀光了，剩下不到半畝麥子地，能打多少糧食，我們合同本上光徵購任務就要八百多斤。這半畝地打下的糧食一粒不剩都上繳，也頂不夠任務啊。我家孩子他爸抹不過這個理來，就找我們大隊書記要求減免公糧。可書記說這徵糧是上面下的任務，上面不給咱大隊減，大隊也就不能給你減。麥田被挖的也不是你一家，都要求減，誰還願繳公糧。交不出糧就交錢頂任務，我家孩子爸就同書記吵，說他們搞的是什麼形式主義，俺也不知他爸哪裡學來的這新詞兒。這下子可氣惱了我們書記，他破口大罵說：『這是上面叫幹的，不管啥主義，叫你幹你就得幹，有意見你到上面提去，告到北京咱也不怕。不但這公糧一兩不能少，攤你地裡的樹苗子錢還得要你認，另外各種提留款也一分不能少，上面找我要，我就得找你們要。我這都是按上級的指示辦的，拿不出錢就牽你的牛，再不然給我上派出所蹲幾天去，我看你就乖了。』我家孩他爸氣得臉色鐵青，上去揪住書記要同他一起到上邊去評理，我死拖硬拽才把他拽了回來。我勸他，『你想這搞方子田，修路栽樹都是上面的指示，各種苛捐雜稅也是上面派的，他書記也是執行上頭的，告到哪裡咱也告不贏，自古就是官官相護的，天下烏鴉一般黑。反正麥子被挖掉的又不是咱一家，到交糧的時候再說，人家能死，咱也不怕埋，人家都不伸頭，咱何必逞這個能呢。』孩他爸被我死活硬勸總算勸下來了，一氣幾天都沒吃啥，一個勁抽悶煙。我想讓他出去散散心，他會燒土窯，我就勸他出去跟人家燒土窯去。一者可以省下自家的糧，二者也可以掙幾個錢抵公糧，他就答應了。他正要出門，大隊書記就帶著幾個人來了，立逼跟俺要錢，各種稅款加在一起五六百塊，你想這個時候，青黃不接，上哪弄錢去。我求他們緩緩期等俺湊出來再給，可書記說：『早就給你們講了，你們是誠心不想交，給我搗蛋。今天不給錢就不走，沒錢可以牽牛、逮豬、逮人！』我家小孩爸氣本來還沒消，這下就更火了。一下子撲上去拽住書記的衣領子說：『你們不要把人往絕路上逼，你們是黃世仁、穆仁志，是國民黨，我跟你們拼了！』我家孩的爸嘴上雖這麼說，可並沒真動手，書記怕自己吃虧，來個先下手為強，上去一拳就把俺孩的爸眼給打成這個樣子。你看這血把衣裳全給染紅了，大隊書記打人，這是啥世道啊。」她說到這裡又哀哀地哭起來，再也說不出話來了。

香蓮心裡無比憤慨，這像什麼話！這都是爸爸他們佈置下來的任務害的，可是爸爸也有自己的苦衷，他也是執行上面的。這些花花樣子都是誰想出來的，真是罪該萬死！她在心中罵了一句，就對那位哭著的婦女說：「大嫂，你別哭，其他事以後再說，現在最要緊的是給你家孩子爸治療。咱這裡條件差，也沒什麼好辦法，你得趕快轉院。」

「轉院？這麼遠的路，天又這麼晚了？」她一臉難色。

「一會也不能耽誤，必須馬上轉院，說不定你家孩子爸的眼還能治好呢，在這裡豈不是白白耽誤了。」她話還沒說完，劉萍笑呵呵地走進來，先聲奪人。「香蓮，走，會開完了，咱們聊聊去。」說著她便一步跨了進來。

「你看我這裡有個危急病號，我怎麼能走？你先去到爸那去吃飯吧，我過會再去。」她一邊不停地忙著，一邊對劉萍說。

劉萍這才扭頭朝病床上望了一眼，輕輕啊了一聲。「這裡就你一個人？不能讓別人值會班嗎？」

「唉，他們可能都有事去了，還沒來。」說到這裡她突然靈機一動，「唉，劉萍姐，我想跟你商量個事情。能不能用你的車把這位病人送到縣醫院去，他的眼被打瞎了，很危險，必須馬上轉院治療。」她說罷，目光灼灼地望著劉萍，等待她的回答。

只見劉萍開始眉頭猛一皺，接著又猛一舒展，笑笑說：「哎呀，你真是菩薩心腸，這些年了，你這性子咋一點沒變。既然你說出來了，姐姐我還能不給你面子嘛，不過司機還沒吃飯……哦，救死扶傷嘛，我讓他送去回來再吃吧。」說著她又望了那位大嫂一眼，說：「你就是他的家屬吧？」

「是的，這位大姐，謝謝你了。」

「不用謝，不用謝。」劉萍臉上充滿行善樂施的容光，笑著朝她一擺手說：「我這就去喊司機，讓他把車子開到這裡來，你們等著。」話沒說完劉萍就退了出去。

不一會，吉普車便開過來，嘎的一聲停在了醫院門口，香蓮立即幫助他們把病人送上車，連連向司機說幾聲感謝的話，才關上車門。她本打算跟去的，可是車太小，實在坐不下，她只得罷休，那位大嫂感激涕零，撲騰跪在地上就給她磕頭。她立即將大嫂拉起來，把她塞到了小車裡。

汽車開走後，香蓮心裡感到無比沉重，像這位被打瞎眼的社員，像這位有冤無處訴的大嫂，誰去給他們作主啊。

香蓮心事重重地來到了公社食堂的小餐廳裡，這裡已擺好了兩桌酒席，單等她到才開宴。她今天具有雙重身分，既是何書記的女兒，又是劉主任的患難之交。她知道自己不過只是一名衛生院的小護士，不是這樣的關係，這些幹部們連看也不屑去看她一眼的。她的價值僅僅是通過爸爸和劉萍體現出來的。

劉萍見了她，老遠就迎上來，口裡說著：「來來來，就等你了，你今天可是這席上的上賓。」說著就把她拉到自己的身邊坐下。她正好坐在爸與劉萍的中間，這是預先給她留好的位子。她一入席，一桌子人刷地一下全都站了起來。劉萍把她按在椅子上，然後對那幾位幹部一擺手說：「都坐嘛，坐下，今天這裡沒有外人，大家隨便點，都別拘束。」

大家一落坐，菜便一個接一個地端了上來，雞、魚、肉、蛋，山珍海味幾十個大盤子滿滿擺了一桌子。香蓮從沒參加過這麼樣的宴席，這一桌席起碼得好幾百塊，要值上千斤小麥，那可是農民一年的口糧啊。

菜上齊了，劉萍首先端起酒杯要敬香蓮，香蓮說不會喝，可是劉萍怎麼也不從。一位縣裡來的幹部也幫腔說：「這酒可一定得喝，今天能喝多少喝多少。能喝四兩喝半斤，黨和人民心連心，能喝半斤喝四兩，對不起人民對不起黨。」他的話引起滿桌的人哈哈大笑，香蓮只得端起面前的杯子一飲而盡，劉萍慌忙給她夾菜。

這時，說俏皮話的那位幹部也連忙站起來敬何書記酒，何書記說：「昨天喝多了，現在胃還疼呢。」那位幹部說：「那怕啥，反正吃藥不要錢，讓香蓮給你拿藥方便得很。革命小酒天天醉嘛。來，喝。」說著他一飲而盡將酒喝下，接著說：「我前天剛聽說一個順口溜，說『革命小酒天天醉，喝壞了黨風喝傷了胃，喝得老婆背靠背……書記說的該喝不喝也不對』。」他的話又引起一陣大笑。

接著，幾個幹部一起上來一個接一個向香蓮敬酒，她說：「我不會喝，實在對不起。」可是他們都說：「能喝劉主任的就該喝我們的，可別看不起人。」他們一個個心那麼誠，嘴那麼甜，盛情實在難卻。她一連喝了七八杯，肚子又空，立即感到臉熱心燥，鼻孔裡噴火，飄飄忽忽，桌子旋轉，椅子搖晃，一下子就癱下去了。她好像聽到劉萍罵那些幹部們不該讓她喝那麼多；她好像感到劉萍上來把她拉起來攙扶到床上，問她可喝水；她好像覺得自己微微搖搖頭，長出一口氣，接著就迷迷糊糊地睡去……

……在一個大雪紛飛的傍晚，她下了班，冒著風雪往家回，她要侍候爹娘，她不能不回家，她不回家爹娘也不放心，他二老會點著燈等到她天亮。四野一片白茫茫，雪粲撲頭蓋臉地往下倒，她獨自行走在風雪中，舉步艱難，可她從小就是從苦水裡泡大的，什麼樣的罪沒受過，雪天走這幾里路，對她來說不算回事。

她來到大溶河大橋，便下了官路，沿著河堤往家走。走著走著一抬頭，見前面挺著一個人，那人幾乎已被雪埋沒了，只有那頭上的黑色「猴帽」還能辨認出他是一個人。一根柳棍扔在路邊上，棍旁有一個竹籃子。「莫非是劉四爺？」她心裡猛一悸，立即猛跑幾步到跟前，蹲下去抹掉他臉上的雪，一看果然就是劉四爺。只見他直挺挺的躺在那裡，兩眼發直，渾身冰冷，她一看就知道他早就斷氣了，屍體都凍硬了，不知死了多長時間了呢。她哇的一聲哭了，一邊哭一邊搖晃著他的頭喊：「劉四爺——劉四爺——」他明顯已不中用了。她想把劉四爺弄回去，可是她哪里弄得動啊，搬了幾次也沒搬起來，於是她立即拔腿就跑，她要趕快到村裡喊人，把劉四爺抬回去。

劉四爺跳忠字舞的時候摔壞了一條腿，大生產隊的時候還能養著他，他也能為生產隊看個場，餵個牲口什麼的。現在分了責任田，一家一戶搞單幹，他年紀大了，又瘸個腿，不能種地了。他就以賣麻花子、花生、糖果之類的東西為生，有這個小生意幹著，他生活也能過得去。不過一天到晚拄著拐棍到處叫賣，也怪可憐的。無論冬日夏日，陰天晴天，天不亮，你在睡夢中就能聽到他那嘶啞地叫賣聲：「麻花子——焦酥的麻花子——還有花生糖果……」他反復重複著這單調的聲音，兩長一短，兩慢一快，頭兩句喊得慢而長，後一句喊得快又短。這些年來，只要你來到大溶河畔，總能聽到他的叫賣聲。早上，聽到他的叫賣聲，人們就知道天亮了，該起床了；晚上聽到他的叫賣聲，人們就自然想到吃晚飯的時候到了……沒想到他竟然在這麼個大雪天，凍死在這冰天雪地裡。像劉四爺這麼個好人，怎麼竟死得這樣慘啊！像劉四爺這麼一心為公，一輩子聽黨的話，在河工上立過功，在學大寨時評過模，在淮海戰場上得到過支前模範獎章，又曾是全省學習毛主席著作積極分子，老來卻是這麼個下場，可憐啊！嘿，人活在這個世上還有什麼意思，到頭來腿一伸眼一閉，啥也不存在了……她一邊氣喘吁吁地往家跑，一邊亂七八糟的這麼想著。很快她就跑到村口，不知是誰給誰正在吵架，周圍站著一堆人看熱鬧。她聽到一個男的聲音大叫，「張福志，你出來，你不是人，你是王八蛋，我日你祖宗八代。」緊接著是一個女的哭喊：「張福志，你不是人啊，六〇年的春上，孩他爹不在家，你那時是村長，一天你黑更半夜跑到俺家，掏給俺兩個糠菜窩窩，你就要同俺睡……這麼些年我一直把這事埋在心裡，可是眼看這一大把年紀了，我還能把這冤屈帶到墳墓裡去嗎？你龜孫子現在孬了，當初的威風哪去了。你出來呀，我反正也不要這老臉了，我非跟你拼不可……」她說著就又是一陣叫罵。

香蓮一下子聽明白了，這是趙興才兩口子在張福志門前叫罵。趙興才家老婆也真是，都這麼一把年紀了，還翻這些陳年舊帳弄啥呢？都是過去的事了，還提它幹什麼？在那樣的年代，誰肚子裡不裝著一腔苦水啊，那是歷史的錯誤，要算帳，就同歷史去算吧。不過張福志這人也確實太壞，在那樣的時候，一塊饃能買人一條命，怎麼能在那樣的時刻利用權勢去強姦人家呢，那不是活該天打雷劈嗎？這樣的人為什麼竟然活得這樣好，怎麼不死呢？挺在那河邊的雪地上死去的應該是張福志，不應該是劉四爺啊。是不是閻王爺弄錯了生死簿，還是小鬼判官受賄徇了私情？

她緊趕幾步跑上去，扒開人縫，對人們大聲說：「劉四爺死了，就在大溶河邊的雪地裡，你們趕快去把他弄回來吧。」

在場的人都一下子愣住了，趙興才的兩口子也停止吵罵，立即圍到她跟前。

「怎麼，這是真的嗎？」

「我剛從那來，親眼看見的還能有假。」

「怎麼會呢，他的身體滿好的嘛。」

「啊，可能是下大雪，路不好走，摔著了。」

「嘿，這老頭子也真是，下這麼大的雪還出去賣什麼麻花子呢。」

「唉，這麼大年紀了，連家小都沒有，死了都找不到個扛遊魔幡的，真可憐啊。」

「趕快找東西把他弄回來要緊。」

「我這就回去搬我們家的門板去。」

人們七嘴八舌地議論著，立即散開，有的立即隨著香蓮往大溶河跑，有的立即回去拿東西。趙興才兩口子也立即跑回家抱來一床被子飛快地跟在人群後面跑。

人們把劉四爺抬回來，有的出錢，有的出料，有的動手幹，沒人號召，沒人動員，一齊動手給他打了一個棺材，又給他從內到外換上新衣服，才把他抬到自己家的祖墳裡安葬了。埋劉四爺的那天，全村男女老少都來了，一個人一鐵鍬土，就把劉四爺的墳頭堆得山一樣高……

她一覺醒來，天已大亮，剛才那段往事仍像煙雲一樣在她腦子裡盤繞。她看看自己原來睡在爸的床上，她這才猛然記起昨天的事來，「啊，我昨晚真的是喝醉了。」她想折起頭來，啊，這頭怎麼搞的，像空的一樣，又疼又懵。也許是喝得太多了，也許是太累了，也許是太餓了，也許是受的刺激太多了，反正不知怎麼搞的，我昨天是真的醉了，一個年輕女人，當場倒在桌子底下，人家是要恥笑的。嘿，管它呢，反正事情已過，後悔也沒辦法的。她感到頭痛得越來越厲害，她第一次嘗到了醉酒的滋味。她再次想坐起來，可是頭總是抬不動。她猛然想起了爹娘，「啊，我昨晚一夜沒回家，他二老要掛念的，我必須立即趕回去。」想到這裡她身上突然產生一股力量，一骨碌爬起來，就要往外走，走了兩步，一陣頭暈目眩，她立即抓住門框喘息一會，然後一步步邁出屋去。

3

這年過年的時候，秋水還是沒回來。雖然他不在，她仍然像往年一樣給他盛了滿滿的一碗餃子擺在她床前的條桌上。望著那縷縷升騰的熱氣，她不禁肝腸寸斷，淚哽喉塞，滾滾熱淚直往肚裡流。秋水不回來過年，父母心裡也十分難過，但他們更怕香蓮難過，總是強顏歡笑，五更裡老早就起來，放炮、守歲、吃年飯。她理解兩位老人的心，只得強打精神，按照多年的傳統習慣祭祖、祭天、祈福禳禍。一切都忙完之後，她才能獨伴孤燈去抹眼淚。她覺得自己同媽一樣的苦命，她記得小時候，有一年過年爸爸在部隊裡沒有來家，媽五更裡起來下了餃子讓她吃得飽飽的，又給爸盛了一碗擺那裡，而媽自己卻不吃，只是一個勁地垂淚。媽將她緊緊地摟在懷裡，流著眼淚說：「都是為媽的不好，你爸他不要咱娘倆了，媽今後就指望你過了，你可要爭氣，好好上學啊……」媽接著就嚶嚶地哭起來，再也說不下去了。她趴在媽的懷裡，用那細小的手給媽抹眼淚，說：「爸不要咱，咱也不要他，我見了他就害怕，他不是我的爸。」說罷她也趴在媽的懷裡大哭起來。她覺得自己很傷心，可是媽比她哭得還傷心啊。後來她漸漸長大了，明白了媽受苦的根源，那是因為爸爸在外地又找了人。爸升了軍官就當了陳世美，嫌媽土，嫌媽沒文化，嫌媽比他大兩歲。從那以後，她就暗下決心，好好上學，立志活個人樣子出來，報答媽的養育之恩，讓媽到晚年能過上好日子。可是那年的一場大水把媽沖走了，不是秋水爹娘搭救，她也早餵了河裡的魚蝦。她的幻想徹底破滅了，從此她失去了上學的機會。要是媽活著，無論如何是要她上學的啊。當然秋水的父母沒讓她上學，並不是對她不好，而是確實負擔不起啊。她要上學，秋水就得下學去幹活……後來爸爸轉業回來了，還當了公社的書記，先把秋水送到省城去當工人，又把她送去地區衛校學習、培訓當護士。美好的生活眼看就到來了，她眼前出現了七彩的光環。她常想，秋水在城裡當工人，我在家給他帶娃娃，他每到逢年過節回來看看我們，我們有時間就到他那裡住些時，這樣的生活不是也很好嘛。兩個人整天在一起，免不了舌頭磨牙，吵嘴打架的，守著爹娘跟前，多不好。他在城裡我在家，到一塊親都親不過來，哪有功夫去吵嘴呢。沒想到秋水也像爸當初一樣沒心肝，沒想到從小一起長大的秋水也會看不起人。嗚咽的淚泉從心裡流出來，溢出眼眶，滴濕了衣襟，拭潮了衣袖，淚水仍是不住地往下淌……

這幾年，娘的身體越來越不行了，爹的身體也不如以前，關節炎腿經常犯病，一犯病就什麼也不能做了。全家不算秋水，三口人，承包了六畝責任田，她除了在公社衛生院上班，回家來還要種地。好則，她從小就是幹慣了的，田裡的活樣樣會，而且幹得又麻利，犁田、打麥、揚場、搖耬、撒種，她樣樣都能幹。

這年收麥的季節，五六畝小麥全靠她自己收割，夜裡到衛生院去值班，白天就回來收莊稼。人家都是女人在地裡割，男人用架車往場上拉，她一個人只能割一點，拉一點。裝麥子的時候，她連個扶架車把的孩子都沒有，只能用一條長板凳支著架車把，一捆一捆地往上裝。有時一不小心，後頭裝重了，架車就要翹起來，裝了半天，全掉下來，還得重新裝。人家都是女人割，孩子捆，男人拉，一點也不窩工，她處處都是自己一個人，幹得格外慢。眼看麥子熟透，就要落籽了，她急得沒辦法，乾脆請假在家收麥子。這天，雞不叫她就起床，把鐮刀磨得快快的，披著一天星星來到地裡就幹起來。四野一片靜寂，遠處的鬼火一閃一閃的，她心中不免有些害怕。空中偶然掠過一聲孤雁的哀鳴，她聽了更覺得毛骨悚然。她硬著頭皮，不朝四周看，一頭紮到麥壟裡便「嚓嚓」地幹起來。這嚓嚓的割麥聲劃破了靜夜的沉寂，給她壯了膽子。等到天亮，人家都下地的時候，她把一塊地都割完了。當人家開鐮起割，她已開始往場上拉了。

她裝了滿滿的一架車子割下來的麥鋪子，拉起來真沉啊。車輪子深深地陷在鬆軟的土地裡，袢繩深深地勒進她肩上的肌肉裡，每走一步就要拼盡全部氣力。鄰地裡的賈二嫂看她拉得如此艱難，就主動過來幫她。賈二嫂一邊推車，一邊笑著說：「大妹子，你咋不寫封信叫秋水兄弟回來幫你收麥呢？」

「他工作忙，回不來，人家工廠裡哪能想回就回的呢。」

「哎呀，我說你真傻，編個瞎話就說你病了，打個電報去，保准馬上就能回來。」

「就這幾畝麥還不好收嘛，叫他回來弄啥呀。」

「噯，我說傻妹子，說讓他回來幫你收麥，那不過是藉口，你這塊地再肥，沒人下種可是出不了苗的呀。」賈二嫂說著就哈哈大笑起來。

「哎呀，該死的，真是狗嘴裡吐不出象牙來。」她羞紅著臉，笑著對賈二嫂說，「你說的啥話，磣牙慌，再沒正經，俺可就惱了。」

「哎呀呀，還害羞是不是，都是過來人了。小兩口抱著頭姐呀，弟呀的就不磣牙了。」賈二嫂這人總愛開個玩笑，這玩笑開在別人身上，人家嘴裡罵她，心裡卻甜蜜蜜的。可是對香蓮來說真是哪壺不開提哪壺。香蓮猛一下子停住車，「去，別胡沁了，俺不讓你推了。幫個忙就說這一大堆廢話。」她顯出生氣的樣子，心裡被賈二嫂撩撥得七上八下的。

「大妹子，你別生氣，走嘛，真不知道你的臉皮這麼薄。」說著她就推動架車，香蓮只得又將袢繩挎在肩上彎著腰拉。「我這人喜歡說笑，這輩子是改不了的了。我看你整天悶悶不樂的樣子，給你解解悶嗎。你們有文化的人，文明，不像咱這老粗，心裡想啥，嘴裡就說啥。你們那想的是一套，說的又是一套，咱可不中。我要像你這樣，早就給憋死了，你看你『那塊自留地』旱得很啊，快讓秋水回來吧，再旱下去地就要開裂了。啊，哈哈……你看我這嘴，不說留不住。」賈二嫂說著猛一使勁就將車推出了地頭。

香蓮扭頭對她紅著臉一笑說：「謝謝你了，快去忙你的吧，二哥在等你呢。」

「好，車子上了路就輕了。我就不幫你推了，你別急，慢慢幹，等俺把這塊地收完了，過來幫你收。」

「不用啦，我慢慢能幹，你快回去幹活吧，耽誤你的功夫了。」

「看你說哪裡話嘛，你給俺打針半夜半夜的熬，俺都沒法感謝你呢。」賈二嫂對她笑著說，「都是自家人嘛，客氣啥。」說著她就回到自己地裡割麥去了。

她拉著一車麥上了大路，大路上拉車的都是男人，有的還讓自己老婆坐在架子車上拉著。她真羨慕人家小兩口一對一對的，說說笑笑地幹著活，再累也不嫌累。秋水要是在家，俺也不比人家差呀，她想，我在衛生院上班，能掙上零花錢，他把這幾畝地種好，也不愁吃的。一家人在一起熱熱和和的，過起來也有勁。現在這搞的像啥呢，整天心裡七上八下的，守活寡。嘿，人各有命，想這些幹什麼呢。……

突然遠處傳來一聲悶雷，她抬頭望望天，東南方起了一大塊黑雲，眼看那塊雲在擴散著朝這邊湧來。壞了，怕是要下雨了，難怪今天這樣悶熱，太陽還沒出來，大地已被蒸得熱騰騰的了，知了爬在樹梢拼命地叫，樹枝一動也不動，汗濕的衣服扒在身上又濕又黏。她雖然熱得滿臉通紅，汗滴如注，但仍然加快腳步，一路小跑將一車麥子拉到場裡，又一路小跑地拉著空車往回趕。割掉的麥子要趕快拉到場裡堆起來，不然放在地裡一下雨就要生芽子，一年的收成一下子就拋撒光了。

眼看烏雲越來越濃，天空越來越黑，大雨很快就要來到了。大田裡人聲鼎沸，吆喝聲，呼喚聲，吶喊聲攪在一起亂糟糟的揉成一團。人們都爭搶著在這暴雨來到之前將麥子收到場裡，幹起活來拼老命，拉起架車飛跑，像運動員終點衝刺一樣緊張。賈二嫂一著急就要揍孩子，這是她多年的習慣，她嫌孩子不會幹事，嫌孩子幹活慢，把孩子打得哇哇叫哭。其實她那孩子還不到十歲，捆麥、裝麥、扶架車把樣樣都幹，還能幫大人牽著牲口轉場，聽說城裡的孩子照他這麼大吃飯有的還要大人餵呢。

香蓮慌得氣都來不及喘，一路飛跑著趕到地裡裝上滿滿的一車麥子。她今天起得特別早，割下的麥子十來趟才能拉完，算這一車她總共才拉了兩車子。眼看大雨就來到，還有這麼多割下的麥子放在地裡，她怎麼能不著急。她儘量讓車子裝得滿些再滿些，高點再高點，車上的麥堆得有一人多高了，她捆都沒法捆，一個人搞不好，架車子一搖晃，裝了半天全倒下來，還得重新裝。她正急得沒辦法，爹拄著棍一瘸一拐地趕來了，見到爹，她就像瀕臨絕境的孩子一下遇到了救星，心裡一熱差點沒哭出聲來，眼淚撲簌簌往下掉。爹二話沒說，立即走上去幫她把車子捆好，然後一把奪過她手裡的車把甩掉棍子就要拉車。她無論如何也不能讓爹拖著一副關節炎腿忍著劇痛去拉車，她哀求說：「爹，你腿疼，怎麼能拉車呢。我拉得動，眼看就要下雨了，你趕快回去吧，別被雨水淋著。」

「我這把老骨頭能值幾個錢，就是死了又有啥大不了的。你還是讓我拉吧，爹看到你這樣吃苦，心裡難過啊。」

「爹，你快別這麼說，莊稼人誰能不幹活，秋水不在家，我不幹誰幹。你有病，說啥我也不能讓你拉車啊。讓你拉車，鄉鄰們不罵我嘛。」

爭了半天，爹總算將車把又交給她，可他非要跟在後面幫助推，她只得答應了。

就這樣一連又拉了三架車子，一陣涼風突然掠過地面，接著頂頭一聲炸雷，滂沱的大雨便嘩嘩啦啦倒下來，像水缸掉了底似的。他們緊趕忙趕又裝了一車，但地上已經濕了，架車輪子深深地陷在泥地裡，拉也拉不動了。後來旁邊的幾個人都過來幫著連拖帶拽才總算將車子弄出地頭。暴雨劈頭蓋臉地往下倒，她頓時渾身水淋淋的，褲子緊緊地裹著她的腿，汗衫緊緊的扒著她的脊樑，腳下一跐一滑的。她索性甩掉鞋子，將褲腿捋到大腿根上，赤巴腳踏著泥濘往家拉，無論如何，拼死拼活，她也得把這一車麥子搶回去。車輪卷著泥巴，越來越沉，狂風卷著暴雨橫吹豎淋，噎得她喘不過氣來，她不顧一切地猛拉。突然她腳下一滑，車子猛一顛簸，接著左右一搖晃，她連人帶車一下子翻在路旁的濠溝子裡。

人們從四面八方趕過來，將她從泥溝裡拉起來，溝裡已有半濠子水，她並沒摔著哪裡，真是萬幸。人們一起過來幫著將那一車麥弄到場裡，用塑料布蓋起來。麥子堆到場裡，下幾天雨也沒事，可是地裡的麥子還有幾車子都沒拉回來，以後只能吃「芽子麥」了。

回到家裡，她便發起高燒來，昏迷之中，她又想起往事。……她拉著一架車黃燦燦的烤煙葉去煙站賣，天氣真熱啊，太陽像火球，似乎要把這個世界都給烤乾。她一大早就出來了，可是到了煙葉收購站，裡面的人已排得滿滿的了，她立即將煙葉從車上卸下來，鑽到人群裡去排隊。賣煙葉的人太多了，整個大院裡擠得滿滿的，天氣又熱，真能把人悶死。縣公安局派來了維持秩序的民警，可院子裡還是亂糟糟的。突然一位中年婦女被民警從隊中拉了出來，民警說她插隊，奪她被單裡兜著的一兜子煙葉。那婦女一邊哭一邊說：「我沒插隊，我是半夜裡就來了的，小孩餓了非要吃東西，我剛出去給孩子買了兩隻燒餅，回來你們就說我插隊，要沒收俺的煙葉。我知道，沒收了，得的錢你們這些黃鼠狼好去私分，俺不賣了還不行嘛。」那婦女死活拽住自己那一兜子煙葉不鬆手。

這下可氣惱了那個年輕的民警，他對臉就給那婦女一巴掌，打得她順嘴淌血。

「你怎麼打人？」

「欺服一個婦女算什麼本事。」

「真不像話，民警竟然動手打人，這是知法犯法。」周圍的人們一個接一個怒吼。

那位婦女哭叫著奪他的煙葉兜子，也不顧去擦嘴上的血。在場的人都氣不順，一齊上去要跟那個民警論理。那民警惱羞成怒，一下奪過那婦女手裡的被單，將裡面的煙葉撒了一地，怒沖沖地對人們說：「你們想幹什麼，吃飽飯撐的是不是，想造反嗎！煩了我，我叫你們今天都賣不成！」說罷一甩手，便揚長而去。

香蓮立即上來勸那位婦女快把地上的煙葉揀起來，不然就要被人踩碎了。那婦女挨了打，當然還不服氣，但終於被人們勸住了，「算了，算了，好漢不吃眼前虧。跟民警哪有什麼理可講呢？他沒有沒收你的煙葉就算你的運氣了。」

「是啊，你看這些都是什麼人，簡直是活土匪。前天他們一天沒收了人家好幾百斤煙葉呢。趕快把煙葉拾起來回家吧，改日再來賣。」

人們七嘴八舌地上來勸那位婦女，那婦女一邊哭一邊說：「可是隊裡逼著俺交任務，今天交不掉就得抓俺到派出所去『學習』，還得罰錢。俺攤二百八十斤任務，每斤罰五毛，要罰一百多塊呢。」她可憐巴巴地望著人們說。一個小女孩面黃肌瘦的跟在她的後面，一邊幫媽媽拾煙葉，一邊嚶嚶地啜泣著。

「那咋辦呢，實在不行你再到後面去排個隊吧。」一位老大爺給出點子說。

那婦女雖有滿腹的委屈，也只得忍氣吞聲地到後面去排隊。

「嘿，這樣搞下去，非把咱農民坑死不行。規定你上交任務，不栽煙葉不行，栽了煙葉又這麼難賣。」

「是呀，講是合同訂購，實際全是他們當家，不知道影，訂購的合同就送到你家去了，這不還等於派購嘛。派購就派購唄，收的時候還壓級壓價，克斤扣兩，這麼乾的煙葉還要除水份，真是一點理也不講了。去年栽幾畝煙葉，慌了大半年，結果連煤錢都沒賣過來。」那位老大爺非常生氣地說著，掏出煙袋，順手從自己的架車上揪下一片黃燦燦的烤煙放在手裡揉碎，裝在煙窩裡點著，就吧嘰吧嘰地抽起來。

「你可知道這鄉里幹部、區裡幹部、這煙站的收購人員、還有他們這些人的表叔二大爺、三親六故的孬煙都要賣好價錢，不卡咱老百姓的油卡誰去。人家孬的能當好的賣，咱這好的就得當孬的賣，不然這煙葉就調運不出去。」

「真是氣死人了，規定收購點，不在這裡賣不行，規定的上交任務不完成也不行，這樣搞還有咱小老百姓活的門嗎？」一個青年人氣得直跺腳。

「嗳，聽說河南收得比咱這強，一斤能多賣塊把錢呢。到那兒就賣，還不用排隊。」一個中年人說。

「嘿，別提到河南去賣了，幾天頭裡，我兒子騎輛洋車子帶一百多斤煙葉去河南賣。半路上被他們這些黃狼查住了，全部煙葉沒收不說，還把我兒打得半死不活的，關了三天才放出來，差點沒把我兒子弄死在裡頭，洋車子也給沒收了。」老大爺說到這裡臉都氣紫了，握著煙袋的手在微微顫抖著。

「這些人就指望幹這個發橫財呢，一個煙葉收購季節，哪一個縣裡下來的人不搞幾千塊錢外快。」

人們正紛紛地議論著，突然靜下來，香蓮扭頭一看，原來是剛才那個民警又過來了。他一路走一路不停地吆喝，「都站好了，都站好了。喂，那位吸煙袋的老頭，快站到隊裡邊去，把煙滅了，不然我就把你拽出來。」

那位老大爺剛才說得正帶勁，一見民警過來，立即啞口無言，擠到隊裡邊規規矩矩地站著，一動也不敢再動。場上頓時鴉雀無聲，所有的目光都聚集在那位民警身上，只待他走過去了，人們繃緊的面孔才漸漸鬆馳下來。

太陽偏西了，香蓮餓著肚子，熱得頭腦嗡嗡叫，腰站得酸疼，腿站得木麻，好容易才排到跟前。

驗級員上來將她的煙葉子翻騰了一遍，然後高聲說：「這幾把是三號，這幾把是四號，其餘全是五號煙。」

「同志，請你再看看，我這是在家檢好了的，只有幾把子是四號煙，其餘全是三號煙，根本沒有五號煙呀。」她搶上去說。

「是你說的算，還是我說的算，嗯？」那位驗級員很不耐煩地瞪了她一眼說。「願賣就賣，不願賣就拉走。」

按這樣的等級，至少要虧一百多塊錢呢，她想到這裡，忙陪上笑臉說：「當然是你說的算了，我是說讓你高抬下貴手，再看看，剛才是不是看花眼了。」

她的話還沒說完，後面的人便嚷了起來：「快點吧，天都快黑了，我們這些人都等著呢。」

「是啊，不賣就拉走吧，別磨蹭了。」

突然不知誰叫了一聲，「哎呀，她不是咱衛生院的何醫生嗎？是咱區裡何書記的女兒呀，聽說她丈夫在省裡工作呢。」

「咱區裡書記不是姓劉嘛，哪有何書記呀？」還是那位老大爺插嘴問。

「哎呀，我說的是前幾年在咱區的那個何書記，現在調到縣經委去了，升了。」

香蓮扭頭往回一看，見說這話的是剛才那位中年人。聽了他的話，人們的目光一下子都集中到了她的身上。她羞紅著臉，不好意思地低下頭去，正不知說什麼好，那位驗級員突然回過頭來，滿臉堆笑，哈腰向她道歉，連聲說：「對不起，對不起，我確實不認識你。」說著他就慌忙上來幫助她將煙葉一筐一筐地抬上磅秤。又到司磅員跟前小聲嘰咕幾句，她也沒聽見他們說些什麼，她只顧慌忙過磅，過了磅又把煙葉往大倉裡送。

煙葉全部送到大倉裡，她接過票一看，不禁猛一愣，心裡咯叮了一下子，票上開的一半是一號煙，一半是二號煙，在家爹稱好的一共是三百一十二斤，磅出來卻是三百五十斤，不但沒除水份，還漲了三十八斤，驗級不但沒壓級還提了兩級。

她真要感謝那位認出她來的大哥了，就他那麼一喊，她的煙葉一下子多賣了二百多塊錢，這可是一個國家幹部幾個月的工資呢。級也提了，秤也加了。不然壓級壓價，再一克斤扣兩，還要少賣一百多塊，一反一正三四百啊。她不明白她爸的名字怎麼這樣響，這樣值錢，假如那人認錯人了呢？她即便不是何書記的女兒也會得到何書記女兒的殊遇了，她賣煙葉照樣可以占到便宜。

回到家，她一把將那一卷大票子塞到爹手裡，眉飛色舞地向爹娘述說了今天賣煙葉的經過。娘聽了心裡樂開了花，不停地咋舌稱讚，說她有能耐，說她爸的牌子響亮。爹一邊點著鈔票，一邊聽她述說，高興得眉開眼笑，那數錢的手都索索地抖了起來。

占了這樣大的便宜，她心裡當然也十分高興，不過高興之餘她又感到有點惆悵，有點不安。她想，她占的是誰的便宜呢？是人們常說的共產黨的，還是別的什麼人的？她琢磨一下便悟出她占的便宜不是驗級員的，也不會是那位民警的，不是那位過磅員的，更不是她爸的，她爸壓根兒就不會知道她今天賣煙葉這回子事。啊，她突然明白了，說來說去，她占的便宜還是其他群眾的。她佔便宜人家就得吃虧，將她的三號煙打成二號，就得把人家的二號煙打成三號煙抵上去，給她加了秤就得扣人家的秤，不然那些收購員就對不上帳，交不了差。她惶惑了，她這是平生第一次占人家的便宜，心裡是那麼的不安……

她一下子在床上睡了一天一夜，可把爹娘嚇壞了，爹娘立即讓人給她爸打電話，讓爸從縣裡也回來了。二老一步不離地守候在她的床邊，她只感到渾身酸懶，昏昏欲睡，她已不發燒了，只是覺得疲勞得很。當她醒來的時候，爹娘還有爸爸都在她的身邊。

她在睡夢中彷彿聽到，他們正在商量給秋水打電報，讓他回來。見她醒來，他們異口同聲問：「可好些？想吃點什麼？」

「我不要緊，只是覺得有點累。爸，你怎麼也從城裡回來了，我又沒什麼大病，一點事也不礙的。」說著她就坐了起來，一坐起，又一陣頭暈目眩。

「沒事就好，我們兩親家正在商量著給秋水去個電報，讓他回來，你看怎麼樣？」爸爸望著她說。

「不用了，你看我這不是好了嘛。我不過淋了點雨，受了點寒，沒什麼大不了的。那一次打電報說娘病了，搞得他急忙趕回來，弄了場大病，這次千萬別這麼做了。」

爸爸立即打斷她的話說：「你聽我把話說完，秋水他這幾年都沒回來了，這裡面一定有彎彎，我問過你幾次，你說我多管閒事。你們小孩子的事，我們當老的也不好深究，你們不說，我們也不能把話從你們嘴裡掏出來。可是這樣下去，你爹娘，還有我心裡怎麼能安，怎麼能放得了心。你們是不是鬧了什麼彆扭？」

「沒有，爸，你別瞎想。秋水這兩年到外地什麼一個學校進修學習去了，不在廠裡，所以就沒回來。」她信口編出一套假話。

「就是學習，過年也是放假的嗎？」

她無言以對了，「我想可能是學習緊吧，反正我想他不回來，總歸是有事情唄。爸爸你別急，等到這個春節，拍個電報讓他回來過年就是了。」

「不行，不能再等了，你們都是快三十的人了，有些話我不好說。等你把身子養好了，讓你娘帶著你去找他去，路費從我那裡拿。這幾個月沒見你，看你瘦成啥樣子了，再這樣下去非把身體搞垮不可。」爸說著便掏出手帕扭過頭去振一下眼睛，她知道爸爸掉淚了。她心裡一陣難過，眼淚蓄在眼圈裡汪著，不敢正眼去看爸爸。

「我有事，得馬上回城，要開會，不能在這裡久停。活幹不了就請幾個人幫幫手，不要強幹，等見輕點就到城裡住幾天，養好身子就上秋水那去。」他說著就掏出幾十塊錢放到桌子上。「買點東西補養補養，我過幾天有空再來看你。」爸說著就要走，爹從桌子上拿起那幾十塊錢又遞給爸說：「香蓮想吃啥，我就給她買，這錢你拿著吧。」

爸一擺手說：「哎呀，一家人拉扯個啥，我有工資，不愁錢用，你倆身體都不好，情況我都知道。我走了，你老兩個多保重。」爸說著就走出屋去，走到門口又回頭叮囑一句：「到秋水那去別忘了走我那兒，我還有話跟你說。」他說完就徑直走出去，小車還停在村口等著他。

爸走後，她便一把拉過被子蒙上頭，傷心地抽咽起來。「都怪你啊，爸爸，我從心裡怨你啊，不是你拋棄了媽媽，拋棄了我，我就不會來到這大溶河岸，就不會弄成今天這樣子，不是你讓我跟秋水定了親也不會弄到這步田地。現在說啥都晚了，我的命真苦啊……」她在心中發出這樣的悲號。

4

正當張秋水在偉大的事業中盤旋翱翔的時候；正當他在理想的世界中留連徜徉的時候；正當他在神話般的境界裡探奇尋芳的時候，現實又給了他當頭一棒，將他從人生的大夢中驚醒。

母親帶著香蓮歷盡艱辛找他來了！這一爆炸性新聞引起全廠震動，張秋水立即成了人們街談巷議的話題。原來他已是有老婆的了，他的畫皮被揭去，一副醜惡的嘴臉便暴露在光天化日之下。「原來他是陳世美，只可憐苦了『秦香蓮』。」「看他那文縐縐的樣子像個有知識的人，原來也是個偽君子。」「嘿，知識越多的人，心眼越壞，這話一點也不假。」「有老婆還給人家搞亂愛，真太無恥了，包老爺在世非拿狗頭鍘把他砍了不可。」……

這樣的議論散佈在全廠每一個空間，壓得張秋水喘不過氣來。「馬路社」的消息越傳越奇，人們都說他沒參加工作的時候就結過婚了，家裡還留下個小男孩。有的說他在中學就跟一個女同學胡搞，後來肚子搞大了，才不得不跟人家結婚……紛紛的議論，閒言碎語像幽靈似的整日在他周圍徘徊，他的脊樑被無數芒刺紮破，簡直令他無地自容。

香蓮和娘來的那天，正是晚上該下班的時候，她們本來下午三點多鐘就下火車了，下車後坐公共汽車坐反了方向，一車坐到底，待明白過來，下車再上車，一摸腰包，身上的錢被小偷摸跑了，於是娘倆就一路步行幾十里來到廠裡。時值盛夏酷暑，天氣熱得要人命，一下火車她們就感到像掉到了火坑裡一樣。她娘倆是第一次到這大城市來，一進入這城市，她們首先感到的就是城裡比鄉裡熱得多，路兩旁都是一眼望不到頂的高樓，堵得一絲風也進不來，路上的柏油都曬化了，走在上面直黏腳。路上的行人亂碰頭，都是那麼匆匆忙忙的，不知急著幹啥去。她們不知道路，問人家人家又聽不懂她們的話。張大娘向一位長得很漂亮的女青年問路，那人見到她們直皺眉頭，嘴裡不知咕嚕些什麼，一扭頭就走開了。來到這大城市她們像傻瓜一樣，東張張，西望望，路都走不好。城裡的人走路都分左右，講規矩，她們哪裡曉得呢。最後碰到一位下班回家的交警，一搭腔，原來是老鄉。那交警便帶著她們，一直把她們送到廠門口，才回去。娘身體很虛弱，經過一兩天的旅途折騰，下車又走了半天路，天又這麼熱，一進廠門就熱暈了。香蓮向看大門的說明情況，老王二話沒說就忙跑到車間去找到張秋水。張秋水正在洗手換衣服，準備下班到沈冰那去。老王跑得上氣不接下氣地對他喊：「小張，你老婆和你母親來了，在傳達室。你母親熱暈了，你趕快去吧。」待他回過神來老王已走遠了。

他像觸了電一樣，渾身猛一搖顫，他什麼也來不及想，撂下毛巾就往大門口跑，老遠就看到大門口站了許多人，正在那裡看。他老遠就聽到人們在那裡紛紛議論：「啊，這是張秋水的媳婦，長得真漂亮啊，又白又嫩的，一點也不像農村人。」

「張秋水這小子什麼時候結的婚，咱們可一點都不知道啊。」

「是啊，明天我們向他要糖吃。」

「噯，這小子吃著碗裡看著鍋裡的，可真有兩下子。」

「什麼兩下子，缺德。」

「也不能這麼說，性解放嘛。人家外國人老婆是老婆，情人是情人。」

「這麼說你這傢伙也是有情人的了。當心讓你老婆聽見，不擰爛你的耳朵。」

「哈哈哈……」人們有說有笑，邊走邊議論。

張秋水絲毫也顧不了這些，他硬著頭皮，一口氣跑到娘的跟前，雙手垂立，滿含深情地喊了一聲「娘」，人們的目光一下子全都集中到了他的身上。他朝周圍望了一下，立即羞愧得低下頭。他見娘臉熱得通紅，像發燒一樣，微瞇著眼坐在一張長凳上，香蓮正拿一只小茶缸子餵她水喝。他到跟前又喊一聲娘，眼淚便刷刷地落下來。

娘睜開眼，看到他已站在自己跟前，臉上立即放出欣喜的光芒，即而光芒驟然消散。「我把媳婦給你帶來了，你小子幾年都不回去，真把你爹俺倆氣死了……」

「娘，秋水來了，咱們趕快上家去吧，有話到家再說嘛。」香蓮立即打斷娘的話，過來攙著娘的胳膊說。他也立即上去攙著娘的另一隻胳膊。這時下班的人流已陸續過去，他和香蓮一人攙著娘的一隻胳膊回到集體宿舍。

同室的幾個小夥子說兩句話就各自找地方去了。這有個約定俗成的規矩，誰的家屬來了，其他人不用說主動找地方睡覺去，廠裡沒法解決住的，只有同志間互相謙讓了。

他立即跑到食堂買了兩斤飯和兩盤菜，擺在桌子上卻沒人吃。娘說心裡悶吃不下，香蓮也不吃，她倆不吃，他自然也吃不下去。香蓮深情地望了他一眼，淚水便撲簌簌落下來。娘說：「香蓮，你別哭，我這次帶你來就是給你出氣的，我在這裡看著，你有什麼話只管說，打也行，罵也行，我決不許他還手。」娘說到這裡略一停頓，喘了幾口粗氣。「你小子一年土，二年洋，三年不認爹和娘，如今連媳婦也不要了，你還有點良心沒有！你這幾年沒回去，你可知道香蓮是怎麼過的。你爹老了，我又有病，咱這家就靠香蓮一人支撐著。方圓幾十里誰不誇香蓮，她有哪地方對不住你，你對她這麼絕情！」娘氣得噓噓的直喘。

「娘，你先別生氣，我去給你打盆水來洗洗再說。」他說著就從床底下拉出個大塑料盆，盆裡滿滿的裝著書、刊、筆記和一些手稿。他也顧不得一本本往外拿，兜底子一翻，裡面的東西全倒了出來，然後立即拿著去接水。香蓮擦乾眼淚，忙蹲下去將那亂糟糟的一堆東西整理好，放在床底下。

娘仍在不停地嘮叨著：「我不生氣，我怎能不生氣，我是氣我自己沒生出好兒子，我又氣誰去呢。咱們張家人老幾輩子還沒出過你這麼有學問的人，可也沒有像你這樣不講良心的。」

他一任娘去數叨，默著頭一句話也不說，他能理解娘的心情，他心裡愧疚，他確實對不起香蓮，無論娘怎麼罵，他一句也不回。他固然也有滿腔的苦水，可同誰去說呢？這世界上只有沈冰能理解他。一會他雙手端盆水趔趔趄趄地走進屋，香蓮立即迎上來幫他抬著放到娘跟前。香蓮一抬手又從鐵絲上拉下毛巾撂到水盆裡說：「娘，你快洗吧，洗洗就好些了，走這麼遠的路，連我都有些累得吃不消，何況你這麼大年紀的人。」

「好，我洗把臉出去找地方涼快去，這屋裡太熱，像炕房一樣的，我受不了。」娘說罷，望望香蓮，又望望秋水，歎口氣，「嘿，真是一對冤家。」她立即蹲下身去洗洗臉，又擦擦身子，然後將毛巾遞給香蓮。「給你，你也好好洗洗，坐車坐得一頭一臉都是灰。我出去乘涼去了。」娘說罷就站起身走了出去，走了幾步又回頭把門關上，才慢慢地走下樓去。

他和香蓮對望一眼，兩顆心都怦怦直跳。他看到香蓮那憔悴的面容，那焦渴的目光，心裡一酸，低下頭去。香蓮看到秋水那憂傷的目光，那未老先衰的額頭，心裡一陣疼痛也難過得低下頭。

秋水一會就抬起頭來，望了香蓮一眼，彎腰端起盆說：「我再給你打一盆水去。」

香蓮立即走上來，眉毛揚了幾揚，「咱倆去抬吧，這盆這樣大，怪沉的，一個人哪端得動。」說著她已抓住盆沿子，望著秋水示意讓他一起抬。

他們抬著水盆將水倒進水池裡，又抬了一盆回來，放到床前，關上門。香蓮立即蹲下去洗臉，秋水就拿著本書坐在床上胡亂翻著。很久，兩個人誰也沒說一句話，只聽到香蓮剎刺剎刺的弄水聲。張秋水心裡像揣個兔羔子，七上八下的，手捧著書卻一個字也看不進去。一會他扭頭朝香蓮又望了一眼，見她已脫去長褲長褂，只穿件娃娃衫和一件短褲頭，白皙的脖項，渾圓的肩膀，冰清玉韻，豐滿的胸脯跳動著青春的活力，優美的線條富有女性的魅力，令人神往。香蓮這時也猛然抬起頭來，和秋水對望一眼，嬌媚地衝他一笑，他心裡猛一悸，立即又低下頭去。他想，她做了他這幾年的妻子，幫他侍奉爹娘，盡了一個妻子應盡的一切義務，而他呢，結婚這幾年一次都沒回去過，沒盡一點他作丈夫應盡的責任。可是他一腔的苦衷又向誰去訴說呢？他一陣揪心的難過，淚在眼圈裡打著轉。「香蓮，我……對不起你，娘說了，有氣你就儘管出吧。」

「看你那傻樣子，兩個人啥氣不氣的，再大的氣我一見到你就煙消雲散了。」說著她就走到他跟前，用濕毛巾給他擦把臉。「你看你，多大的人了，還哭啥的，我都不哭你還哭啥呢。」她說著說著淚水便嘩啦啦落下來，禁不住抽咽起來。「我真恨透你了，下車時我還想，見了你非給你幾個嘴巴子不可。可是……可是我一到你跟前，連骨頭縫都酥軟了，哪還能氣得起來……」說著她就勢往他懷裡一紮，呢喃著：「我恨你，我恨你，我恨不能咬你幾口，恨不能一口把你吞到我肚子裡去。」她猛地掄起拳頭在他的肩膀上亂捶，嚶嚶地哭著。

秋水只感到香蓮的整個身子都在他懷裡顫抖、瑟索，他心裡一陣陣地緊縮著。香蓮那潮濕而滑膩的肉體緊緊貼在他的身上，他感到軟酥酥的。香蓮像剛飲過一杯濃咖啡，她品嘗到了苦澀後的甘甜，體會到了悲哀過後的幸福所具有的摧骨銷魂的力量。她坐在秋水的腿上，頭紮在他的懷裡，面龐緊緊貼在他的胸膛上，盡情地享受著那早該屬於她的幸福，體驗著她從沒體驗過的甜蜜。她心裡像有個小鹿在蹦跳，又像有股火苗在燃燒，烤得她唇乾舌燥。突然，心中的小鹿猛一躥，火苗往外猛一撲，她一頭將秋水拱倒在床上，自己順勢往床上一倒，一把扯去秋水的褲子，抱著他的腰，一翻滾便讓秋水赤條的身子伏在自己身上。她立即魂蕩神搖，進入一個童話般的境界裡，她的整個身心迅即被融化在一片烈火中……

香蓮和母親住了個把星期就回去了，家裡馬上就要秋收，她們是不能在這兒久待的。在這一星期朝夕相處之中，香蓮更進一步瞭解了秋水，她堅信秋水仍然是屬於她的，他在城裡並沒有什麼相好的，只是因為他在研究學問，在寫書，太忙了，才沒得空回去。這無疑是非常了不起的大事業。讀書幹什麼，不就是濟世安邦，為國為民做貢獻嘛。大禹治水，三過家門而不入，好男兒應以天下為己任，決不能沉湎於兒女情長。這是秋水告訴她的，秋水想得對，做得對，而我自己卻胡思亂想，錯怪了他，真是太不應該了。她臨走時給秋水收拾一遍，床帳被褥拆洗一新，又拿自己從家帶來的錢給他買一套夏天穿的衣服。她看到他身上穿的汗背心脊樑上爛得像魚網一樣，心裡別提多難過了。她根本沒想到秋水的生活過得這樣清苦，有時拿錢買了書，飯都吃不飽。她真想讓秋水跟她一起回家去，這工作咱不要了，可是又一想現在找個工作吃個商品糧是很不容易的，哪能隨便把工作丟掉呢，再說回到家他哪還能有時間讀書寫文章。

她多麼希望能生活在秋水的身邊啊，可是怎麼能行呢，秋水既然不能不要工作，要想生活在一起，她只有長期住在這裡，而那樣秋水根本養活不起，她自己沒事幹也急得慌，眼前只能分居兩地，天各一方，有什麼辦法呢。她最後又把秋水的床鋪整理一遍，把秋水的棉衣都曬好，疊得工工整整的收起來，在一個月明星稀的晚上就同娘一起乘火車回去了。月牙兒懸掛在半空中跟著火車同她一起往家跑，她凝望著那彎彎的月牙兒，心裡酸楚楚的，面前不時出現秋水那方方的臉龐，寬寬的額頭。秋水好像藏在月牙的背後，像那玉兔一樣也追隨著火車同她一起往家跑……

她毅然決然地離開秋水，一到家就立即給他寫信——

秋水，我的親人：

我和娘離開你以後，一路平安，我們第二天一大早就到家了，希望你不要掛念。我們這一次在一起時間雖然很短，但我更深刻地瞭解了你。我知道你幹的是正事，是大事，我以前錯怪了你，以為你在那裡另有相好的，可是我一進到你屋裡就看出來了，你並沒有相好的。看你那床上亂七八糟的樣子，看你那黑得像滓刀布一樣的枕巾和被單，我就明白了，相好的絕不允許你那樣邋遢。在我心中你是天底下最好的人了，你就是我的心。二老由我照顧，你千萬別掛念，放心幹你的事吧。只是逢年過節的時候別忘了俺，今年的春節你無論如何都要回來過，人家都說咱也該要個胖娃娃了……你知道嗎？我現在比以前更想念你了，你的影子時時刻刻都在我的身邊飄來飄去的。到春節還有幾個月來，你可知道，我現在最怕看到太陽落山，最怕聽到麻雀算帳。

今年的莊稼長得不錯，咱家也沒什麼困難，希望你安心工作，努力學習。我不在你身邊，你可要多保重自己。你年輕輕的已有腰疼病，牙還經常起火，這都是看書累的，熬夜熬的，我不在你身邊，也不能照顧你，你要學會自己照顧自己。想到你真讓人心疼，今後看書可別再那麼死熬夜了，幹什麼都不是一天半天的功夫啊……

張秋水讀著香蓮的信，很感內疚，心裡一陣陣絞痛，「我並沒把我同沈冰的關係告訴她，我至今還在欺騙她啊，可是告訴她又會怎樣呢？除了讓她傷心，還有什麼意義呢？就讓她永遠生活在幻想裡吧……」

5

張秋水的新聞發佈者們早已把香蓮母女來找張秋水的消息傳到了沈冰的學校裡，沈冰在學校裡也和張秋水一樣受到輿論的圍攻，無人不曉同她在一起鬼混的那小子原來是有老婆的，進城工作之後就變成了陳世美。更讓人不能理解的是，沈冰明明知道這些，還同那小子打得火熱。那小子不過是個小工人，才初中文化，一個出身農村的土包子，一個月幾十塊錢連飯都不夠吃的，而沈冰是名牌大學畢業，爸爸是大學教授，教育界的名流，怎麼會愛上那小子，而且那麼不顧一切。這是所謂的個性解放，還是道德敗壞？是追求個性自由，還是傷天害理，破壞他人家庭？現在連她的學生見了她都像避瘟疫似的老遠就躲開。校領導早就知道她同張秋水的關係，但不知道張秋水是有婦之夫。領導找她談過幾次，勸她注意影響，她卻凜然正氣地說：「我同張秋水是正當的戀愛關係，希望校方不要干涉我們的戀愛自由。」改革開放以來，一浪一浪的新思潮沖得這些領導們暈頭轉向，搞戀愛究竟要掌握什麼尺度，戀愛的方式應該控制在什麼範圍內，雙方在接觸中哪些行為是合法的，哪些行為是違法的，這些既無法律條文，也沒文件規定，雖感有傷風化，但也沒有辦法。現在問題的性質不一樣了，張秋水已是有婦之夫，沈冰就成了不光彩的第三者，從法律的角度可以說是破壞他人家庭。沈冰認為同張秋水經常在一起，並且互相愛慕，互相關心，互相支持，那都是為了幹事業，為了尋求真理，並不是像人們說的瞎胡混。

這天快下班的時候，書記把她喊到辦公室去，拉個椅子讓她坐下，便開門見山地說：「張秋水家裡有愛人，你以前知道不知道？」

「知道，我們之間什麼也不相隱瞞的。」

「知道？那你為什麼還與他在一起！」書記的嗓門一下提高八度。

「這很簡單，因為我們在一起彼此都覺得很幸福，我們在一起對我們所從事的事業更有幫助一些，我們並不像你們想像得那麼壞，並不像你們說的那樣在一起就是瞎胡混。」

「可是你還年輕，你很有才華，你應該珍惜你的名聲。作為一名教師，人類靈魂的工程師，為人師表，各方面都應該嚴格要求自己才對。別忘了你是我市的優秀青年教師。」

「我不要名譽，不要虛榮，我只要真正的自由與幸福。」

「難道你同張秋水在一起就能真正幸福嗎？你看，這是電建廠處分張秋水的決定，開除留用兩年。事實證明你這樣做不但害了你自己，還害了張秋水。你爸是我省教育戰線上的知名人士，這事情傳播開去豈不有損他老人家的名聲，我是你爸的學生，你在我跟前出了事，我也有責任，我真感到對不起他老人家。」他說到這裡猛抽了兩口煙，然後將煙蒂摁滅在煙灰缸裡。「校裡本來是要給你處分的，念你年輕，平時一貫工作積極認真，就決定對你免於處分，撤銷你的班主任職務，停止教課半年，暫調到資料室工作。你可要從此吸取教訓啊，人生的路不是一帆風順的，希望你引以為戒，別辜負了我們的一片苦心。」書記說完，看看她，「你有什麼想法，談談吧。」

「我沒什麼要說的，怎麼處理，那是你們的權力，我認為我和秋水都是無辜的。要沒什麼別的事，我就走了。」說罷她扭頭就走開了。

「你呀，這脾氣總是這麼強，吃虧就吃虧在這上頭。」沈冰快走出門的時候，書記的話從她背後飄過來。她像沒聽見似的，徑直走了出去。

回到宿舍裡，她面對幾架圖書沉默不語，望著漸漸籠上來的暮靄，聽著窗外的瑟瑟秋風，她憂思難排，胸中鬱結。怪不得秋水這幾天沒來，原來發生了這麼大的變故。開除留用兩年，這對他是多麼沉重的一擊啊，他太不幸了，沒過過一天順順當當的日子。這綠紗窗下還閃動著他矯健的身影；這小小房間裡還留著他的歡聲笑語；那一本本的圖書上嵌藏著他的指紋和汗漬；那一本本的手稿裡跳動著他思想的火花，閃耀著他智慧的光芒；那幾大堆讀書筆記浸透了他的汗水……這一切的一切他在的時候都生機勃勃，交相生輝，而現在卻滿目蕭然，黯然失色。環視四周，她覺得滿目淒涼，往事依依，如煙如霧，就在眼前。

月光溶溶，蛙聲一片，春風透戶，鶯燕隔簾。秋水在燈下寫文章，她就坐在他的旁邊看書，時而他們不約而同地對望一眼，相視一笑，然後又各幹各的。她感到春風撩人，月色迷眼，想同他說話又不願去打擾他。她起身去拿兩隻蘋果，洗淨削光遞給他，他接過蘋果嘿嘿一笑，大口一張，一下咬去半個。望著他那神態，她不禁哈哈大笑，一手托著下巴目不轉睛地望他吃。

盛夏酷暑，桐蔭轉午，蟬鳴雀叫，柳條垂青，秋水一頭埋在書籍資料中一上午沒抬頭。這是一個星期天，她留他在家，沒讓他去圖書館。他腳插在水桶裡，脖子上掛個濕毛巾，埋頭讀書做卡片，那形象真是滑稽。他汗流浹背，汗衫滴水，不時用手背抹去額上的汗水，有毛巾都想不起來用。直到她將午飯做好端到他跟前，他才抬起頭來衝她一笑，端起碗來一邊吃，一邊頭還歪在資料上不停地看。她一把奪過他手裡的資料塞到抽斗裡：「吃飯不許再看書，怕狗吃了日頭似的，這麼沒命地幹。」

他只得服從，一邊大口大口地吃著，一邊說著笑話。「我給你講個故事吧，你知道嗎，從前有個狐狸精住在一個破廟裡，一位秀才進京趕考，也住在那廟裡……」

「罷罷罷，又是瞎胡編。我不聽，我不聽，好好吃你的飯吧。」她手在空中一劃，不讓他講。

「我還沒講來，你怎麼知道就是瞎胡編呢？」

「哎呀，上你的當也不是一次了，誰不知道你的，說著說著就拐到了我的頭上，東拉西扯犁不住也得給你耙一下子，反正你一出口我就知道你要算計我。」

「噯，這次可不是，這是《聊齋》裡的故事，是真的呢。」

「真也罷，假也罷，反正我不聽，我讓你給我好好吃飯，我的傻大哥。」她抬起筷子在他額頭上戳了一下子。他一趔趄，當一下頭撞到了牆上。她笑得把飯都噴出來了，笑過一陣又立即上去揉著他的頭說：「哎呀，碰個大疙瘩呢，疼吧？」

「不疼，一點也不疼。」他只顧嘿嘿地望著她傻笑。

吃過飯後，他繼續伏案幹他的，她匆忙地收拾收拾就去午休。等她一覺起來，見他依然扒在那裡。真不知他的精力怎麼那麼旺盛，從來不午休，一連坐十幾個小時也不累。

她就悄悄地起來，擰個濕毛巾輕手輕腳地走到他跟前，將毛巾遞給他，讓他洗洗臉歇歇再幹。他接過她手裡的毛巾，胡亂地擦了一把，就又塞給她。他擦臉的時候，頭還扭著盯在書上。她便拿支芭蕉扇輕輕地坐在他身邊，拿本書一邊看著，一邊給他搖著扇子。屋裡靜悄悄的，只有那只小鬧鐘嘀噠嘀噠地數著時光，伴奏著一曲美好的青春之歌……

秋日傍晚，落日夕照，小小房間裡鍍上一層金輝。秋蟲和鳴，秋風瑟瑟，天籟將這間斗室蒙上一層神祕的色彩。他二人頭抵頭，肩並肩切磋一篇論文，時而爭得面紅耳赤，時而破顏而笑，時而山窮水盡，眉頭緊鎖，時而柳暗花明，眉開眼笑。夜色輕籠漫捲，不覺月上樹梢，這些他們都不知道。太陽隱去換上月亮，日光消失換上燈光，無論外面的世界發生什麼變化，好像對他們都沒有什麼影響。他們研究學問，哪管寒來暑往；他們尋求真理，何顧白天黑夜。偉大的追求能夠淨化人的靈魂，孜孜地求索使他們拔塵離俗，知識的力量使他們的思想不斷昇華……

冬日清晨，雪花飄飄，寒氣襲人，天剛濛濛亮，她還在睡夢中，就聽到秋水翻弄紙張的響聲。她睜眼一看，見他仍在燈下寫東西，原來他一夜沒睡。他正在創作歷史話劇《王安石》，為此他查閱了省圖書館所有關於王安石的歷史文獻，還精讀了《宋史》、《王安石變法》、

《王安石文集》等著作。為了寫這個劇本，光卡片他就摘錄了幾百張。他說他搞創作不是文學的需要，而是他研究政治、經濟、歷史，探索振興中華之路的需要。他這麼沒日沒夜地拼命幹，如何能受得了。她這樣想著正要喊他去休息，只見他趴在寫字臺上，頭墊著面前的兩本書竟打起鼾來。她想喊醒他，讓他到床上去睡，又怕一驚動他，他就再也睡不著了。她知道他有個壞毛病，睡覺最怕人驚動，無論什麼時候，哪怕是剛眨眼，一被驚醒，他就再也睡不著了。她於是立即拿件大衣輕輕地給他披在身上，又將小火爐的風門拉開，把火爐放到他的腿邊，然後就去準備早飯……

啊，這一切難道都已成為往事？這一切難道只能作為美好的回憶？難道這一切再也回不到這間斗室裡？難道秋水他再也回不到我身邊來了嗎？啊，他現在怎麼樣了呢？他一定是非常痛苦的。他現在最需要溫暖、關懷與幫助，我得找他去，馬上就去！想到這裡，她猛然抬起頭來。她不禁吃了一驚，「啊」，她驚訝地一下子跳起來。「是你，秋水，你……你怎麼來了？噢，我都聽說了，你現在怎麼樣？」她立即上去拉著他的胳膊上上下下仔細打量一番，像是多年未見的朋友，又像是失散很久的夫妻。

「我很好，傷口很快就會癒合，一切都會過去的。」他望著她笑笑說。

「沒想到你還會到這來，我以為我從此就失去了你呢。」

「我的心似火燄，掉到冰窟也要燃燒。我們的愛情是火燄，打進地獄也要燃燒。」

「我不明白，這些當官的管這些閒事幹什麼呢，他們怎麼給你這麼重的處分？」

「我們領導說，是你們學校幾次寫信去，要求廠裡對我進行嚴肅處理，以便讓我割斷同你的關係。」

「這麼說對你的處理，我們領導也插了手？」

「這有什麼奇怪的呢，他們是愛護你才這麼做的。我們的領導也是為了教育挽救我才這麼處分我的，當然更重要的是為了教育別人——殺雞警猴。在他們看來，我們非法同居，天理不容，本該如此。只是你的日子今後很不好過，這使我非常難過。現在搞得滿城風雨，盡人皆知，讓你今後怎麼做人？」

「我不怕，我也顧不了那麼許多，我只希望我能永遠在你心中，能永遠和你在一起。我擔心……」

「不用擔心，無論命運怎麼拋閃，我的心都永遠屬於你的。」秋水上去攥住她的手。

「我怕有朝一日我會失去你，就在剛才，在見到你之前，我還坐在這裡想，怕我們今後再也不能在一起了。」

「只要我還活著，你就永遠在我心中；只要我還在這個世界上，我就永遠屬於你的。」他說著一把將她摟在懷裡。

「我感到很對不住香蓮，她是那麼好的一位賢妻良母，我們真不該再去傷害她，可是幾天不見你，我就覺得受不了。我心裡很難過，也很矛盾。秋水，我不知道我應該怎麼辦，你快告訴我，快告訴我，我們是對還是錯？我們應該怎麼辦？」

「我也不知道我們應該怎麼辦，我也不知道是對還是錯。我只想我們立刻都化為灰燼才好。」

「我真想寫信給香蓮，把這一切都告訴他，這樣可以減少我心中的壓力。可我又怕把事情弄糟了，人說熱戀中的情人等於是瘋子，我怕我真是要瘋了。」她眼裡蓄著淚花，從他懷裡掙脫出來。「我想我們應該激流勇退，啊，你別那麼看著我，我怕你那顆燃燒的目光，我怕我沒勇氣把話說完。我們……我們今後以姐弟、同學、朋友相處都可以，誰也別再碰誰好嗎？讓我們的愛情涅槃吧，讓我們的愛情昇華吧，讓我們超凡脫俗吧。來，快過來再吻我一次，啊，這可是最後一次了，我發誓，這是最後一次了，快過來吧，過來呀……」她一下子又撲到他的懷中，將嘴唇送給他，頓時淚如雨下……

第三章　暴風驟雨

1

香蓮雖然僅住了個把星期就回去了，但她這次到來對張秋水的影響是深遠的。儘管她什麼也不知道，但因為這事在全廠影響極壞，加上張秋水的一貫表現和他在領導心目中的印象，廠裡還是對他進行了嚴肅處理，以振世風。香蓮來看看秋水，竟使他遭到如此沉重的打擊，這是她那顆純潔善良的心根本想像不到的。張秋水只得將自己釀的苦酒慢慢吞咽下去，廠裡給他的處分，他根本沒告訴家裡。收到香蓮的來信，他不禁熱淚盈眶，他覺得自己對不起香蓮，他不值得香蓮那麼愛。香蓮對他的一片癡情，對他只能是種壓力，香蓮對他愛得越深，他所承受的壓力就越大。事業上的磨難坎坷他尚可忍受，這愛情的痛苦折磨實在令他無法忍受。他與沈冰的愛情已經昇華、涅槃，但他們心靈深處的愛火卻時刻都在熊熊燃燒著。人不是動物，但又不能完全脫離動物，在香蓮那邊他時刻受到良心的譴責，在沈冰這邊他又時刻受到愛欲的撩撥與烘烤。在他的心靈深處，時而良心征服愛情，時而愛情又戰勝良心。在良心與愛情之間，倫理道德與幸福自由之間，他企圖尋找個夾縫縮進去，可是這夾縫他無論如何也找不到，他試想在這二者之間找到相互溝通的橋樑，這橋樑也根本不存在。於是他就竭力回避這一問題，一心只撲在事業上，讓全部的生命之火都燃燒在探求真理上，將火燄當作火把照亮那茫茫的人生之路。愛情與生命都得服從於事業！

他閉門讀書，「躲進小樓成一統」。他對自己所從事的事業充滿信心，真理總要戰勝謬誤，進步總要代替腐朽，新生事物是不可戰勝的，這一哲學原理時刻激勵著他奮勇直前。他明白自己不會很快成功，歷史的進步要靠全體人的推動，再偉大的人物在宏闊的歷史畫卷上都是極其渺小的。真理戰勝謬誤是必然的，但有個曲折發展的過程，決不是一帆風順的，所以許多歷史偉人都是死後多年才被人們承認的。他想，我這一生活著的時候，可能默默無聞，窮困潦倒，但我奮鬥了，我思索了，後人會給我作出評價的，像馬克思所說的：「讓後人面對我們的骨灰盒灑下熱淚。」

所謂愛情上的煩惱，其實皆出於一個「欲」字，無欲無念也就無憂無愁，無思無求方能無福無禍。難怪程朱理學主張「存天理，滅人欲」。這一哲學思想在另一方面也給他啟迪，他提筆就寫下一個條幅貼在床頭上，「無欲無念，無為無我，無中皆有；有骨有志，有詩有書，有寓於無。」他望著這個床頭銘，像佛家參禪一樣，頓覺大徹大悟。

然而現實生活又逼迫他去思考，他生活在紅塵裡就不可能真正的消極避世。現實世界不是世外桃源，他不能去做活著的死人，他要思考現實的一切，他要找到徹底變革中國社會的真理。

這樣一來，儒、佛、道三家對他的思想都產生了一定的影響，使他的思想和世界觀形成了一個複雜的多稜體，矛盾的幾個方面都統一在他的人生哲學中。那就是生活上無欲無求，不求名利，更不求嘩眾取寵當個曇花一現的名流新星，超塵拔俗，目空一切，這是佛家的出世思想。在事業上，他積極進取，奮力拼搏，堅韌頑強，死而後已，「先天下之憂而憂，後天下之樂而樂」，「君子得志惠加於民，不得志則獨善其身。」這是儒家的入世思想。在愛情上，他滅欲除念，不去管它，不去想它，回避現實，繞過矛盾，這又是道家的避世思想。他認為這就是各取所需，兼收並融，也可以說是博採眾家之長了。至此他的世界觀和人生觀經過十幾年的熔煉便已確立下來。

這樣的矛盾正是現實生活的矛盾在他身上的體現。他出身寒微，倍受壓抑，想有所作為，可是我們的社會保護落後，抵制進取，使他動輒得咎，欲益反損。他沒有後臺，沒有靠山，沒有當官的爸爸，他不出世也不行。在愛情上，香蓮與沈冰之間沒有調和的餘地，法律又不准找兩個老婆。他不願意傷害她們中的任何一個，不避世也不行。在事業上，韓老師的教誨，歷史的責任感，現實生活的警策，令他不能不思索，不能不追求，不能不奮鬥，不能不抗爭。

開除留用的處分使他往生活的海底又下沉一層，因此他又有許多新發現，他看到了隱藏在生活海底深處的一些通常看不見的東西。這些發現更令他驚奇感歎，一切浮浪上翻出來的原來都與這深藏在海底的東西密切聯繫著。僅停留在社會生活表面的人是看不到隱藏在社會生活背後的本質性東西的。他慶幸上帝給了他這個機會，讓他進一步沉下去，這是上帝對他的厚愛。

他認識到，在我們這個社會裡工作原來並不是一種勞動，也不單是一種謀生的手段，而是一種職務，一個等級，一種身分與地位的象徵。它像官帽頂上的明珠，將軍身上的星豆，奴隸面上的刺字一樣標誌著人的等級與地位。他現在已由一名正式工降到了臨時工的地位，同那些郊區的農民臨時工一樣了。現在他與那些臨時工們都一樣受新來的幾個青工指使與訓斥，只能老老實實地幹活，不准亂說亂動。所不同的只是他只有每月三十塊錢的生活費，沒有工資，而那些民工每天兩塊錢，一月六十塊，加班還得給加班費，他加班是白幹，是改造。從這點上說他還不如臨時工，現在他做的是沒有報酬的勞動，像奴隸一樣為主人幹一天活，只能得到三頓稀飯。那些民工想要兩塊錢就來上班，不想要兩塊錢就不來，誰也不能把他們怎麼樣，用他們自己的話說就是「不幹不要錢，天經地義」。而他卻沒這個自由，他不能說「我不要這一塊錢，不吃這三頓稀飯而不幹活，不聽訓斥」。要不然他早就跑回大溶河了，大溶河邊沒這麼複雜，只要在地上撒上種，澆上汗水就會有收穫，無論瞎子瘸子，聾子啞巴，誰種歸誰收。那裡人都是喝大溶河裡水長大的，誰也不會看不起誰，誰也沒理由看不起誰。他現在在廠裡就比別人低一等，他是罪犯可又沒有鐐銬，也沒有大牆之隔，他是奴隸可又找不到誰是奴隸主。幹活的時候只感到一道道鞭影在他面前飄悠，卻找不到鞭杆，否則他會斬木為兵把那鞭子奪過來折碎燒掉，讓它永遠別再抽人。指使他的只是兩名青工，他們算什麼，我進廠的時候也是同他們一樣的。兩個毛孩子，初中都沒上畢業，一月二十塊錢，幾包香煙就抽完了，一月的工資花不了一個星期。只是現在不從農村招工了，國家怕他們鬧事影響安定團結的政治局面，才把他們招進工廠。他們正是通常人們所說的「文不能測字，武不能撈狗屎」的一類無能貨。但是他們的命好，出生在大城市裡，一出生就可以享受商品糧的殊遇。他們之所以能進工廠，憑的就是他們的城市戶口，要是資本家的工廠，決不會招收這樣的人。原來成品倉庫不過就三個正式工，現在一下添了八個學員，他們輪班指揮臨時工們幹活，自己卻叼支香煙手也不伸，腰也不彎，指手劃腳的哇哇啦啦訓人。要是把他們當作主人、老闆，他們著實不配，可事實又明明是他們幾個在指揮訓斥這些臨時工們。「快點抬」，「把這根角鋼抬到那去」，「快點嘛，怎麼搞的磨洋工咋的」！

在商品經濟裡，出賣勞動力是勞動者僅有的謀生手段。「走在前面的是資本家，昂首挺胸，跟在他們後面的是勞動力出賣者，畏畏縮縮，彷彿是拿著自己的皮去被人家揉」。然而那樣的勞動者尚有形式上的出賣自己勞動的自由，賣與不賣，賣給誰，以什麼價格賣還都由他們自己作主，並且他們從勞動力的出賣中起碼可以得到自己的工資——那包括維持勞動者自身的生活費、贍養家屬及子女的費用、本人的再教育費等。他連這麼點形式上的自由也沒有，他的勞動是無報酬的，就是在他作為一個正式工而勞動時，他的工資也遠遠沒拿到他應該拿到的那麼多。在資本家那裡，不管你的私生活如何，你只要能為他勞動，為他提供剩餘價值，他就會付給你基本的勞動報酬。你犯了法會受到法律的制裁，那與老闆毫不相干，這就是商品交換面前的平等。他感到自己被強迫勞動不給報酬，要說是勞改犯，卻又沒有看守給送飯。這種不倫不類的人身制裁究竟是什麼性質的問題，他一會半會理不出頭緒來。在資本家的工廠裡，工人觸犯了廠法才受到處分，而我們這裡領導一句話就可以給你個所謂的「行政處分」。哪裡也沒規定過像我這樣搞婚外戀應該給個什麼樣的處分，法律沒有不要緊，當官的嘴就是法律，沒有明文規定也沒關係，誰的嘴大誰說了算。黨委一研究，一切都可以拍板，一切都可以定案。而一旦錯了也是集體負責，哪個人都沒有責任。不是嗎，把韓老師那樣的青年打成右派，不過是黨委一研究，完成上面規定的指標了事。後來給這一大批人平反昭雪，還是黨委一研究，政策就落實了。正像老秦說的，黨是母親，母親打孩子還有錯的？母親總歸是為兒子們好的嘛，母親犯了再大錯誤也是應該被原諒的。然而現實生活中誰又是黨呢？在這個廠裡黨委書記就是黨的代表，黨的化身，黨委書記就是全廠千把號人的偉大「母親」。母親本是個普遍概念，任何一個生過兒女的女人都是母親，黨則是個集合概念，每位黨員都不是黨，因此把黨比作母親本身就是偷換概念。可是誰又去作這樣的邏輯考證！

多英明的領導啊，只有權利，沒有責任，這樣的官誰不願當呢，這樣的官當起來又是多麼輕鬆自在啊！

他沉默著，他感到自己作為一個中國的老百姓實在是太可憐了，一生被禁錮在一個工作崗位上，天天重複著單調繁重的高強度勞動，像一架機器，沒有自由，沒有思想，沒有說話的權力，不僅如此，連愛的權力都沒有。

「沉默啊，沉默啊，不在沉默中暴發，就在沉默中滅亡。」他從心靈深處發出這樣無聲的吶喊。

在春光明媚的田野上，在百花爭豔的果園裡，他化作一隻大蝴蝶在翩翩飛舞。他不留戀那帶露的花蕊，也不追攆那嗡嗡的蜂陣，只是舉翅奮飛。他要飛越平原，飛越山崗，飛過大河，飛過大江，他要找到那屬於他的世界。他來到高山上，山上青松翠柏，茂林修竹，林濤呼嘯，沒有他的安身處。他來到大海邊，海闊天空，水天一色，沙鷗雲集，雪浪洶湧，更無他的停身之處。一股海風吹來，掀翻他的翅膀，他險些掉進大海，他奮力拼搏，飄飄飆飆才逃出海風的夾裹。他又經過一帶大沙漠，風沙迷目，戈壁炙人，不見人影鳥跡，他焦渴難耐，卻找不到一絲清水，一滴甘露。他還是奮力飛舉，決不願葬身於這大沙漠之中。正當山窮水盡的時候，他眼前突然一亮，一條小溪逶迤延伸，一泓清水嘩嘩流淌。他沿溪而進，穿過一個小山洞，迎面一帶桃花源，樹樹煙封，烘樓照壁，霞飛煙染。時值陽春，風和日麗，溪照花影，落英繽紛。一群天真爛漫的姑娘，身穿長裙，正在水邊嬉戲踏青。她們見他飛來，一起圍上來追捕。他就在她們的頭上飄來飄去既不跑遠又不讓她們逮住。突然聽道「哎呀」一聲，一個姑娘掉進溪水裡，岸上的人一片譁然，一起高喊：「香蓮姐掉進水裡了，快來救人呀。」他正在那群女孩子的頭上盤旋，聽人一喊，不禁大吃一驚，難道這裡也有個香蓮？正當他這麼想著，只見掉進水裡的女孩子舉起她的小拳頭朝岸上揮舞著，粉紅色長裙把她托在水面上並不往下沉，只聽她拼命朝岸上喊：「沈冰，快來救我，我們這些姐妹中只有你能救我！」聽到那女孩子這麼一喊，他更覺得奇怪，這裡原來還有個沈冰呢。他俯身往下一看，只見「沈冰」在岸上急得直跺腳，她哭著對水裡的香蓮高呼：「姐姐，你再堅持一會，我不會水，我去喊人，喊秋水來，他會游泳，讓他來救你。」一聽到這裡，他更感驚奇，難道這裡還有個秋水不成？他立即飛到河心裡，扇著翅膀，輕輕地往下一掠，便抓住了香蓮的一隻手臂，把她提上岸來。姑娘們這時一下子都圍上來，她們個個婀娜多姿，流光泛彩，裙帶飄香，花氣襲人。面面桃腮向他綻紅，顆顆櫻唇為他妍笑，彎彎的蛾眉朝他傳情，只只廣袖繞他踏歌。正當一陣狂歡之中，突然有人高呼，「嗳，看哪，秋水來了，沈冰把秋水找來了。」他循聲一望，果然見沈冰拉著另一個秋水跑來了。他於是立即在高空大喊：「我是秋水，我是秋水，他不是……」

一陣上班前的吵鬧聲把他從夢境中驚醒，真是「莊生曉夢」。他立即取過掛在門後的那套再生布工作服，一邊往身上套，一邊跑下去上班。他現在幹活有定額，少幹是不行的，他是犯錯誤的更不敢遲到。

2

張秋水在沉痛的思索中又度過了半年多的時光，在艱苦屈辱的境況裡，他打磨厚自己的臉皮，讓自己在窒悶的生活海底能呼吸自如。於無聲處，一聲驚雷，一場轟轟烈烈的民主運動大潮席捲而來。八九年五月，北京學生向政府上書、請願，遭到拒絕後，立即舉行了大規模的遊行。一場民主運動的烈火立即升起萬丈光燄，北京學生的愛國運動很快得到各界人士的支持、響應與聲援，運動迅即遍及全國。北京和其他各大城市的大專院校學生紛紛罷課，天安門前幾千名大學生絕食靜坐，要求與黨和國家領導人進行民主對話。首都幾百萬人民群眾高舉反官僚、反腐敗，要民主、要自由的旗幟舉行了聲勢浩大的遊行示威，自發走上街頭，聲援學生的愛國民主運動。

省城各大專院校的學生也立即響應，高舉民主自由的旗幟走上街頭，聲援北京的學生運動，強烈要求政府懲治貪官，懲治腐敗，反對獨裁，反對強權政治。市內主要街道，市府廣場，省委大門口到處鑼鼓鏗鏘，標語林立，口號接連不絕。市中心的天橋上掛著各屆人士支持學生運動的巨幅標語，每當一路遊行的隊伍經過，沿街便暴發出熱烈的掌聲，天橋上不斷有人燃放鞭炮。一群青年站在橋欄上拍打著掛在橋上的「維護交通秩序」的大鐵牌子尚嫌不過癮，最後乾脆把牌子摘下來拿在手裡猛敲，以表達對學生的熱烈支持，抒發積鬱在胸中的怨憤，噴放久久經壓抑的怒火。省府廣場，上千名大學生絕食靜坐。

看到這震撼人心的場景，看到這迅猛高漲的革命大潮，張秋水再也按捺不住內心的激動，久久鬱塞於胸中的革命烈火騰然升起。他想應該把學潮引向正確的軌道，應該防止反動勢力瘋狂反撲，預防殘酷鎮壓，應該借此喚醒民眾，讓人民覺悟起來，讓人民真正瞭解社會主義的本來面目，以便更清楚的認識政府當局的無能與腐敗，他決定立即發起一個社會主義理論沙龍。

這天傍晚，天氣悶得要命，廣場上靜坐絕食的學生已有幾個暈倒。省政府的大門仍緊鎖著，辦公大樓瞪著幽淒的眼睛望著他們這些臣民們，一副漠然的樣子，一副麻木不仁的神態。紀念王春燕同學的花圈掛在鐵欄門上，王春燕是在絕食中餓死的，她為國家的振興，民族的崛起而獻出了青春。圍觀的群眾，群情激奮，紛紛譴責政府的麻木與殘忍。他扒開人縫，擠得大汗淋漓，好不容易才鑽進去。他站到靜坐學生的前面，望著花圈和王春燕的遺像，不禁潸然淚下。他要勸學生回校去吃飯，勸他們注意鬥爭的策略。他揮起手臂連喊幾聲：「同學們，同學們！」可是他的聲音被潮水般的口號聲、呼喊聲所吞沒。激憤的群眾像發瘋般地吶喊「要民主，要自由！」他感到渾身熱血沸騰，陡然增添無窮的力量。他一轉身，手扒著大門上的鋼筋，一縱身便爬到了省政府的門樓上。千百雙眼睛一齊朝他仰望，千百顆心房立即圍繞他的身軀跳動，廣場頓時安靜下來，他即興進行一場十分精彩的演說。他說：「這次學生運動是『五四』運動的繼續，同『五四』運動一樣具有偉大的現實意義和深遠的歷史意義。中國社會當前的主要矛盾仍是封建主義同人民大眾的矛盾，革命的主要對象仍然是封建主義及其所代表的官僚統治集團。中國民主革命並沒因為新中國的成立而取得徹底勝利，相反『五四』時代的一輩民主鬥士用鮮血和生命換取的民主精神被新形式下的封建官僚統治集團所扼殺，自上而下的封官治民改變了人民當家作主人的共和國性質。因此無產階級專政已演變成封建官僚統治集團的專政，生產資料的公有制已演變為少數官僚統治集團所有制，馬克思主義已被篡改得面目全非，閹割殆盡。因此中國仍需要三民主義……」廣場上不斷爆發出一陣陣狂風暴雨般的掌聲，不時將他的話打斷。等場上稍微平靜一些，他又接著說：「中國的老百姓政治上沒民主，經濟上無地位，人身無自由；權力剝削，特權階層，官場腐敗，所有這一切都是封建主義的特徵。當今世界上社會主義陣營不如資本主義，這本身就證明當今所謂的社會主義全是假的。要否定馬克思主義，否定社會主義，莫過於把我們這種社會制度說成是社會主義，讓人民都反對它，痛恨它。反過來說，把我們這樣的社會制度說成是社會主義，那是對馬克思主義理論的侮蔑與嘲弄！」他的話語立即又被一陣激烈的掌聲打斷。接著他剖析了中國社會政治和經濟各方面的諸多弊端及其產生的根源，闡述了中國貧窮落後的歷史原因、政治原因、經濟原因等等。然後他就自然講到中國的改革，他說：「十年的改革是有成效的，其成效不僅僅在於發展經濟，提高生產力上，更重要的是人們解放了思想，開闊了眼界，重新認識西方世界，重新認識我們自己。改革給中華民族的崛起帶來了希望，但是改革絕不能光停留在經濟領域，沒有政治上的改革，經濟上的改革是搞不下去的。改革就是變革產生關係，是革命不是改良。我們目前是生產關係阻礙了生產力的發展，是生產關係落後於生產力，並不是像當官的所說的是什麼生產力落後於生產關係。而要變革生產關係靠官僚統治者自身是沒法完成的，這就像要割除人身上的腫瘤一樣，靠病人自己去割是不可能的。我們必須靠我們勞動者自己去變革社會，推動歷史車輪前進。要搞徹底的改革，也就是變革生產關係，就必然要侵犯一部分統治者的既得利益，這就是改革的阻力。中國歷史上的改革從來都很少成功，其根本原因就在於改革者只把希望寄託在統治者身上，對他們抱有天真的幻想，不去喚醒民眾，發動人民。大家想想看，我們普通人民群眾對改革的希望和設想與統治者的希望和設想是否存在著本質的區別？統治者們只在經濟領域裡一些小問題上兜圈子，一碰到實質性的問題就改不下去了，就繞道走了。這就決定了我們今天的改革必然要失敗，而且事實證明已經失敗了。既然生產關係已成為阻礙生產力發展的桎梏，我們就必須打破這種生產關係，建立新的社會政治經濟體制，以徹底改變中國的面貌。只有從此出發，改革才算是革命，而不是改良。」他的講話又一次被歡呼聲打斷。接下去他又分析了當前的形勢，指出這次運動沒有理論指導，沒有完整的綱領，沒能提出人民群眾迫切需要解決的問題，因此從根本上說，它就不可能最廣泛地得到人民群眾的響應、參與、支持。所以這次運動的失敗是必然的，同學們要珍惜自己的鮮血和生命，不要作無意義的犧牲。然而要革命，流血犧牲又是不可避免的，血腥的鎮壓很快就會來臨，統治者的槍口馬上就會抵到你們腦門上，大家務必有充分的思想準備。新生嬰兒的誕生總是要伴隨母體的陣痛的。歷史要前進，人民要革命，這是不可抗拒的歷史潮流，是任何人也阻擋不了的……

下面又響起一陣陣潮水般的熱烈掌聲，學生們揮舞紅旗，振臂吶喊，「講得太好了，太好了，接著往下講，講下去——」

一瓶瓶汽水從人群下面傳到他手裡，一瓶瓶易拉罐從下面遞上來，送到他的面前，他竟不知去接誰的好。他環顧四周，熱血沸騰，情緒亢奮，他沒想到他的話能引起這麼強烈的反響，沒想到群眾中蘊藏著這麼高漲的革命熱情，沒想到他隨便即興講幾句話竟得到如此熱烈的稱讚。他順手接過一瓶開了蓋子的汽水，一飲而盡，然後清清嗓子，又大聲宣布說：「我準備發起一個社會主義理論沙龍，沙龍來去自由，各種觀點與認識都可以自由平等地討論，不受約束。願意參加本沙龍者，請於星期日的下午三點到六點在人民公園的大草坪上聚會……」他的話還沒說完，下邊就擠上來幾個小夥子，他們一齊朝他擺手，喊他下來。他又環顧一下四周，只見旌旗處處，群情高亢，人聲鼎沸。他心裡猛一驚，莫非這裡有「便衣」？他連忙跳下來，身子沒落地，早被那幾個青年托起來，簇擁著突破重重人圍。他心裡十分感激他們，一一向他們握手。他們紛紛表示願意參加他的理論沙龍，並各自在一張紙上寫下自己的姓名和通訊地址。一個戴眼鏡的青年說：「你這樣太危險了，現在是泥沙俱下，魚龍混雜，當心被人暗算，聽說街上有許多『便衣』。」

「是的，有話到沙龍上去說吧。老師，請問尊姓？」一個女學生問他。

「老師，你是哪個大學的？留個地址吧。」另一個小夥子接著說。

「啊，不，我不是大學的，你們一定是把我當作大學裡的老師了。我是一名工人，一個道道地地的工人，或者說……是一隻『牛虻』。」他連忙解釋說。

「啊，你的理論水平真高，講得真精彩，你講的馬克思主義才是真正的馬克思主義，你講的都是我們從沒聽到過的。什麼時候，請你到我們那裡去講學。你用馬克思主義的基本觀點對我們的社會分析得那麼透徹，這才是真正的堅持馬克思主義。」那位戴眼鏡的青年大學生握著他的手說。

「是呀，你對我們社會研究得那麼深透，很多疑難問題，你都能用馬克思主義的哲學、政治經濟學原理進行精闢而透徹的分析。我們老師給我們上理論課，我們老打瞌睡，可你的演說卻能使人震聾發聵。」一個留小平頭的青年大學生說著就將寫有自己姓名地址的紙條遞給張秋水。

「聽了你的演說，我感到眼前猛然一亮，茅塞頓開，許多百思不得其解的問題都一下子明白過來了。我們現實社會中許多問題的實質都是生產資料公有演變成了少數統治集團所有，無產階級專政演變成了少數統治集團對人民的專政，一切矛盾的焦點仍是封建主義與人民大眾之間的矛盾。這是多麼英明的論斷啊。」

一群青年圍上來爭著同他說話，同他握手，要他簽名留地址，他竟不知先同誰說好。還是那個戴眼鏡的小夥子揮開伸在他面前的一隻隻胳膊說：「這裡不是說話的地方，現在也不是說話的時候，讓老師趕快離開這裡，有話等到沙龍上再說吧。」他的提議立即得到所有人的擁護，他們一起護衛著張秋水離開廣場，一直把他送到公共汽車上。

張秋水已是三十多的人了，加上艱苦歲月的磨難，鬢髮早早衰敗，長期睡眠不足，面色顯得清臞而蒼老，臉上兩道深深的憂鬱紋像濃墨勾出的大八字，面龐上的肌肉稜角分明，越發顯示出他的深沉、堅毅，看上去像是四十上下的中年人。他那深深下陷的兩隻大眼睛閃耀著熠熠的光芒，說話時伴隨著手勢，既有力度，節奏感也很強。所以在這些青年人看來，他很有偉人的氣質與修養，具有大政治家的才華和韜略。

此時，只有此時張秋水才真正體會到同志般的溫暖與友情，彼此互不相識，卻互相關心，互不瞭解，卻能互相信任，這就是革命的凝聚力吧。平時所謂的同志，是什麼樣的同志呢？冷漠、猜忌、勾心鬥角、爾虞我詐，當面是笑臉，背後使絆子，相處幾十年誰也猜不透誰的心，上班戴副假面具，這種同志比敵人還敵人。他切實感到群眾中蘊藏著極大的革命力量，歷史要前進，人民要革命，是任何反動勢力都阻擋不了的。這段時間裡，人們一到家就立即打開電視機看新聞，百貨大樓出現搶購收音機，沈冰想買台二波段收音機都沒買到。這表明中國的老百姓都十分關心學潮的發展，十分關心政治，人民的素質並不低，他們正在覺醒。

回到家，他怎麼也不能入睡，他打開日記，提筆便刷刷地在上面寫起來。他要把這一幕幕激動人心的場景如實地記下來，留給後人，讓歷史來評判中國今天發生的一切。他寫道：「今天是我有生以來過得最有意義的一天，今天我做了平生第一件大快事，今天我終於認識到了我生命的價值，今天在我的人生中將留下光輝的一頁。中國是有希望的，中華民族正在崛起，社會遵循著否定之否定規律正在前進，歷史正在進行一場新的否定，一個飛躍的發展……」

他記完筆記，思緒仍像脫韁的野馬，呼嘯奔騰，跳澗越峽，狂放不羈。他伏在床上，揮筆就寫下了《當今中國社會各階級的分析》。在這篇文章中，他首先論述了中國當今並不是階級消滅了，而是形成了工人、農民和官僚統治集團三大新的階級。接著他詳細闡述了這三大階級各自的經濟、政治地位及其對革命的態度。最後他指出中國當今革命的對象是官僚統治集團，革命的動力是工人、農民和一部分知識分子。文章共七八千字，他一氣呵成。寫好後，東方已經綻白，一個朝氣蓬勃的早晨就要誕生了。新的一天就要開始了。他遙望東方天際，吟誦著毛澤東的一首詞：「人猿相揖別，只幾個石頭磨過，小兒時節。銅鐵爐中翻火燄，為問何時猜得。不過幾千寒熱……五帝三皇神聖事，騙了多少無涯過客。盜蹠莊蹻留譽後，更陳王奮起揮黃鉞。歌未竟，東方白。」天很快就要亮了，一輪紅日即將從那一片灰濛濛的天邊跳出來。他深深地吸一口帶露的新鮮空氣，頓覺神清氣爽。鋪開紙，他又刷刷地寫起來，題目是《對生產資料所有制形式的再認識》。一朵朵思想火花在他腦海中閃耀，一股股意識的鐵流在他胸中奔湧，一串串炙熱的情感在那稿紙上翻滾、飛迸……

3

第二天正好是星期天，下午是沙龍的首次活動，上午他必須寫個發起書貼出去，以便爭取更多的人去參加沙龍討論。他可以借此更廣泛地瞭解社會，瞭解人民的心願。幾百字的沙龍發起書，他一揮而就，很快就寫好了。然後他又匆匆瀏覽一遍，將幾個詞改妥，又工工整整地謄寫一遍。這時太陽已經升得老高了，他早飯也沒顧得吃，他也根本沒覺得餓。這幾天來，他茶飯無心，只是看到人家吃東西他才閃過一絲想吃點什麼的念頭。他正要出門，一隻大灰鴿子咕咕地叫著從窗戶上飛進來，落在他的肩頭。他知道這是沈冰派來的郵差，是為他們傳信的青鳥。從他被開除留用後，他就儘量克制自己不再去找沈冰，為的是好讓她「重新做人」，「改邪歸正」，讓她能夠儘快地從鎖鏈中解脫出來。沈冰也怕影響他，從不到廠裡來找他，於是她就養隻信鴿讓牠為他們傳情送信。沈冰曾大聲向他宣布說：「我就是要愛你，無論命運把我們拋到哪裡，我的靈魂都永遠跟你在一起，對誰我都可以這麼說，我愛你！我一個女人都不怕，你一個男子漢怕什麼呢。」

他說：「我也同你愛我一樣的愛你，可是我們應該面對現實，我們要學會有效地保護自己。你不是說我們的愛情已經涅槃嗎？那就讓它涅槃吧。」

「愛情雖然涅槃，可那火燄仍在燃燒呀，愛的火燄是永遠也不會熄滅的。」

啊，沈冰的信差又來了，他從肩頭將那隻鴿子拿在手裡托著，一手撫弄著牠那身灰緞子樣的羽毛，輕輕地吻一下牠那溫柔而善良的眼睛，然後才從牠的腿上拿下那個小紙卷。灰鴿子望著他咕咕叫了幾聲，他會意地點點頭，牠就翅棱下子飛走了。他展開紙條，見上面寫著：「你搞理論沙龍怎麼不先同我商量一下，這樣的大事如何能草率而行。我會永遠同你在一起的，無論是上刀山還是下火海。見面再說，『流芳園』等你。」他看過就立即將紙片撕碎，像電影中的地下工作者接到一封密件似的。

沈冰同張秋水一樣時刻關心著這次學生運動的發展，可是並沒像他那樣積極參與，更不像他那樣沒頭沒腦地瞎撞。她勸他不要出頭露面，別忘了自己現在的處境。可是他卻一點也聽不進去，實在沒辦法她就常常在街上盯梢他。有一天傍晚，他在市中心的大天橋下面同幾個大學生談話，一談起來就剎不住車。眼看人越聚越多，圍觀的群眾一下子把他圍在裡面，擠擠搡搡地聽他演說，外面有幾架照相機在偷偷地給他拍照。她連忙擠進人群裡，一把抓住他的衣領子就把他從人圍裡揪了出來。人們看到這一幕，都以為是妻子在對丈夫行使職權，紛紛議論幾句，搖頭歎息幾聲，說幾句什麼「陰盛陽衰」、「氣（妻）管炎（嚴）」之類的話，也就各自散開了。張秋水對她這種做法非常生氣，一出天橋，他簡直暴跳如雷，像怒獅樣對她猛吼：「你這是幹什麼！中國發生這麼大的事，我能坐得住嗎？自己不革命，還要阻擋別人！」無論他怎麼發火，她總是不吱聲，也不生氣。等他稍微平息點，她才告訴他說：「有『便衣』在外面偷拍照片，一旦學潮平息，就要秋後算帳。」張秋水猛然醒悟，感到不該這麼對待她，不該向她發這麼大的火，錯怪了她。她是在克服重重困難，像妻子一樣時刻護衛著我啊，他這樣想著就立即向她道歉……

他現在沒功夫回憶往事，這幾天的所見所聞夠寫部長篇小說的了，這幾天的人生經歷勝過他三十多年的總和。他立即收住自己的情思，拉過毛巾擦了把臉，抓起襯衣一邊伸袖子一邊往外走。他很快就來到「流芳園」，老遠就看到沈冰正站在河邊的草叢裡等他。她上面穿件白色柔姿紗襯衫，下面是件黑色喇叭裙，上下分明，富有個性，看上去樸素大方，端莊高雅，別有一番風韻，真是濃妝淡抹總相宜。她那張文靜而靈秀的臉龐在朝陽照耀下更顯得生機勃勃，一雙大眼，兩彎修眉越發迷人。她手裡托著那隻信鴿正朝他出現的地方翹首而望，那神態真像文化宮門前的大雕塑。他加快步伐，小跑樣朝她奔去，她也立即像隻小鳥張開翅膀朝他飛來，眨眼之間她就撲到了他的懷裡。那隻鴿子微生妒意，跳到他的肩膀上，頭朝遠方張望著，並不去看他們。張秋水覺得沈冰的臉滾燙滾燙的像個大火團，燎得他口乾心燥。沈冰感到張秋水的胸膛像一張香霧繚繞的大溫床，她一眨眼就能扒在上面睡著，一眨眼她就像仙子一樣在空中飄浮。

「你辦沙龍怎麼不先給我說一聲？」她不能在溫床上躺得太久，她知道他有許多事要做。她像小時候被母親從睡夢中拉起來一樣，睡眼惺忪地望著張秋水說：「你是怕我阻攔你，怕我拖你的後腿是嗎？」

「不，不是的，那是我一時的衝動，才想起搞個社會主義理論沙龍的，事先並沒有什麼打算。我覺得學生運動非常需要理論的指導，中國的出路仍需要用馬克思主義理論去探討，當然我指的是真正的馬克思主義，而不是被那些御用文人顛倒、閹割、歪曲了的馬克思主義，是馬克思主義的精髓部分，而不是他的隻言片語和由於歷史的局限而作出的一些錯誤結論。」

「你昨天晚上在省政府大門上講演，太冒險了。我聽我的一個同學說廣場上裝有攝相機，上面已有通知，對學生不能再放任，必須立即採取果斷措施。」

張秋水心裡猛一吃驚，「噢，果然如此，沒想到會這麼快！他們果然要動手了，看來學生要流血。你是聽誰說的？」

「吳媛媛，她是我中學時的同學，丈夫是政法院校畢業的，在公安局幹幾年就提處長了。現在他們可是夫榮妻貴，本事通天呢。」

「吳媛媛還給你說些什麼？」他打斷她的話說。

「她勸我不要參與，不要出風頭，最好不要上街，就是上街也只能看看熱鬧。上面已有通知，北京馬上就宣布戒嚴，幾十萬軍隊馬上就赴京勤王。」

「噢，這可是一個很重要的消息，這表明這場運動已發展到了頂點。」

「你覺得這次學生運動的前途如何？」

「失敗已成定局，還能如何。部分學生隊伍已被瓦解，血腥的鎮壓即將到來，無論是內部條件還是外部條件都決定這次學潮必然要失敗。儘管如此，這次學潮的歷史意義仍是偉大的，它又一次揭開了民主革命的新篇章，它旗幟鮮明地提出了打倒官僚、清除腐敗等革命口號，因此它在中國具有劃時代的歷史意義。」

「既然這次運動失敗是不可避免的，你就應該早點抽身，以防他們秋後算帳。我勸你也不要再搞什麼沙龍了，你知道嗎？你的演說已被他們錄下去了，你的活動已經攝入他們的鏡頭，這多麼危險啊！」她極力按捺住自己內心的激動，儘量用平和的語氣同他說。

「我早已把個人置之度外，我的身軀，我的靈魂早已不屬於我自己了，我早已把它交給了祖國，交給了中華民族。只要能推動我們的社會前進，我將置一切於不顧，奮身投入到時代的激流中去。」

「你這人真沒辦法，很多人都對這次學潮冷眼觀望，不願介入，坐等天機，可是你……你明明知道這次運動一定要失敗，明明知道流血事件馬上就要發生，為什麼還偏要拿雞蛋去往石頭上碰，去作無謂的犧牲呢？」

「我以我血薦軒轅。歷史的車輪要靠全體人去推動，不是哪幾個人的事情，也不是哪個階級和階層的事情，加快中國社會前進的步伐是全體中國人民的事情。新生事物只有通過鬥爭才能誕生，光靠等是等不來的。所以我不能冷眼觀望，坐論成敗，不能眼睜睜地看著學生去流血。」

「可是你一介書生，手無寸鐵，又能怎麼樣呢？況且你現在還正在處分期內，連最基本的民主權利都沒有，就是拋出你的一腔熱血，又有何用？你愛祖國，愛中華民族，立志為改變中華民族的面貌而奮鬥，可是又有誰去愛你，又有誰能理解你？」

「你呀，你不是很愛我又能理解我的嗎？我一生有你這麼個知音也就滿足了。」

「正是因為我愛你，我才要勸你不要去做傻事。凡事三思而後行，這是你常說的格言，你總得想想後果吧。」

「我當然想過，我覺得搞個理論沙龍沒什麼大不了的，況且還是社會主義理論沙龍。共產黨要堅持社會主義，就不應該反對人們對社會主義理論去作進一步探討。所以我認為舉辦社會主義理論沙龍沒任何反動的地方，當局是會容許的。」

「中國自古有訓：『欲加之罪，何患無辭』。」

「如果真到那地步，也就只有隨他去了，千秋功罪自有歷史公斷。總的說來，單就辦沙龍之事，他們是不能把我怎麼樣的。時間不早了，咱們以後有時間再說這些吧，你先看看我起草的沙龍發起書，要沒問題，就馬上把它貼出去，以便爭取更多的人去沙龍討論。」他說罷便從衣袋裡掏出那封沙龍發起書遞給她。

她一口氣把發起書讀一遍，說：「可以，可以，單憑這發起書，他們是找不出什麼毛病來的。沙龍不是組織，所以我看最好將第一條的『組織』一詞換掉，改成『本沙龍是以工人和知識分子為主的馬克思主義信仰者之間討論社會主義理論的自由理論沙龍』……」

「對對，這個詞改得好，改得好。」張秋水說著就從沈冰手中接過發起書，立即將「組織」一詞改過來，對沈冰笑笑說：「你真是一字之師了。我們馬上到市裡去把它複印幾份，貼出去吧。」

「可以，不過你以為這沙龍非辦不可嗎？」

「當然，我覺得我們的人民目前仍像魯迅先生描述的那樣不覺悟，所以喚醒民眾是當前有識之士的首要任務。」

「那好吧，我知道你這個人的脾氣，決定了的事情是沒法讓你改變的。」

「那也要看什麼事嘛。」他呵呵一笑，輕輕地在她下巴上捏了下，「你願意和我一起去嗎？」

「這還用問嗎？跟你在一起我什麼都願意幹。」她說罷便用熱辣辣的目光望著他，他心裡感到一陣瑟索，每當這樣的時刻他就感到無限的幸福，同時繼之而來的又是內心深處的極大痛苦。他極力抑制住胸中湧上來的狂潮，心裡輕念一聲：「我們的愛情已經涅槃了。」然後拉起沈冰就跑。

天氣悶熱得要命，今年好像是沒有春天一樣，脫了棉衣就穿汗衫，初夏的陽光一出來就曬得人窒悶心躁。他們肩並肩沿著通往市區的馬路往前行，沒走多遠，天邊便翻卷過來一片烏雲，接著遠處就傳來幾聲悶雷。

「我們走快點，天怕要下暴雨了。」張秋水說。

「慌什麼呢，這麼悶熱的天，淋一場雨更痛快點。我提醒你不要做好龍的葉公。」她說著便格格一笑，張秋水也哈哈笑起來。

一陣狂風吹過，將他們的笑聲飄散，天空陡然黑暗下來，烏雲翻滾著從西邊天際壓過來。一會天昏地暗，飛砂走石，大滴的雨點掠地而來。一個炸雷在頭頂上炸開，隨即暴雨傾盆，天河決堤，狂風卷著雨霧劈頭蓋臉地朝他們襲來。霎時間路上斷絕了行人，空中再也沒有飛鳥，只見路旁的樹枝在搖曳，整個大地被黑暗籠罩著，霧簾雨幕遮斷視線，雷雨似乎把一切有生命的東西都給吞噬了。

張秋水提出找個地方避避雨再走，沈冰說反正渾身已被雨水淋透了，再堅持一會暴雨就會過去的，因為雷雨來得越猛，去得也就越快，大雷雨是不可能持久下去的。他們一會就變成了落湯雞，沈冰的裙子纏裹著腿，風雨噎得她喘不過氣來，步履艱難地扶著秋水的肩膀往前走。一種無形的力量在支持著她，同張秋水在一起，她刀山火海都不怕。透濕的衣服緊貼在她的身上，將她那優美的線條勾劃得更加清晰，長睫毛上掛滿水珠子，雨水從額前流淌下來，滑過那豐潤的面龐，匯聚在小嘴角上，然後又順著下巴珍珠般一串串落下來，她看上去活像剛剛出水的芙蓉。張秋水將自己的白襯衣脫下來裹在她身上，自己索性光著脊樑洗淋浴。他們手挽手在暴風雨中行進，在他們看來這是一種戰鬥豪情，很賦有詩意。可在別人眼裡，無疑他們只能是一對失去理智的瘋子。

他們快到市裡的時候，暴風雨耍完自己的淫威，便面帶赧顏地退去，天空陡然放亮，大地十分明淨。他們走進一家複印部，將沙龍發起書複印幾份，分別貼在省府廣場、立交橋、百貨大樓，商業街等處。

太陽又出來了，很快就將他們身上的濕衣服曬乾。他倆相視而笑，經過一場暴風雨的洗禮，她覺得他變得更加瀟灑了，他也覺得她變得更加嫵媚了。

已是下午兩點多鐘了，他們這才想起吃午飯。沈冰說：「我們上飯店去吃點東西吧。」張秋水說：「算了，時間來不急了，飯店裡吃飯既貴又費時間，何必為一頓飯去破費呢，我們就在街頭上買幾隻小餅子吃算了。」

她望他笑笑，兩手一攤說：「有什麼辦法，跟你在一起幹事真是活受罪。」

「這才正是所謂的苦中有樂呢，在受罪的同時也就得到了幸福，幸福來源於戰勝困難時的追求。」

他們說著話便來到一家個體燒餅攤前，沈冰掏出錢買了八個夾餡燒餅遞給秋水六個，自己留兩個。她知道他的胃口大，像隻駱駝，一頓能裝好多，很長時間不吃也可以。他們一邊啃著燒餅，一邊朝人民公園走去。

暴雨過後，空氣顯得格外清新，馬路上還到處都濕漉漉的，低窪的地方還留著一個個的小水坑，未老先衰的梧桐樹葉被風雨打下來，緊緊黏在人行道上，任人踐踏。一陣清風吹落樹枝上的水珠，嘩啦啦掉下來，灑在臉上，清涼怡人。

走沒多遠，他們就碰到一支遊行隊伍，隊伍穿過大街浩浩蕩蕩地開過來，空中高舉著巨幅標語，鑼鼓喧天，口號播揚環宇。「打倒官僚」，「無能政府滾下臺去」，「還我民主」，「重振國威」等口號此起彼伏。十里長街形成一條鐵流，滾滾向前，撼山振岳，整個大地似乎都在抖動。

商店裡的服務員全部離開櫃檯，跑到門口來看熱鬧，他們望著遊行的學生隊伍，指指點點地議論著，拍手給他們助威。交警鑽到崗亭裡，頭也不露，學生們手拉手自覺地維護著秩序。大專院校的旗幟一個接一個的走過去了，工人自治會，工人聯合會，退伍軍人自發隊的旗幟又一個接一個地跟上來。省委黨校、市委黨校、省文聯、省科院、省廣播電臺、電視臺、文藝出版社等各屆組織都打出了「聲援學生愛國運動」、「清除腐敗」、「打倒官僚」等旗幟，紛紛尾隨其後，支持學生的愛國民主運動。這天遊行的隊伍達到了高峰，成千上萬的學生、工人、知識分子紛紛走向街頭，加入這滾滾的革命洪流。

張秋水看到這激動人心的場面，渾身熱血沸騰，他真想加入這滾滾洪流之中，高呼幾聲，把長期憋悶在胸中的東西都吐出來。然而那是無濟於事的，他心裡十分明白，光靠這轟轟烈烈的大遊行是解決不了任何問題的。看了一會，他便拉著沈冰從人縫裡鑽來鑽去，穿街越巷往公園趕。

4

公園裡一反往常，幾乎沒什麼遊人，往日每逢節假日、星期天，這裡總是人群熙攘，摩肩接踵，照相的、划船的、遊戲玩耍的、談情說愛的幾乎塞滿所有的空間。今天這裡卻異常冷清，群芳早已謝去，只有門口的那幾株美人蕉還在顧影自憐，孤芳自賞。他們來到公園的大草坪上，見已有幾個青年學生等在那裡了。張秋水主動上去同他們打招呼，然後各自作了自我介紹，接著就熱烈地談起來。

一個大學生抱怨說：「我們的公民素質真是太低了，運動發展到現在，他們仍不願意行動起來，舉行大罷工。」

「這不能怪他們，一方面他們受到諸多限制，行動起來遠沒你們自由，顧慮也比你們多得多，不像你們這麼單純。另方面這次運動沒有明確的綱領，脫離實際，脫離群眾，提出一些諸如『要民主』、『要自由』、『打倒官僚』等口號，但這在群眾看來都是空的，沒多大實際意義。中國歷來是王道治國，霸道稱雄的，人民向來缺乏民主與自由。什麼是民主？多數工人農民都不明白，他們感到這個概念太抽象，沒能與現實問題聯繫起來，沒能提出一些關係他們的切身利益問題的解決方案來。他們目前政治上處於無權、被管的地位，無權參與企業管理與決策，無權享有憲法規定的權利；經濟上受剝削，不僅被剝削了剩餘價值的全部，而且還被剝奪了部分的必要勞動。我們的工人比資本主義社會中的雇傭勞動者還不如，因為雇傭工人有出賣自己勞動力的自由，有通過勞動的出賣而換回他們的工資的權利，我們的工人卻沒有這些自由和權利。他們目前享有的工資遠不是他們應得到的工資的全部，僅僅是維持本人最低吃飯穿衣水平的那部分。勞動者本人的住與行都作為福利費掌握在當官者的手裡，贍養家屬及子女的那部分根本就不存在。我們工人的工資全是領導者的恩賜，這兩年給工人調工資，中央領導人口口聲聲說他們如何如何關心工人，在國家經濟極為困難的情況下還給工人調工資，儼然一副菩薩心腸。試問給工人調工資是那位領導人自己掏腰包嗎？是他們在宴會中、洋房裡以及享有的特供中節約了分文嗎？人民創造的財富被他們拿了去，無償地佔有著，時而拿出一點來再恩賜給人民，反而還要人民千恩萬謝，三呼萬歲，這豈不是赤裸裸的強盜邏輯。少數統治集團打著人民代表的旗號在幹封建帝王牧民的勾當，這就是問題的實質。生產資料公有說到底就是少數官僚統治集團所有，這就是現實生活中兩極分化、幹群對立、官場腐敗等現象產生的根源。

我們的官僚統治者們從形式上看並不佔有生產資料，他們好像也是靠薪水吃飯的，但實際上他們享有無上的特權，生產資料的支配權在他們手中，他們不僅可以按級別享受特供、專車、公寓、公宴，還可以通過手中的權力批這批那的而得到『饋贈』。這不是資本家是什麼？從某中意義說，我們的官僚統治者比資本家還資本家。」張秋水口若懸河，一口氣說到這裡才略一停頓。他朝周圍環視一下，四面已以他們幾個為中心圍成一堵水泄不通的人牆。周圍的人們都屏心靜氣、表情嚴肅地傾聽著他的談論，見他回首向他們環視，都頻頻向他點頭微笑，嘆服他那精闢的論述。

那位青年大學生也深深地被張秋水的談論吸引著，他閃動著明亮的眸子，目不轉睛地望著張秋水的嘴唇，覺得他那嘴唇特別的神奇，說起話來斬釘截鐵，鏗鏘有力，思維敏捷，邏輯嚴密。待張秋水停下來，他才說：「你說得很好，可以說句句都是真理。但我總還是覺得中國老百姓的社會群體意識太差，明哲保身，得過且過，各人自掃門前雪，只顧個人的利益，總是企圖坐享其成，不想付出只想索取。」

「你說的這些現象確實存在，但我們要進一步分析產生這些現象的內在原因是什麼。按照馬克思主義的認識論來看，一定的社會存在決定一定的思想意識。中國人群體意識差，正是我們的社會對他們缺乏凝聚力的表現。最近幾年出現的出國熱，有才能的人出去不願回來，能說這些人都不愛國嗎？我們目前的條件總比五十年代好吧，那時候出現回國熱，現在為什麼會出現出國熱？問題的根源還在於我們的國家，我們的社會是否愛他們。國家主義毀滅了人權，扼殺了生機，一部分有識之士被一次次打入地獄，一部分也就流走了，是我們這個制度不留人啊。社會主義的國家機器應該是管理公共事務的工具，只具備管理生產的職能而不應該再有統治人民的政治職能。由此看來，我們國家機器的性質已徹底變質了，它並不具備社會主義國家機器的特徵。公民中只想索取不想付出的思想意識也是產生於我們社會生活中的分配不公，多勞不能多得，幹不幹一個樣，很大一部分人可以不勞而獲。工農產品的不等價交換，商品糧制度，官民不同的身份制，等級制等等，所有這一切都是與社會主義的原則相違背的，而這一切的不平等與不合理現象都是靠國家機器強行維持著，並使之合法化了。這又可以從分配關係上看出我們所謂的社會主義，實質究竟是什麼。中華民族自古就是勤勞勇敢的，中國人也常以此引為自豪，然而我們的人民為什麼變得越來越懶了，變得越來越怯懦了，這究竟又是為什麼？這種現象又是怎麼產生的？看看我們生活中的一些不正常現象真令人心痛！幹部打一夜麻將不睡，作一場報告嫌累；工人上班不願幹活，出工不出力，有的甚至還破壞機器，浙江一家啤酒廠出廠的啤酒有的一瓶裡面裝了幾十隻田螺，再不負責任的質量事故也不會是這個樣子吧；火車上歹徒公開搶劫，卻沒人敢反抗，沒人敢制止，正氣壓不住邪氣，好人怕壞人……所有這一切怪現象的背後無不隱藏著極其深刻的社會根源。其根本原因就是我們的社會制度保護落後，抑制先進，助長歪風邪氣，使好人不能做好事。在國外，人越有本事越走紅，在中國，人越有本事越倒楣，政治犯都是能人，歷次運動打下去的是能人，出國定居的還是能人。在我們這個官本位的社會中，所有的官都怕他所管轄的人比自己能，凡是有才華的不是被打下去就是根本不得重用，只有庸庸無為者才能一生平安，只有充滿狗性的人才能官運亨通，一步步向上爬。這一切現象的產生，能怪我們的人民群眾嗎？我們五十年代的工人有那麼高的覺悟，而到了今天，工人的覺悟怎麼下降了呢，這不值得我們深思嗎？」張秋水說到這裡被一陣熱烈的掌聲打斷。

「對啊，我們社會生活中許多怪現象都令人費解。」一位擠在前面的女青年說。

「一切怪現象都不怪，都有產生它的內在社會根源。對任何怪現象我們都必須用馬克思主義的觀點和方法找出它的社會根源來，只有這樣才算真正懂得了馬克思主義。」張秋水扭頭一看，說這話的正是那天晚上在省政府廣場上講演時碰到的那位戴眼鏡的小夥子，他是工大化學系的學生會主席。

「請問張老師，你對這次學潮有什麼看法，請你談一談。」一個高條身材的青年姑娘問他說。她擠在人縫裡，臉熱得通紅，胸前掛著醫科大學的校徽。

「好，我首先申明，我談的只是個人看法，反正我們是自由討論嘛。」說著他對她微微一笑，接著說：「我認為這次運動缺乏理論指導，沒有統一的組織，沒有體現人民群眾願望的綱領，因此就不可能廣泛地發動群眾。這表明這次運動的不成熟，因此不可能取得成功，用請願的方式讓統治者拱手交出手中的權力，那是白日做夢。現在北京馬上就宣布戒嚴，我覺得為了避免流血犧牲，還是應該儘早退卻。」

「退卻就意味著失敗，這要使中國社會倒退二十年哪！」那位戴眼鏡的小夥子說。

「這是沒辦法的，但也不能說這就是失敗，從某種意義上說這次運動已起到了它應有的作用，所以也可以說是成功了。」

這時周圍的人越聚越多了，張秋水收住話題，站起來朝周圍看看，人們以他們為中心自然圍成了一道道人環，裡三層外三層的，水泄不通。他頓時感悟到人民追求真理的信念並沒丟，人民仍然信仰馬克思主義，仍然想弄明白什麼是社會主義。社會上出現的所謂信仰危機，那只是人們不願意去信被顛倒、歪曲、閹割了的馬克思主義，不願去信教條主義和政策圖解式的馬克思主義說教罷了。人民希望瞭解馬克思主義的本來面目，希望懂得一些真正的社會主義理論，希望能用馬克思主義的基本觀點對他們碰到的一些實際問題給予科學的解釋。人們對馬克思主義表現出來的冷漠、懷疑、不感興趣，不是因為馬克思主義本身失去價值了，而是它已被他的徒子徒孫們篡改得面目全非了。

這時，一個約莫五十多歲的老工人走上來，跟張秋水握握手，然後又掉過身去，朝圍觀的眾人揮揮手說：「讓我來說幾句，我是紡織總廠的一名機修工人，小時候讀過幾年私塾，沒多少文化，更不懂什麼主義。我覺得民主這問題，談起來題目太大，不好談。什麼是民主？民主是不是就是讓人民當家作主，人民是社會的主人？如果是這樣，按說我們今天已經達到了，而實際上呢，這一切都是空的，是孫悟空頭上的花帽子，越念我們越頭痛。我們中國工人比世界上任何一個國家的工人享有的民主權利都少，我們連出賣勞動力的自由都沒有，別的還談什麼呢。在國家主義的統治下，人民只能是國家的奴隸，像老子說的『聖人無時不作偽，無時不愚弄百姓，殘殺百姓，無時不剝奪百姓的自由，無時不以百姓為芻狗』。我們當今的最高領導者們幾十年前也是像你們這些青年學生一樣，也是這麼高呼民主與自由而走上街頭的。革命勝利後他們自己有了民主與自由，老百姓呢，還是那麼個老樣子，又被壓到了社會金字塔的最低層。」說罷他隨即退回到人群之中。

一個青年教師又走上來說：「這位老師傅說得不錯，很值得我們深思。很顯然當年革命的領導者如今已變成了革命的對象，舊的檯子剷除了，新的檯子又築起來，人民的領袖已變成了人民的統治者，人民建立起來的國家政權又變成了統治人民的工具。為什麼會這樣呢？因為沒從根本上消除產生新的統治階級的土壤和條件，仍然保留著封官治民的舊傳統。無數革命先烈為了中國的革命事業甘願走上斷頭臺，難道就是為了建立我們現在這樣一個所謂的社會主義嗎？如果他們知道自己用鮮血和生命換來的只是另一部分人統治人民的特權，那麼他們將會多麼痛心啊。我們的國家目前搞成這個樣子，何以告慰先烈的在天之靈。」

又一個青年工人走上台說：「民主要靠我們通過鬥爭去奪取，決不能靠賜予，對此我們必須要有清醒的認識。民主是每個公民應有的權利，不是誰給的。而在我們的現實生活中，我們的民主權利往往是當官的給的，他給你多少你就享受多少，他想什麼時候收回去就什麼時候收回去，他一點不給，你也乾瞪眼。他多給你一分，他們自己享受的特權也就少了一分，這當然是他們當官的所不願意的。所以我認為我們應該有一套制度去保證公民行使自己的民主權利。我們的工廠應該搞聯合自治，工人委員會作為企業的最高權力機構應該掌握企業重大問題的決策權，人民應該享有普選權，使每一級的官都是人民選上來的，而不是上級任命的。所有的官都是執行人民的共同決議的，而不是來主宰人民的，這才是社會主義的原則。」

「我不同意這個觀點，我認為我們的公民素質太低。去年我們校裡選人大代表，竟有人在選票上寫魏征、柳宗元。」一名大學生爭論著說。

「可這是為什麼呢？他們為什麼去選死了一千多年的古人呢？顯然這是對這種『選舉』的嘲諷，是對這種圖形式走過場，毫無實際意義的選舉的憤慨。」一位中年知識分子立即上來爭辯。

人們這麼競相發表自己的看法，而且能夠暢所欲言，毫無顧忌，各抒已見，這是在一般場合所不能出現的。這證明這個理論沙龍辦對了，人民需要馬克思主義，更需要在一個民主和諧的氣氛中自由探討問題。

突然，人群一陣大嘩，原來發現有個人爬到一棵樹上偷偷地給發言的人拍照。「滾下來，我們不准拍照。」「我們是隨便閒聊，不給拍照。」「快下來，不然我們就不客氣了！」「乾脆把他的照相機繳過來。」在場的人們七嘴八舌地叫喊著，有幾個青年竟順手揀起地上的石子瓦片朝樹上投。

那個企圖拍照的人嚇得面如灰土，急忙連滾帶爬地從樹上滑下來，掛在脖子上的海鷗相機帶子都掛斷了，摔在地上。只見那人慌忙拾起照相機，趿著鞋就倉皇跑開了。

接著大家繼續討論民主問題，一個個踴躍發言，有時不同的觀點當場進行公開辯論，特別是關於公民的素質問題，意見分歧比較大，各抒已見，據理力爭，一位大學生列舉了許多事例說明群眾的政治素質太低，不具備享受民主權利的條件。而那位老工人則說，人的政治素質不是胎帶來的，是這種政治體制造就出來的，不讓人民瞭解情況，不給人民掌握權力的機會，怎麼能夠提高人的政治素質。實踐鍛練能力，存在決定意識，要提高人民的政治素質，就首先必須讓他們參與國家事務、社會事務的決策與管理……

沈冰自始至終一句話沒說，她作為一個普通的群眾鑽在人叢中注意著人們的情緒和動向，時而在外圍兜一圈子，發現可疑分子，她喊一聲，人們就群起而攻之。剛才那個企圖拍照片的就是沈冰首先發現的。發現「便衣」，她就立即擠到張秋水跟前告訴他，讓他注意。

這天就圍繞民主問題一直討論到黃昏，說是六點鐘結束，可是到七點多大家還都不願離去，一直快到八點鐘了，人們才慢慢散去。

人們散盡後，沈冰挽著張秋水的胳膊漫步在湖邊的石子道上。只有這樣的時刻他們才感到他們是真正自由的，他們才感到他們的靈與肉是受他們自己支配的。周圍蛙聲一片，淡淡的月色籠在湖面上，一枝枝荷花箭在月光中仙子般亭亭玉立著，月光流瀉其間，彷彿催動她們在輕歌漫舞，不免使人想起朱自清《荷塘月色》的意境。絲絲垂柳婆娑，不時在他們肩頭上、面龐上撩撥一下子，似是要拉起他倆同她們一塊起舞。初夏之夜，微風怡人，迷人的夜色庇護著這一對情人，讓他們在這夢幻般的境界裡沉醉……

5

晚上，張秋水回到宿舍，輾轉反側怎麼也睡不著，他切切實實地感到，馬克思主義沒有過時，中國革命仍需要馬克思主義理論指導。馬克思主義明明指出無產階級鬥爭的目的就是要消除異化，消除剝削，改變勞動者與勞動資料相脫離的不合理現象，而我們社會生活中的異化現象卻越來越嚴重，剝削表現得更為殘酷，勞動者與勞動資料離得越來越遠。馬克思明明指出，衡量一個社會制度是否合理，就是看它能否最大限度的發展生產力，最大限度的調動人的生產積極性，而我們卻硬把目前這種毫無生機與活力，勞動生產率低下，勞動者沒有勞動熱情，工人與幹部對立的社會形態說成是優越的社會主義，這豈不是給社會主義臉上抹黑。馬克思明明指出社會主義要建立在高度發達的經濟基礎之上，而我們非要把我們這種貧窮落後的社會說成是社會主義，勞動者連資產階級虛假的、狹隘的民主權利都沒有，還高唱我們的人民享有最廣泛的民主，多麼荒謬啊！

他索性從床上爬起來，為了不驚動同室的人，他便披衣出戶，端只小方凳來到了廠門口的路燈下，重新整理他前天寫下的那篇《關於生產資料所有制形式的再認識》。他準備將這篇文章拿到下次沙龍活動日上去討論。全文共分五個部分：第一，傳統所有制的概念及其狹隘性；第二，私有制和公有制的根本特點和原則區別；第三，生產資料收歸國有並不等於建立了公有制；第四，略論我國現行的「公有制」；第五，怎樣建立真正的社會主義公有制。在第一部分中，他寫道：「傳統的經濟學概念認為，所謂所有制，就是指生產資料歸誰所有，並以占統治地位的所有制形式來決定社會的性質。生產資料歸奴隸主所有就是奴隸主所有制，歸地主所有就是封建地主所有制，歸資本家所有就是資本主義所有制。在無產階級奪取政權之後，物質生產和產品分配領域趕走了地主資本家，生產資料歸全民或集體所有——實際上是國家所有或各級地方政府及企事業單位所有，從此就算由私有制過渡到公有制了。現實迫使我們對這一傳統觀念進行重新思考。剝奪了剝削階級的生產資料，廢除了私人經濟，這僅僅是從形式上改變了私有制，並未觸及到私有制的內核。所有制是通過對生產資料的佔有、物質生產和產品分配等方面的支配權而體現的，行使權力的基本條件就是對信息的佔有和使用。因此所有制概念的內涵應包括物質生產、產品分配、剩餘勞動處理等過程的決策、管理、監督大權掌握在誰的手裡，以及為行使這些權力而服務的信息資源的佔有和使用等方面。顯然什麼人掌握這些管理大權就是什麼人所有，國家掌握這些權力就是國家所有制，當官的掌握這些權力就是官有制……」

在第二部分，他寫道：「私有經濟的根本特點不僅僅是私人佔有生產資料，私有制的靈魂是生產資料佔有者或他們的代理人壟斷了全部的權力和信息，勞動者和生產資料相脫離並和權力與信息絕緣，自己創造的產品不為自己所有，而由別人去支配，勞動處於異化的狀態中。由此可見，生產資料不論是歸奴隸主、地主、資本家所有，還是歸皇家、國家、官僚集團所有，只要勞動者不掌握全部的權力和信息，其所有制性質就是私有制。歷史告訴我們，僅僅趕走資本家，由國家派幹部作為生產資料所有者的代理人來管理企業的生產、經營、分配（包括勞動者的組織與分配），把管理職能由資本的職能變為『幹部的職能』，設官而治，少數人掌權，多數人被管，這並不是真正的公有制。社會主義公有制應該是勞動者共同佔有生產資料及信息資源，共同掌握生產、分配、剩餘勞動處理等方面的決策管理權。社會主義的企業應該是馬克思所說的自由平等的生產者聯合體，社會主義的公有制是勞動者共同佔有生產資料的聯合勞動制，勞動群眾是經濟活動的主人，勞動者共同掌權，自治自理，管理是勞動的職能。」……

在第三部分，他寫道：「無產階級奪取政權以後，並未打碎資產階級（在我國表現為封建主義）的國家機器，未消除產生新的統治者階級的經濟根源和政治根源。封建主義的幹部任命制、終身制，公民間不同的等級制、身分制等等依然保留著。剝削者作為一個階級消滅以後，勞動群眾的主人公權利和地位並沒有確立，他們的權力仍由各級領導『代表行使』，這就不可避免要產生新的剝削階級。所謂代表應是代為表達，但我們現實生活中的『代表』則統統是代替，代表們用自己的意志主觀地去代替人民的意志。各級代表實際上都是按上面的意圖提名、當選，並向上級負責，由上級撤換的。所以『代表』們只對上負責，不對下負責。一個企業的廠長不是全體職工的廠長，而是廳（局）長的廠長，是廳（局）長派到廠裡去管理企業，管理職工的。因此全體職工反對的廠長，只要上級喜歡，照當廠長；全體職工都信任的，上級看不上，也永遠當不了廠長。在這樣的政治經濟體制下，勞動者能真正地掌握生產資料嗎？能夠真正的與生產資料相結合嗎？能不產生異化嗎？我們的各級官員代表勞動者做主人，代表了四十年留下了四條觸目驚心的發展曲線①勞動者的主人翁思想，在當家作主的實踐中本應逐漸增強，但事實上卻日益衰減，幾乎完全消失了，有些地方的工人甚至破壞工廠裡的機器設備。②職工群眾的雇傭觀念本應隨著公有制的建立而逐漸消失，但事實上卻逐漸增強了。③幹部在公僕地位上，為人民服務的公僕意識本應逐漸提高，但實際上卻逐漸下降了，直至出現官僚主義和腐敗現象。④領導者主宰意識本應隨著社會主義民主的建立而減少，實際上卻與日劇增著。這四條發展曲線的實質充分說明了現行公有制並不是真正的公有制。」……

在第四部分中，他寫道：「列寧最大的失誤就是留給世界無產階級一個高度集權的政治經濟體制，在這個基礎上產生了許多領導者的嚴重錯誤，產生了社會機體中的種種弊端，使史達林掌權後得以把列寧作為工具用的東西當作最終目的，把特殊歷史條件下的施政方針當作了馬克思主義的原則，並用國家的權威強行把這些固化下來。這就在一定程度上把黨的領導變成了書記的領導，把無產階級專政變為官僚集團專制，把民主制變為個人獨裁，從而給人民帶來了許多災難，延誤了歷史進程。這就說明無產階級奪取政權以後，並沒有真正打碎舊的國家機器，也沒從根本上改變其運行方式，而僅僅加上一個『社會主義』的好聽名詞，使國家機器繼續成為『駕於社會之上而日益與社會脫離』的官僚機構。就是這麼個假社會主義的經濟政治體制，在全世界成為無產階級專政（實際是國家專政）的樣板。只要這種體制不廢除，就會不斷出現權力壟斷和掌權者主宰世界的局面。這樣的體制還必然要出現越來越龐大的官僚機構，這個官僚機構出於這種體制的需要反過來又對這種體制起保護、發展、鞏固作用。直接創造物質財富的勞動者究竟在生產和分配等經濟活動中處於主人還是雇傭的地位，不取決於他們是受地主、資本家管，還是受國家的各級官去管，而是取決於每個勞動者在具體的經濟活動中切實處於什麼地位。閱讀一下八六年十一月四日《中國青年報》發表的『不受制約的權力會產生腐敗』和八七年五月九日《工人日報》報導的『一些企業亂罰現象值得重視』，就可清楚看到在我們的企業中勞動者與廠長各處於什麼地位了。只要廠長願意，他們可以任意懲罰職工。唐山市總工會對四十三家企業的調查中發現，共有一千零七人受到開除的處分，有的被開除的原因，據廠長介紹『主要是因為其勞動態度不好』。有的企業工人連上廁所超過規定時間都要受處罰，一年內被處罰的就有五百多人次，罰款額兩千三百十七元。這兩篇文章形象而具體地說明了，在我們的公有制企業中，法是誰定的，權在誰手裡，誰是主人，誰是傭僕，從而看出我們現在的公有制究竟有多少社會主義的本質內容……」

在最後一部分，他寫道：「和一切資產階級執政黨相反，共產黨是沒有私欲的，它領導人民奪取政權之後，全部活動就是為了創造條件讓人民群眾掌權，自治自理，把權利逐漸交給人民，黨退出權力，國家逐漸成為管理和組織生產的職能，不再具備管人和統治人的職能，直至國家最終消亡，政黨消亡。這是馬克思主義的一個基本原則。黨應該扶持、引導、培養勞動群眾掌權，而不應該代替勞動群眾掌權。要建立真正的社會主義的生產關係，就首先必須確立勞動者在生產中的主人公地位。①廢除自上而下的幹部任命制、終身制、世襲制，實行選舉制。取消工農產品的不等價交換和工農之間的身分制、戶口制、商品糧制等，對一切國家公務人員，均應由人民群眾依照合法的程序直接選舉、聘任或罷免。一切管理機構的設置，人員定編等社會屬性的活動，均應由人民群眾按法定程序決定。②讓廣大人民群眾掌權，把他們從被管的地位中解放出來，讓人民管『官』，以剷除產生官僚特權階層的土壤和條件。這些原則的實現決不是在遙遠的共產主義時期，而是在私有制和資本家被消滅後必須立刻實施。這是社會主義制度不可缺少的本質屬性。實行公有制後的首要任務就是立即改變企業內部的政治體制與活動方式，實行勞動者聯合自治……」

遠處一聲雄雞高唱，東方天際泛起一條赤紅的霞光，接著又立即暗淡下去，銀河兩岸的點點繁星逐漸隱去，淡淡的霧氣漸漸漫卷過來。在一個朝氣蓬勃的早晨就要降臨的時候，天空出現了暫時的黑暗，這是黎明前的黑暗！他站起身來，舒展一下身子，不免覺得有些困倦。他用手指梳理一下被露水打濕的頭髮，接著就一步步往「流芳園」踱去。流芳園記下了他又一個不眠之夜；護城河流淌著他心中的戰歌；萋萋的芳草發出帶露的清香，他一步步踏在上面，感到猶如地毯一般鬆軟舒適……

第四章　煉獄之火

1

沙龍共活動三次，兩次討論民主，一次討論所有制問題。六月三日深夜張秋水打開收音機，一個非常沉痛的男低音報道：「這裡是北京國際廣播電臺，請記住，一九八九年六月三日這一天，在中國首都北京發生了最駭人聽聞的悲劇。成千上萬的群眾，其中大多數是無辜的市民，被入城的全副武裝的士兵殺害，遇害的同胞也包括我們國際電臺的工作人員……」聽到這裡他披衣出戶，又走上街頭，市府廣場仍有幾千名大學生在靜坐。四日淩晨，北京天安門廣場進行了清場，外電報導「死傷幾千人，裝甲車將市民和學生輾成肉泥」。中央電臺卻說「未死傷一人」。第二天便開始了全國性的大逮捕、大清查，凡上街遊過行的，呼過「反動口號」的，向學生捐獻過錢物的等等都要向組織說清楚，重的抓起來，輕的寫個檢查表示悔過，向黨懺悔。中央將這次學潮定性為北京是反革命暴亂，其他地方是反革命動亂，凡參與動亂或暴亂的，搞打砸搶燒的，各種非法組織的頭目及其骨幹分子，觸犯刑律的，北京戒嚴後仍上街遊行的，進行反革命宣傳和煽動的，印發張貼反革命傳單的，散佈反革命謠言的等等，二十種人都屬清查的對象。

張秋水認為自己沒有參與動亂，更沒參與暴亂，沒遊過行，沒呼過所謂的「反革命口號」，也沒散佈過所謂的「反革命謠言」，沒張貼過傳單，只是在省政府廣場作兩次講演，發起一個沙龍還是社會主義的理論沙龍。沙龍沒有固定成員，沒有組織紀律，沒有權利和義務，根本不是組織，也就更不能算「非法組織」。因此總的看來他認為自己的行動還是十分保守的，他並不屬於二十種人之列，當局是不會把他怎麼樣的。

「六四」過後的一天早上，他一大早就起來積極準備第四次沙龍活動。他將寫好的發言題綱和幾篇關於民主與所有制問題的討論稿又認真看了一遍，放到席底下，就去車間上班。這天是禮拜六，很多人掛個號就溜了，他上班依然是在幾位學員的指使下扛大鐵，他還在開除留用期間，所以他得老老實實地幹活。

電建廠呀麼真作孽，上班就是扛大鐵，那呼嗨嗨衣呀呼嗨……

這像似信天遊的出工號子又響起來了，這曲調他聽了不知有多少遍了，可今天聽來感觸卻特別深。這裡面有一種奔放的豪情，更有一種壓抑與熬煎之感，還帶著一種沉鬱的吶喊與呼喚，一種不堪忍受壓迫的抗爭。可以說這些民工們根本不會譜曲，不知什麼是簡譜和五線譜，可是他們卻能創作出這樣的曲調。這曲調是作曲家寫不出來的，也是歌唱家唱不出來的，可是他們在勞動中隨便這麼一嚎就成了。這麼一嚎要表達一種什麼樣的思想感情，他們自己也不清楚，只不過是想把胸中的東西噴吐出來罷了，一切均出於自然。勞動創造了文化藝術。

一幹起活來，張秋水就自然拋卻了一切煩惱與不快，勞動給了他一種幸福感，汗水能使他覺得輕鬆愉快。大腦皮層的過度勞累在勞動中得到了休息和調節，一切煩雜瑣事他暫時都置之度外。勞動對大人先生們來說那是屈辱，而對工人來說就是本職工作了；幹活對領導幹部來說那是做樣子，為了上電視取鏡頭，而對工人來說那就是理所當然的事了，不幹活憑什麼吃飯？瞧！在植樹節裡，首長們坐著小汽車到郊外義務植樹，城建局、園林局等單位的各級領導，報社、電臺、電視臺的記者，公安機關的警察等等前呼後擁一大幫，十幾里路的地段全被警戒起來，不准車輛行人通過。這是勞動嗎？分明是在演戲，在擺威風。就是這樣的勞動，還要園林處的工人們預先挖好坑，坑旁堆好土，為首長用的鐵鍬、水桶全部都換新的，鍬把要用細砂紙打磨三遍，並經科長、處長、局長三級嚴格檢查，確認沒問題才給使用。園林處的工人們提前一個星期將這一切都準備好，將樹放在樹坑裡專等首長來培土。為了有真實感，樹坑旁邊的土在首長沒來之前要半天換一次。嫩綠的小樹苗忍著焦渴，頂著烈日的煎熬祈盼著首長儘快來拯救他們。據說這樣的植樹儀式要花幾萬元的人民幣，這就是首長們的勞動，這樣的勞動不但不創造價值和剩餘價值，還如此勞民傷財，它與張秋水這樣的人所從事的勞動是不能相提並論的。所以在張秋水看來，要說首長們也是勞動者，那麼只能是另一意義上的勞動者，是劃圈圈，牧百姓的勞動者……

張秋水一會就幹得渾身是汗了，銀亮的塔材在陽光下閃閃發光，一堆堆剛出鍋的鍍鋅件經過他們的整理，很快就齊齊整整地按工令號排好隊，一基基包裝好的鐵塔嚴陣以待，隨時準備出發。望著這些，他心裡充滿一種自豪感，那高聳入雲的過江塔，那舉翅騰飛的淮河大跨越鐵塔都是這個廠的產品，並且是由他分檢包裝的。

突然，一輛警車駛進廠來，在場的人頓時一片譁然，都停下手中的活，一起瞪著吃驚的目光朝那警車張望。張秋水也抬頭望了一眼，只見警車駛到廠辦公樓前便「嘎」的一聲停了下來，從裡面立即鑽出兩位公安人員。只待那兩位公安人員進入辦公樓內，人們才回過頭來繼續幹活。

「不知要來抓誰了？」

「不管是誰，今天咱廠裡可能有人要去蹲班房。」

「或許是哪位師傅的孩子偷竊扒拿犯了事。」

「嘿，現在犯罪的可真多，特別是青少年，看守所都裝不下了。」

人們正這麼七嘴八舌地議論著，只見廠保衛科長領著那兩位公安人員走過來，把張秋水帶走了。

「請你跟我們走一趟。」一位老警表情嚴肅的對張秋水說。

「為什麼，我犯了什麼罪？」張秋水問。

「你自己知道，到我們局裡再說。」另一位老警說著就推了張秋水一把，讓他趕快走。

張秋水對這突然的變故雖然沒什麼思想準備，但是他一點也不驚慌，表現出異常的沉著與冷靜，堅定的步伐一步步踏下去好像大地也在他腳下顫抖。他腦子裡突然閃現出牛虻被押赴法場時的情景，牛虻那剛毅的神情，冷峻的目光和那目空一切的微笑一一在他面前閃過，他臉上也立即閃出人們不易覺察的一絲微笑。他隨兩位公安人員來到警車旁，又回頭環視一下那高大的廠房，那雄偉的塔吊以及那印滿他足印的大料廠，然後他眉心一攢，挺挺胸膛，高傲地望著那兩位公安人員微微一笑，一縱身便鑽到警車裡。各辦公室的人都出來觀看，有的兩眼死盯著警車，有的搖頭，有的歎息，有的互相之間耳語幾句什麼。一群幼兒園的孩子也跑出來，像看大馬戲樣的嘻笑著，追趕著，高喊著：「張秋水犯法了，快去看啊，公安局來抓他了。」聽到孩子們的呼喊，他不禁倒吸了一口冷氣，不寒而慄。是啊，連小孩子都知道我犯法了，我犯的是哪條法呢？在我被押向法場的時候，會不會也有人去蘸人血饃頭啊？他腦子裡剛閃過這些念頭，小汽車便轟隆一聲啟動了。看門的老王早已將大門打開，一手扶著大鐵門的鎖環子，像等待首長們檢閱似的嚴陣以待，專等警車駛過去，他又立即將大門鎖上。

人們對這突如其來的事變無不瞠目結舌，他們無論如何也不會想到這兩位公安人員就是來抓張秋水的，像張秋水這樣的人怎麼也會犯罪？然而事實又不能不令人相信張秋水確實是犯了罪。因為他被公安局抓去了，所以他就是罪犯，這道理很簡單，要不然怎麼會抓他呢。

警車一出廠門便加速馬力，拉響警笛，一路風馳電掣般疾馳。馬路上的行人老遠就躲到旁邊的林蔭道上，直待警車駛過才敢放開膽子走路。車內誰也沒有一句話，只聽到警笛刺耳的一聲聲尖叫和輪胎擦地發出的嚓嚓聲。這是輛進口超豪華高級小轎車，坐上去一點也不感到顛簸，老實說不是這次機遇，張秋水今生今世怕是沒機會坐這樣的小轎車的。現在他腦子裡幾乎是一片空白，他知道他將會遇到許多麻煩，儘管他確實無罪，但他又確實已成為罪人。他的命運完全掌握在別人手裡，無論如何他都只能聽天由命，不去管他。在強大的國家機器面前，個人算什麼呢？尤其是像他這樣的人就更不值一提，草芥百姓，生命當然就如同草芥。況且他的人生觀早已確立，他早已將個人的生死得失置之度外。「不管我活著還是我死了，我都將作為一隻牛虻。」他猛然想起牛虻的這句話，心裡說：「該發生的總歸要發生，一切只有隨他去。」他什麼也不想，什麼也來不及想，什麼也不需要想，他表現出超乎尋常的冷靜與嚴峻，面部肌肉突起一個個的稜角。「讓煉獄之火猛燒吧，我失去的最多不過是一具肉體凡胎，而得到的將是靈魂的淨化與昇華。因為我一無所有，所以我什麼都不怕。」

不大一會，小車便駛進公安局停下來，他被帶到一間預審室裡，坐在專門為被告準備的一張鐵凳子上。兩位押解他的幹警坐在他對面的一張條桌上，那位年輕點的小夥子拿出卷宗，然後抬頭望了一眼那位三十多歲的警官說：「開始吧，科長。」

科長輕輕「嗯」了一聲，便朝張秋水瞪著嚴厲的目光發問：「張秋水。」

「嗯。」

「你積極參與這場反革命動亂，並進行非法活動，搞反革命宣傳，舉辦沙龍，你的問題非常嚴重。我們希望你能坦白交代清楚，爭取從寬處理。」

「……」

一陣沉默過後，科長又瞪著憤怒的目光說：「怎麼不講話，嗯！抗拒是嗎？」

「我沒什麼可講的，我認為我一點罪也沒有，我既不屬於你們劃定的二十種人，也從沒幹什麼非法的事，我堅持黨的四項基本原則，擁護共產黨的領導，這些都清清楚楚地寫在沙龍發起書上。」

「說得多漂亮，我問你，在動亂期間搞沙龍，這是不是事實？」

「當然，我並沒否認嘛，可這又能說明什麼呢？我辦的是社會主義理論沙龍，是宣傳和研究馬克思主義，探討社會主義理論的，與學生運動……啊，與動亂沒有任何聯繫。」

「什麼？與動亂沒聯繫！」科長面色陡然一變，將大沿帽往桌子上猛一摔，說：「你舉辦沙龍經過批准了嗎？沒經過批准的活動就是非法的，你知道嗎？」他滿臉怒氣，站起來，在桌子邊踱了幾個方步，那姿態可以讓人明顯看出，他是在有意模仿電影《高山下的花環》中的雷軍長。

張秋水用一副傲慢的目光瞪了他一眼，輕蔑地對他一笑，沒說話。

「你們的沙龍，分明是個非法組織的外圍，還不是跟方勵之學的。你們的組織頭頭都是誰？綱領是什麼？」

「沙龍不是組織，因此我們沒有頭頭。我本人不過是發起者，也不是什麼頭頭。參加沙龍自由漫談，這是每個公民都應享有的民主權利，因此它更不存在非法的問題。」

「就算不是非法組織，起碼也是非法集會。」

「哪條法律作過規定說沙龍是非法集會？集會也是每個公民應享有的民主權利，這是憲法中明文規定的。」

「你們經過批准了嗎？沒經過批准的一切活動都是非法的。這點我再次正告你。」

張秋水哈哈大笑起來，「這麼說你每天吃三頓飯經過批准了嗎？未經批准，你吃飯也是違法的。什麼時候規定過舉辦沙龍也要經過批准？只有法律明文禁止的行為才構成非法，你難道連這點法律常識也不懂嗎？」

「啪」一聲，「雷軍長」又拍案而起，怒喝道：「張秋水！你不要狡辯，必須老老實實地交待問題。」

他也呼啦一下站起來說：「我沒什麼問題要交代的，抓與放是你們的權力，在你們看來殺頭坐牢都無需本人同意，每個中國公民都有時刻被你們逮捕的義務，而你們對每個公民隨時都有逮捕、拘留、收容審查的權力。同你們有什麼道理可講呢？在權力面前我坐在被審席上，在真理面前恐怕我們就要對調過來了。」

「放肆，放肆！我問你，為什麼偏偏在動亂期間舉辦沙龍？難道真的沒有政治目的嗎？說穿了同方勵之一樣掛著沙龍的旗號搞反革命活動，其目的就是要推翻共產黨的領導，顛覆無產階級專政。」

「這是你的主觀臆斷，法律要以事實為依據。」

「好，就請你看點事實。」科長說著就給旁邊的那位助手遞了一個眼色。那個小青年立即從卷宗裡抽出一大把照片遞到科長跟前，他接過照片一張張看了一遍，又遞給張秋水說：「這是你在廣場上講演，這是你在天橋下張貼反革命傳單，這是你在遊行隊伍裡高呼反革命口號。」

張秋水接過照片，不免為之一震，心想「他們動手得真早啊，看來他們早就布下網套了。」他僅對照片掃了一眼，冷冷一笑，即刻鎮定下來，十分從容地說：「這些就是你們抓到的所謂犯罪事實嗎？不錯我是在廣場上講演過，可我是勸學生回校，勸他們停止絕食與靜坐。我沒說一句反社會主義，反對共產黨的話，難道反對官僚特權就是反革命嗎？這張照片是我在貼沙龍發起書，我並沒貼什麼傳單，這張照片上的傳單不是我貼的；這張照片是我跟在遊行隊伍後面看，我並沒遊過行，更沒呼過什麼反動口號。」

「那好吧，讓你聽聽你自己的講演吧。」科長扭頭對那位助手說：「把錄音放給他聽。」錄音機立即放出他那天在廣場上講演的錄音：「……這次學生運動是『五四』運動的繼續，同『五四』運動一樣具有偉大的現實意義和深遠的歷史意義。中國當前的主要矛盾仍然是封建主義同人民大眾的矛盾，革命的主要對象仍然是封建主義及其他們的代表官僚統治集團。中國民主革命並沒有因為新中國的成立而勝利，相反『五四』時代的一輩民主鬥士用鮮血和生命奪取的民主政權被新形式下的封建官僚統治集團所篡奪。因此無產階級專政已演變成為封建官僚統治集團的專政，生產資料公有制已演變成為少數官僚統治集團所有制……」科長一揚手，「咔嚓」一下錄音機便停了下來，他獰笑一聲，望著張秋水說：「怎麼樣，聽清楚了嗎？就憑你這段『精彩』的演說，就可以看出你辦沙龍的真實目的了，你還說沒參於動亂，沙龍與動亂沒聯繫，這能說過去嗎？」

張秋水在聽錄音的時候現出打瞌睡的樣子，聽到發問，他的頭往下猛一磕，幾乎從凳子上跌下來。

「怎麼，想睡覺嗎？那就讓你睡吧。」科長說著就同助手一起走出去。

接著又進來兩位警官繼續審訊。

「張秋水。」

「嗯。」他抬頭望了一眼這兩位老警，一個是乾瘦的老頭子，另一個是圓胖的中年婦女。發問的就是那老頭子，那婦女在一旁記錄。

「你們舉辦沙龍的目的是什麼？」

「探討社會主義理論。」

「那麼這沙龍發起書上為什麼還寫著反馬克思主義的也可以參加？」

「因為真理是在同謬誤的鬥爭中發展的，真正的馬克思主義是不怕任何反對派的，不准人家反對，靠權力維護的『真理』也就根本不是真理了。」

「那麼，你們沙龍共活動幾次？都討論些什麼東西？」

「共活動三次，兩次討論的是民主問題，一次討論的是所有制問題。」

「呵，呵，」那瘦老頭冷笑一聲說：「討論民主問題，這就說明你們的沙龍與這次的社會動亂是緊密聯繫的，是相互呼應的。你們的活動沒經過批准，是非法的，非法的就要予以取締。沙龍是你們的外圍組織，你們還有核心組織。這核心組織的頭目都是誰？」

「我們根本沒什麼核心組織，沙龍活動來去自由，十分鬆散，沒有頭目，沒有紀律約束，根本談不上什麼組織。我只是發起者，沒有權力，也沒有服從，根本談不上頭目。」

「生產資料收歸國有以後，公有制的生產關係就已確立，五十年代就完成了生產資料的社會主義改造，這是我們社會主義的經濟基礎，還有什麼討論的呢，難道你想變天？」

「不是要變天，是要改革。」

「改革要在黨的統一領導、統一部署下進行，決不能瞎胡鬧。無論怎麼說，你們的沙龍是與這次動亂緊密相聯繫的。無論你怎麼狡辨，客觀上說你的活動對這次動亂起了推波助瀾的作用。你的問題是十分嚴重的。」

接著他倆人退去，一開始審訊的那兩個又進來了。兩班人輪流審訊，徹夜不停，搞得他疲憊不堪，十分困倦。可他心裡明白，他們這四個人這麼輪番審他，不讓他有片刻的休息，就是要把他的思緒搞亂，神志弄昏，以便在潛意識中供出真實的口供來。他近十幾天都沒真正睡過一次好覺，本來就已十分疲憊，這樣一來他的思緒被搞得更加混亂了。他迷迷糊糊地聽著他們審訊，回答他們提出的問題，像在睡夢中一樣，有的問題讓他迅不及防，難以回答，他就以衝瞌睡得到片刻的思考。一句話講不完，他就能睡著。他也就有意識利用這點繞開一些實質性的問題，利用衝瞌睡拖延時間。

直到天明五點多鐘，才停止審訊。他已是三天三夜未合眼了，幾位老警一走，他就坐在地上頭靠著牆睡著了。他覺得好像剛一眨眼，門「哐當」一聲又打開了，他迷迷糊糊，揉揉惺忪的眼睛，見一位老警遞給他一張「收容審查證」，讓他在上面簽字。他當時覺得神經有點錯亂，什麼也沒想，就稀裡糊塗在收審證上簽了字，一眨眼隨即又睡著了。蚊蟲在他的頭上嗡嗡叫著，團團亂飛，這些吸血鬼只圖自己享受，哪管人的死活！他渾身扒滿了花蚊子，開始的時候，還感到有點癢，一會兒他就扯起鼾來，什麼也就不知道了。

當他睡得正香的時候，幾位老警又把他弄醒，把他押上一輛小車送往看守所。一路上他都未曾睜眼，他困極了，也累極了，根本不管他們將把他帶到什麼地方，反正現在他是不自由的，連自己的行動都不必再思考，這樣更省心。

當囚車駛進那佈滿鐵絲網的高牆大院時，汽車「嘎」一聲停了下來，他才微微睜眼望了一下。這時，一輪紅日正好從東方地平線上升起，大地頓時佈滿光輝，太陽像烈火一般炙烤得大地熱烘烘的，也把這陰森森、冷颼颼的人間地獄烤得熱浪翻滾。他一下囚車，迎面一股熱浪撲過來，他頓感一陣頭暈目眩，天旋地轉。他一陣搖晃，但沒有倒下便被兩個老警夾持著投進一間囚室。

「星期三早上，太陽剛剛升起，牛虻就被押到法場。在院子裡那棵巨大的無花果樹下，他的墳墓在那兒等著他……」張秋水的面前又出現牛虻的形象。

2

由光明的世界一下子掉進黑暗的地獄，由塵世擾攘的陽界一下跌進群魔狂舞的陰間，張秋水無論如何一時間也無法適應。他眼前一片黑暗，什麼也看不清楚，只覺得污穢的空氣直往他腦門上衝，一股股腥臭的惡浪令他作嘔，壓得他喘不過氣來。一道道魔影，張牙舞爪，兇神惡煞般朝他獰笑：「哈哈……我們又有菜吃了，哈哈……我們的勢力在擴大，我們的隊伍在成長。朋友，過來吧，我們這裡沒女人，卻到處充滿愛，我們這裡沒陽光，人人都能煉出一副鋼筋鐵骨來。」

「哎呀呀，這小子是個白面書生呢，是搞遊行的吧？是大學生，還是青年教師？快給我們說說外面的情況，你們鬧出個名堂來沒有？嗯，小雜種羔子，怎麼不說話，進到這裡就別裝斯文，不聽話老子就拿這個教訓你。」說著那傢伙上來就是一拳，打得他鮮血順著嘴巴一滴滴往下流。那傢伙歪著頭欣賞著自己的「紅色戰果」，不禁發出一陣得意的狂笑。又一個魔影從地板上躍起來，扒開剛才那個傢伙走到張秋水面前，摸摸他的腮幫，又發出一陣陰森森的奸笑。「啊，這小子長得挺漂亮的，到小娘們那號子裡不把你活吞了才怪呢，到我們這裡可就要委屈你了。哼，哼，在共產黨的國家裡搞遊行，真是吃飽了撐的，活得不耐煩了是吧。我們這些人整天就愁沒事幹，你們有班上，有書讀還跟政府造蛋，老子先教你一下做人的道理。」說著就騰地一拳打過來，張秋水一挺身，胸部重重地挨了一下。「把你的拳頭使上來嘛，這裡衡量人高低貴賤的唯一標準就是這個，就是拳頭，你小子明白嗎？」那魔影在他面前搖晃著拳頭說。

「這傢伙是現行反革命，比我們還壞，比我們的罪還大，要好好教訓教訓他。」一個充滿童聲的小傢伙也從地上爬起來到張秋水跟前逞威風。

「我說你這小子搞了這半天，怎麼一句話也不說，是啞巴，還是雞巴堵住嘴了。我是這裡的『將軍』，這裡所有的人都得服從我管，我想你也不應該例外吧，嗯？」

張秋水現在能看清點了，同他說話的是一個粗黑的大漢，胸口上長滿黑乎乎的毛，這裡一二十個人都是渾身赤條條的，唯獨他還算文明點，肚臍眼下面吊個三角褲頭，要不是襠裡有東西掛著也早就掉下去了。他環顧一下四周，這是一個大約三米寬，七米長的房間，住著二十一個人，從門口一直到後廁所跟前一溜鋪著七塊大木板，所有的人就都睡在這木板上。山牆頂上方有一個小孔洞，一束光線從那小窗裡射進來，室內才有一點微弱的光。

「我說你這小子這是第幾次光臨這裡？看樣子是第一次吧，你懂不懂這裡的規矩？」

「我是第一次，不知道這裡面還有什麼規矩。」

「那就讓我來教你，快把衣服扒掉，要扒得精光，一點布絲也不能留。」張秋水覺得站在他面前的全是一群野獸，人類社會在這裡一下子倒退了幾千年，又回到了茹毛飲血，互相殘食的原始洪荒時代。人類經過幾千年的進化才達到的文明在這裡被一筆勾銷了，這些人只是憑著獸性的本能發洩自己的憤慨與不滿。他輕蔑地掃視一眼面前的群魔，然後瞪起憤怒的目光虎視眈眈地望著那位「將軍」。

「怎麼，不願脫？是害羞咋的，誰不知道誰的，女人的是一隻水煎包，男人的就是一根黃瓜倆雞蛋。這裡又沒娘們，誰還能把你的雞巴咬掉不是！弟兄們，上，給我扒光衣服『打硬件』。」

隨著將軍的一聲令下，群魔一湧而上，連撕帶拽把他身上的衣服扒個精光，然後拳打腳踢像急風暴雨一樣襲來。他頓時渾身熱血上湧，咆哮一聲，如晴天霹靂，把所有的人都震得倒退幾步。他一躍而起，拼盡全身力氣朝他們橫衝直撞地反擊過去，他順手抓起一只洗臉盆朝他們猛撲。「將軍」首先挨了一下子，頓時頭破血流，其他人見他拼了命，急忙四處躲閃。他趕緊幾步攆上一個，拼命用臉盆砸了一下子，那傢伙頓時倒在地上，疼得打著滾嚎叫。正當他發瘋般打得正勇，這時鐵門「哐當」一聲開了，看守進來一聲怒喝才把他驚醒。「你怎麼打人？想關禁閉！走，跟我來。」那看守厲聲對他喝斥。

「是他們先打我的，我不反抗就會活活被他們打死！」他仍然滿腔怒火，對著看守怒吼。

那看守見他滿臉鮮血直流，赤條的身子被打得傷痕斑斑，轉而對著那「將軍」訓斥：

「你們是怎麼搞的，餓你們十八天，看你們還有沒有勁再打架！聽著，從現在起你們誰再動手打人，我就把你們銬起來關禁閉！」那看守聲嘶力竭地吼叫一聲，「哐當」一下把門關上就走了。

屋內頓時出現一片寂靜，等到那看守走遠了，那位「將軍」又走到張秋水跟前說：「你小子還行，有點咱們男子漢的味道。不過我挨了你這一下子也不能白挨，這次就咱倆見個高低怎樣？我叫他們誰也不許動手，咱倆誰打死誰算畢，可不能叫喚，否則讓看守聽見了又來找麻煩。你看怎麼樣？嗯——」說著他就在張秋水的面前拉開武當拳的架式。現在張秋水已完全清醒過來，理智控制著他的憤怒。他蹲在門邊，將汗衫撕下一條一條的，慢慢擦拭著自己身上的血跡，像一隻被咬傷的狗在舔自己身上的血漬。面對「將軍」的挑戰，他泰然自若，連看也不正眼看他一眼。他想，我是人，他們都是野獸，我跟他們爭什麼強呢。

「過來嗎，你小子害怕了是不是，快來嗎，別裝狗熊，拿出你剛才的勇氣來。你要鬥勝了，我自願把『將軍』讓給你，不然就是我想讓你當『將軍』，弟兄們也不服氣呀。」

張秋水像什麼都沒聽見一樣，一句話也不說，慢慢擦乾身上的血跡，穿上衣服。

「將軍」見他決計不動，就走過來「啪」的給他一個耳光。他眼裡充滿憤怒的火燄，瞪視著「將軍」，卻並沒還手。「將軍」被他的目光所震懾，臉上立即掠過幾分懼色，轉身就走開了。可是走了幾步他又返回來，拿起他吃飯的筷子將張秋水的中指夾起來，然後咬牙將筷子攥緊。一陣鑽心的疼痛迫使張秋水呼吸急促，他幾乎昏了過去，可是他終於挺住了。他一聲不吭，咬緊牙關瞪視著「將軍」給他施刑。「將軍」夾了中指又夾食指，五個指頭都夾過來，總沒使他屈服。他以頑強的毅力抵禦著劇疼，一動未動。「將軍」放開手，又從嘴裡拔出煙頭放在張秋水的手背上燒。煙一烙上去，張秋水的手背頓時冒起一股青煙，隨即嗞啦一下，一股焦糊味迎面撲來。他的手背一連被燒了幾個洞，可他仍然一聲沒叫，眼裡噴射出一道道逼人的寒光，與牛虻比較這點小小的刑罰又算什麼，他想。「將軍」把這囚室所能找到的「刑具」用完了，也沒把張秋水壓倒，他心裡不禁為之驚歎，他見的人多了，沒一個能經得住他這麼幾下子的，這小子不簡單，是條江湖好漢，他心想。他終於被張秋水那頑強的意志和堅韌的毅力所折服，站起來，嘿嘿一笑說：「你小子行，是個種羔子，老子闖蕩江湖這些年還從沒碰上過像你這樣的硬漢子。」他轉過身對著眾人一揮手說：「我現在宣布我的將軍自願讓位，就讓給這位新來的朋友。弟兄們，今後我們都得聽他的，誰不聽話，老子決不輕饒。」說罷，他就將放在門口第一塊板上的鋪蓋移到第二塊上，然後又主動把張秋水的東西拿到第一塊板上，並令幾個小嘍囉給拾掇好。他對張秋水說：「這第一塊板是將軍板，誰當將軍誰睡，你現在是將軍了就歸你睡，我現在是副將就睡第二塊板了。」

張秋水躺倒在將軍剛剛禪讓的那塊木板上，渾身像散了架一樣的疲勞，又像火燎一般的疼痛難忍。沒想到這裡也這麼等級森嚴，有將軍、有大將、中將、還有小嘍囉。睡覺的層次是依照身分高低從門口往裡排，因為門口的空氣好，越往裡邊離廁所越近，臭氣熏人。這裡的軍銜不是皇封的，也不是選舉的，全是靠自己的拳頭打出來的。從這點說來，也有它的合理性，因為無能的庸才在這裡根本不可能居高位。他以前聽說進了看守所，不死也得脫層皮，他還不太相信，今天這些活生生的事實就擺在面前，不能不信了。現在的管教幹部高明了，讓犯人來管犯人，無需自己動手。管教幹部不能幹的，犯人可以幹，人類歷史的進步在這點上又分明體現了出來。幾千年前的猿人是沒有監獄的，幾百年前封建王朝的監獄也還沒想出這麼文明的管理辦法來。犯人，犯人？我張秋水現在真的成了一名犯人了。我犯的是什麼罪呢？我自己也不知道，正像阿Q一樣，被砍了頭始終也沒明白自己犯的是什麼罪。

多可悲啊，張秋水！

我為什麼會犯罪？剛才那些傢伙說我是吃飽撐的。啊，吃飽撐的！這裡面蘊涵著多麼深刻的哲理啊。人吃飽了飯，物質生活滿足了，就要追求精神生活，就要去想吃飯之外的事情，這是物質第一，精神第二的唯物主義認識觀；而中國人把對精神生活的一切追求，把吃飯以外的活動統統歸結為吃飽撐的，看來中國人一向是吃不飽肚子的，是餓怕了的。

可悲啊，中國人！

我現在是犯人，那麼是政治犯還是刑事犯呢？要說是刑事犯，沒偷沒搶，也沒殺人放火，怎麼是刑事犯呢？要說是政治犯，倒有點像，可是我們社會主義國家只有反革命犯罪，而不存在政治犯。啊，反革命，什麼是反革命？什麼是革命？「革命就是對現實的否定」這是在馬列著作中明明寫著的，是導師之言。對「現實」的否定才是革命，維護「現實」才是真的反革命，他們連老祖宗的話也丟掉了，誰反對這個舊體制誰就是反革命，誰反對他們這些官僚統治者誰就是反革命。這是什麼邏輯啊！對了，我現在還不算是犯人，只是被收容審查，按審訊我的那位老警說，每個公民都有隨時被收審的義務，而隨時收審任何一位公民卻是他們的權力。這種權力和義務真是荒唐。然而幾十年來這種關係卻為全體中國人奉行著，沒人去思考，沒人去懷疑，沒人去抗議。中國人啊，中國人，多可悲啊，連人身自由都沒有，還有什麼人權可言呢？顯然依照法律的意義說來，我現在僅僅是被收審，並沒確認為犯人。然而我又確實過著囚犯的生活，就是真正的囚犯也不會挨這麼狠的毒打，只不過被強制勞動而已……

他正微瞇雙目靜靜地思索著，「將軍」湊上來跟他搭訕說：「喂，哥們，交個朋友吧。我姓武，叫武夫，你呢？睡著了嗎？」

剛才他們還是怒目而視，勢不兩立的敵人，一時之間就要成為朋友，這變化如此之快，他一下子是沒法接受的。他帶睬不睬地望了武夫一眼說：「我叫張秋水。」

這時牆外傳來兩個女人的說話聲，那個號稱「坐山虎」的中將全身一絲不掛走到小窗口下，對著一個正在抖衣服的小嘍囉說：「喂，『窩囊廢』，過來。」「窩囊廢」立即跑過來，蹲在「坐山虎」的腳下，讓他站在自己的肩上，慢慢地扶著牆站了起來。「坐山虎」扒著窗子高聲大叫：「喂，這倆妞兒，把裙子掀起來讓我看看你們的屄，我幾個月都沒見過那玩意了，真讓我想死了。啊，我要日，我要日你倆的屄——」

張秋水看到這種情景，心中一陣顫慄，他覺得自己彷彿處在狗窩裡，聽著一聲聲的狗叫，他渾身都在瑟縮。武夫卻習以為常，接著問：「你是犯什麼事進來的，是不是搞遊行呀？」

「也算是吧。」

「那你是哪個大學的，是學生還是教師？」

「既不是學生也不是教師，是工人。」

「工人？工人幹活吃飯，管那些閒事弄啥，有功夫搞搞自己的小家庭，鬧什麼遊行。我整天做夢都想當個工人，可是卻當不上。沒辦法就得經常掙點『外快』，當然也得冒點風險啦。不過幹一百次還不能被逮到一次，我想還是划得來的。就是逮到了，送進來蹲個十天半月，一根汗毛也不少就出去了，出去照幹不誤。不過每進來一次都有一個很大的提高，以後幹起來也就更高明點。我這是第十八次進來了，今年我二十六歲，從事本專業工齡已有十年，要是給評技術職稱的話，起碼得給個工程師一級的。」說著他便哈哈大笑起來。笑過之後，他接著說：「到這裡來的次數多了，自然知道這裡面的一些規矩，因此也沒吃過虧。告訴你吧，無論是誰進來都要過這幾關的，我見你是條好漢，又是有知識的人，對你還是很客氣的。我們只給你打了『硬件』，『軟件』都沒用，『刑具』也算沒使。這一關是見面禮，無論如何是免不了的，這是這裡的規矩，希望你別生氣。」

「這規矩要不得，要叫我當將軍，我首先就得廢除這規矩。」

「那怎麼能行，沒規矩就不能成方圓，沒規矩怎麼能叫人服你。」

「要別人服你，是要讓他們信服，不能光靠暴力去征服。」

「哈哈……我說你呀，看著怪聰明的一個人，怎麼這麼書呆子氣。聽說北京派了幾個軍的戒嚴部隊，那是幹什麼呢？不就是用暴力去征服群眾嗎？國家對付學生都要靠軍隊，對付這些偷竊扒拿的傢伙不靠武力行嗎？『槍桿子裡面出政權』這是毛老頭說的，有權就有理，所以我再引申一下就是『拳頭子裡面出真理』，誰的拳頭硬誰就有理，誰勝了誰就是英雄。我知道你們這些知識分子都是有頭腦的人，思想複雜，不像我們這號人一天『三個飽一個倒』什麼也不想。我從小沒父母，沒上過幾天學，可我很敬佩你們有知識的人。你說你工人當得好好的，為什麼要同學生混在一起瞎胡鬧？」

「正是為了讓你們這些人不再犯罪，我才參與這次動亂，才走上所謂的犯罪道路的。不過我並沒同學生在一起鬧學潮，我進來的原因是我舉辦了一個社會主義理論沙龍，我的罪過在於我向工人宣傳了真正的馬克思主義。」

「怎麼，就因為這他們就把你抓了起來？共產黨不是一貫叫著要堅持馬克思主義的嗎？馬克思是他媽的共產黨的祖師爺，你辦沙龍宣傳馬克思主義，難道他們也不允許？」

「我宣傳的馬克思主義與他們所講的馬克思主義不是一碼事，我講的是真正的馬克思主義，你明白嗎？」

「什麼真的假的，都是他媽的騙人的鬼話，我才不信那一套呢。只有吃飽了不餓是真的，其他統統是假的，在這個世界上假煙、假酒、假藥，連人都是假的，像你現在就是假犯人，還有什麼主義是真的。社會主義搞了這些年，越搞越倒退，我們這些人連工作都沒有，還說社會主義不存在失業？我為什麼要幹這個？就是因為我沒工作，不能堂堂正正地掙錢花，而我要生存又一時一刻也離不了錢。怎麼辦呢？就只有去偷、去搶，去當強盜！」

「是的，你沒工作，可這怪誰呢？社會主義的原則應該是『各盡所能，按勞分配』，人人都有起碼的勞動權利。你的這個權利無形之中被剝奪了，這只能怪這個制度有問題。然而你不想辦法去改變造成你失業沒飯吃的社會，卻去坑害同你一樣可憐的老百姓，這應該嗎？」

武夫沉默許久沒有吱聲，他點著一支煙自己猛抽幾口又遞給張秋水。張秋水說不會抽，他就嘿嘿一笑，又把煙放到自己嘴裡猛抽起來。他一邊抽煙一邊嘰咕著：「不會抽煙，哼，不會抽煙就沒男子漢的氣派，我勸你趕快把抽煙學會。」接著他話鋒一轉說：「你說這個社會制度不好，我也曾這麼想過，可是我們這樣大年歲的人大天聽到的就是社會主義好。從懂事起，一天到晚唱的就是社會主義好，社會主義怎麼突然變得不好了呢？」

「這正是問題的關鍵，社會主義制度應該是優越於資本主義的，而事實上我們的社會主義從經濟基礎到上層建築都比當今的資本主義還落後，這只能說明我們所謂的社會主義是假的，是掛羊頭賣狗肉的，我們現在實際是前資本主義，即封建性質的國家社會主義，這當然是落後於資本主義的。」

「照你這麼說來，我們的國家首腦就是過去的封建皇帝，國公王爺了。」

「也可以這麼說吧，不過國公王爺尚不知把自己說成是人民，更無『公僕』之說，他們公開把自己說成是天子，是上帝派下來統治百姓的。我們今天的首長們要比他們聰明得多，這就是歷史的進步。」

「嗯，你說得有點道理，我們當官的嘴裡說的一套，實際做的又是一套。就說這公安部門吧，天天喊按法律辦事，法律面前人人平等，可是一碰到權力我們的法律也就不靈了，一碰到錢，這些黃狼嘴巴就歪了。有幾次我作案被他們逮住了，沒走到派出所我就把押我的那傢伙買通了，百十塊錢就買來了人身自由，划算。這自由也能拿錢買，你知道嗎？」說罷他就得意忘形地開懷一陣大笑。

「你既然有那麼大的本事，怎麼還在這裡受罪呢？」張秋水滿含譏諷地說。

「這你就不懂了，買通他們也得老天爺給機會才成。我們古人辦事講究天時、地利、人和，現在也得這樣。如果他們是一個人那好辦，沒有不吃腥的貓，可要是一下子碰到幾個，這套辦法也就不靈了，當官的受賄都是這樣，送到辦公室的東西沒人敢收，送到家裡的東西來者不拒。再說進來也不完全是壞事，到時候就有人送飯來，多省心。」說罷他又嘿嘿一笑。

「這麼說你在這裡過得還挺滋潤是吧。」

「不敢這麼說，不過什麼事都不要自己動手，也還算可以。你看衣服由他們這些『窩囊廢』洗，洗過讓他們抖乾，起居飲食都有他們服務，這還不自在嗎？不過比著共產黨的官還差些子，為他們服務的都是水靈白嫩的小妞兒，你看這裡的這些傢伙，都是些什麼玩藝，一色乎半截橛子。哈哈……怎麼樣，你的衣裳也脫了讓他們洗去。」

張秋水轉眼望了一下，見幾個被稱為「窩囊廢」的人正在那裡拎著衣裳領子在抖水。一件衣服要抖十幾個小時才能抖乾，可是他們卻任勞任怨，真是忠實的臣民。這裡共有二十一個人，一位將軍，一位副將，六位中將，其他都是臣民。臣民中間也有等級之分，一部分是自由民，『自食其力』，自己幹自己的事，一部分是下等人，從將軍到中將的所有雜事都由那些下等人去做。洗衣服、晾（抖）衣服、鋪床、打洗臉水、打飯洗碗、按摩、搓背、扇扇子、打蚊子等等，連刷牙的牙膏都預先給擠在牙刷上，大概就差沒揩屁股，別的全幹了。就這還不算，他們還時常做將領們練拳腳的肉靶子和出氣筒。

一上來就給張秋水一拳的那傢伙原來是副將，現在便降到了中將的位置，老大不高興，氣乎乎地躺在地鋪上喘粗氣，其他幾個各人在想各人的心事。武夫朝他們一揮手說：「來，都過來開開竅，讓我們新來的將軍給咱們講講外邊的形勢。」隨著他的一聲令下，那幾位中將首先圍上來，接著其他魚兵蝦士也都湊上來，秩序井然有條。

「你們讓我說什麼呢？」張秋水環顧一下他們說。至此他感到他們已不像先前那麼兇惡可憎了，望著他們那一張張愚昧無知而又陰森可怖的面孔，他不禁對他們產生一種憐憫與同情。其中一個被稱作「白馬王子」的小傢伙，滿臉稚氣，生得冰清玉潤，十分漂亮，看上去不過才十三四歲，更讓人同情。張秋水不知道這樣的青少年怎麼會犯罪，他立即招呼「白馬王子」過來，讓他睡在自己的木板上。「白馬王子」十分懂事，立即走過來，坐在張秋水的跟前用汗衫為他搧扇子，還不時地用毛巾給他擦汗。

「這次學生運動是一次新形勢下的人民民主運動，聲勢之浩大，發展之迅猛，舉世矚目，全國震動。上百萬人遊行示威，不僅學生、工人、新聞記者還有中央黨校、政法學院、全國總工會、中央各部委的幹部都高舉橫幅大標語，聲援學生的民主愛國運動。在此期間，社會治安狀況明顯好轉，遊行的學生、工人和各界人士都自覺地維護交通秩序，本市在此期間沒發生過一次刑事案件，上街自行車隨便往哪一放都丟不掉，連幾個偷盜集團都宣布罷偷十天。但是這次運動卻動搖了官僚統治階級的統治，損害了他們的既得利益，要罷他們的官，所以他們就把這次運動被誣衊為反革命動亂與暴亂。北京調集了幾個軍，幾個裝甲師在六月四日凌晨三點強行對天安門廣場進行清場，學生及市民死傷數千人。致此這場轟轟烈烈的民主運動便被鎮壓下去了。然而這並不是運動的失敗，相反從某種意義上說這次民主運動是勝利了。因為它喚醒了民眾，同時也使統治階級的反動本質充分暴露了出來，起到了它所應起的歷史作用。通過這次運動，人民更清楚地看到了政府當局反人民的醜惡面目，所以說這次『六四』運動比『五四』更具有偉大的現實意義和深遠的歷史意義。它宣告了統治階級的末日不久就要到了，這種封建集權的國家社會主義已走到了歷史的盡頭，中國人民不是群盲和阿斗，決不允許少數官僚統治者騎在人民頭上作威作福。」張秋水正說著，「白馬王子」打斷他的話問：

「叔叔，你並沒參與鬧學潮，他們為什麼也把你抓進來？」

「在他們看來，我的行動比上街遊行對他們的騷擾還要大。我要讓人民明白什麼是真正的社會主義，什麼是真正的馬克思主義，我要揭掉統治者的畫皮，要讓人民認識到至今他們仍然是受壓迫受剝削的奴隸，並不是真正的主人。」

同室的人全都圍過來聽張秋水講話，他們都感到新來的這位犯人確實和一般人不一樣。對他的話他們有的能聽懂，有的聽不懂，但無論聽懂還是聽不懂，他們都感到他的話新鮮。有一點他們是十分明白的，那就是這位姓張的小子是反政府的，同他們這些人一樣也是不滿現實的，只要有這一點他們就完全可以把他當作自己人了。他們搞了這麼多的「規矩」，無論是誰進來都得被打個半死，其目的就是讓每個從這裡出去的人都仇恨政府當局，都罵共產黨。新來的這位姓張的是因為進行反革命宣傳才進來的，看來他比他們這些人更仇恨當局政府，而他所採取的行動又比他們這些人文明得多。不說別的，就憑他這談吐，當個國家首腦，革命領袖就是老牌子的。因此他們對張秋水都肅然起敬，再沒人像一開始那麼張牙舞爪地對他說話了。

他們有的幫他打扇子，有的幫他用自己帶來的藥水擦傷口，還有的幫他換衣服。這些都不是命令的，是幾個中將主動帶頭幹的。正在這時，鐵門「哐當」一聲又打開了，送飯的將一個大鐵桶拎進來，桶裡盛的是青菜湯，一個搪瓷盆裡盛著乾飯。人們呼啦一下從地上跳起來一起圍到水桶跟前，有的口水都急掉下來了，可卻沒一人敢動，他們的目光一下子全集中在張秋水和武夫身上。武夫慢騰騰地坐起來，「你們這些王八羔子，一個個都像餓死鬼投生的。一個挨一個都靠牆給我站好，讓我們的將軍先吃。」說罷他扭頭對張秋水說：「起來吃點東西吧，夥計，你不吃他們誰都不能動，這是這裡的規矩。飯送來了將軍先吃，然後是副將吃，再後是中將們吃，最後剩下的才是那些沒用的『窩囊廢』的，剩不下他們就不吃。」

「這怎麼行，這屋裡的雜活全是他們幹，不讓他們吃飯哪行。我想這飯送來是每人都有份的，所以無論孬好，要保證每人都能吃到。從今天開始，咱們分配著吃，大家站好，讓咱們武將軍給大家分，一輪分不完再分第二輪，分的先後次序就按睡覺的次序排，但是我擺在最後，你們都同意嗎？」張秋水說。

站在那裡急著吃飯的人臉上一下子都放射出光彩，特別是那些「窩囊廢」都以無限感激的目光望著張秋水，但是他們卻沒一個人敢吭聲，顯然他們是在等待武夫表態。武夫疑惑不解地看了張秋水一眼說：「你這是何苦呢，我們這裡可從來沒這規矩啊。」

「我們在這裡生活在一起是十分不容易的，可以肯定我們大家每個人都有一肚子苦水，一肚子的煩惱。所以我們應該儘量過得愉快些，今後出去了大家也算朋友一場，何必相互之間搞得像仇敵似的，山不轉水轉，出去了以後說不定什麼時候還是要見面的，多個朋友總比多個敵人強吧。你說呢，嗯？」張秋水說罷，望了武夫一眼，又掃視一下圍在飯桶跟前的人們。

武夫點點頭，「我一向信奉的是武力打天下，不想在這裡竟然被你征服了。好，咱哥們講義氣，說話算數，既然將軍讓給了你，就聽你的，就按照你說的辦吧。我這人就是吃鐵不吃鋼，你既然同咱商量，也算沒小看咱這一介武夫，大丈夫活著爭的就是這口氣。我最討厭的就是他們這些無才拉料的傢伙。」他轉而對站著等飯吃的那些人說，「人活著，死了都要像個人樣子，你看看你們那一個個窩囊相，就像從滑稽劇團剛畢業的一樣，站沒個站相，坐沒個坐相，都給我站好了。立正——」他真像個將軍一樣威風凜凜地走過來，抓起勺子在桶裡攪和幾下子，然後舀起一勺子青菜湯挨個往他的將士們碗裡倒。那些被稱作「窩囊廢」的第一次在這裡享受到了平等的待遇，個個張開笑臉，有幾個竟激動得哽咽起來。他們一齊將碗遞到張秋水跟前讓他先喝。張秋水感到這些人良心仍未泯滅，雖然他們的外表被扭曲了，但他們的內心還是有是非標準的，雖然他們心靈上蒙了厚厚的一層塵土，但一將塵土抹去，他們的心同別人的一樣仍是鮮紅的。他勸他們立即就著湯把飯吃下去，自己接過武夫遞上來的飯和湯胡亂吃了一點。最後剩下的大家不願再分，一致同意全給武夫吃，因為他人高馬大，飯量也大。結果武夫吃了兩碗，又將剩下的分給了大家。飯本來是不夠的，每人只能吃個半飽，可是大家吃得都很愉快。以往每次吃飯都要爭爭吵吵，罵罵嘰嘰的，甚至要發生一場惡鬥，這次吃飯卻使囚徒們之間加深了友誼。看來無論在哪裡人都不光有物質生活的需要，也有精神生活的需要。無論在什麼地方，人都有要平等的願望。

3

吃罷飯，看守令人將飯桶收走後，囚徒們又一起圍過來要張秋水講外面的事情。張秋水就告訴他們中國最近發生的一些事情以及今後可能要發生的一些事情。他分析了中國的政治經濟形勢，以及他們這些人走上犯罪道路的社會根源，以此來啟發他們的覺悟，喚醒他們的良知。他們一個個側耳傾聽，連一聲小小的咳嗽都沒有。最後他實在感到太累了，就對他們說：「我講了這半天了，該聽聽你們的故事了，你們也把自己的情況講給我聽聽嗎？」

「好，好，我們這裡每個人都有一本山海經，別的不說，光這歷險記也夠作家寫幾部書的。」

「對，對，我們相處這麼久了，彼此還都不太瞭解，我們今天每個人都作一個介紹，但從誰開始呢？」說這話的就是那位進門就給張秋水一拳的中將。

「就從你開始吧。」武夫說。

「好，我叫王光耀，在市鋁廠當工人，家裡條件不好，我本人也有那麼一點小毛病，其實也沒什麼，就是臉上不太光油。」說著他很不好意思地看看眾人，嘿嘿一笑。張秋水朝他臉上仔細一看，這才發現他原來是個麻子。「所以我就找了個農村老婆。」他繼續說，「我們廠裡停產發不出工資，我老婆都懷孕七個多月了，我手裡還一分錢沒有，你說我可著急。於是我就想偷筆錢給老婆坐月子，只此一回，下不為例。可是我一連琢磨了很久，也沒找到機會，我非常著急。這天我到倉庫去，偶然發現了倉庫裡的鋼棒，我就決定冒一次險，誰知剛一上手就落網了，原來有人看出了我的形跡可疑早已布下網套。嘿，都怪我沒經驗，沒打著黃鼠狼反落一身臊。我老婆現在怕該生了，她現在不知多痛苦呢。」他說著便泣不成聲，哽哽咽咽地抽噎。

「坐山虎」一躍從地鋪上坐起來說：「沒屌用，哭什麼，真沒出息，讓我來說。五七年，我爸被打成右派，後來到城北湖勞改農場勞動，七五年死在勞改農場。我媽帶著我們兄弟三個過日子，受盡煎熬。我家沒錢供我上學，我從小就撿煤碴賣。後來我慢慢長大了，懂得一些道理，人窮不是生就的，看你怎麼去對待，怎麼去生活。我看到住在我們旁邊的一棟樓上的幾個局長、處長家經常大宴賓客。拎著大包、小包給他們送禮的能踢破門坎子，他們吃不完就拿到我家隔壁的小店裡去賣。他們當官的是人，咱也是人，可是他們一天到晚山珍海味吃不完，咱卻連稀飯都喝不上；他們住著高樓大廈，咱住的是七窟窿八洞的破房子；他們出門有小汽車，咱連個破自行車都買不起。老子就不信這個邪，他們有權有勢，有酒有肉，老子為什麼就該受苦！老子沒有權，有手，有手我就偷，專偷他們這些王八羔子的。我偷竊不比他們貪污受賄壞，我要比他們吃得更好。『阿詩瑪』咱都不抽，專抽『劍牌』和『良友』。他們可以在高級賓館玩女人，咱也可以在咖啡館裡泡小妞，老子搞的比他們的還要年輕漂亮，只要老子有錢，就什麼都不愁。有錢能買鬼推磨，有錢也能買官推磨。我一天要幾十塊，幾百塊，不偷哪來？我媽因為受我爸的連累過一輩子苦日子，我不但要自己享受，還要讓她老人家也過有錢的日子。我們這號人就是這麼回事，醉生夢死，快活一時是一時。逮住了進來，放出去還偷。」

「坐山虎」的話音未落，坐在「白馬王子」旁邊的李自強就開口說：「我表哥的未婚妻被劉部長的兒子劉二虎霸佔去了，我表哥就帶著幾個朋友去算帳，一交手我對準劉二虎的肚子就是一刀，那小子立即倒地，腸子肚子掉出一大堆。就這樣我第一次來到這裡，就住在前邊那個號房裡。後來我被送到勞山管教所，那裡的管教幹部說『從前上級政策規定管教幹部和犯人要劃清界線，不准互相來往。改革開放後上邊說這不利於犯人的思想改造，對犯人要實行「感化政策」，管教幹部要和犯人打成一片。』這樣一來，有錢的犯人經常買煙、買酒去同管教幹部一塊吃喝交朋友，有的還買電視機、收音機送到管教幹部家。於是這些犯人的親屬可以來探親，住在幹部家裡，這些犯人也可以回家探親，但回來都給管教幹部帶來許多好東西。我家沒錢，送不起禮，也不准回家探親，我爸要來看我卻沒地方住。我氣了就罵他們，還把隊長的小兒子推到了河裡，但卻沒淹死那龜兒子。就這樣我又被收容到這裡，看來罪加一等是無疑的了。但是老子不怕，老子只要能活著出去，還要給他們這些王八蛋算帳。」

「白馬王子」立即去勸越哭越痛的王光耀：「別哭了，哭也沒用，你的罪又不大，很快就會放你出去的嘛。」接著他又回頭坐在張秋水身邊對張秋水說：「叔叔，我是初中一年級的學生，他們說我犯了調戲少女罪，我不明白，那小姑娘同我玩得很好，她主動讓我摸她的奶子，還拉著我的手往她的褲襠裡掏，她也摸我的小雞雞。我們又沒幹那種事情，怎麼能算犯罪呢？你看電影上，大人們不也是摟著抱著在地上打滾，亂摸一氣的嘛。你們大人是不是也想摸女人的肚皮、胸脯什麼的？既然男女之間在一起互相摸摸、親親，彼此都感到愉快，幹嗎不能摸呢？既然你們大人能幹的事，我們為什麼就不能幹呢？我只是對女孩子感到好奇，覺得她們很神密，感到她們身上流動著一種醉人的香味，才想親近她們的。她們也一樣想親近我，我摸了她，她也摸了我，還是她先摸的，是她讓我摸她的，怎麼就算我調戲她呢？」「白馬王子」說到這裡臉上泛起一股紅潤，粉白的臉蛋，大大的眼睛，顯得非常聰明可愛，怪不得那位小姑娘那麼喜歡他呢。

「你的疑惑我一下子可解答不了，照講你這不能算犯罪，可是具體情況怎樣的呢？」張秋水撫摸著他的小腦袋說。

「有一天我和幾個同學到公園去玩，我們是在一個假山底下捉迷藏，正好碰到幾個女孩子也在那裡玩。於是我們就一起玩起來，玩渴了我們把自己身上的零錢都掏出來擱在一起買汽水喝。一直玩到天黑，我們仍捨不得散開，最後沒辦法，都怕父母擔心，就約定下個星期再一起玩。第二個星期天，我們一塊划船，一塊吃午餐，玩得更愉快，分別的時候就有點依依不捨的。臨分手的時候她把我拽到一邊約我第二天一個人來單獨和她玩，她說她也不帶別的同學了。我記得當時她跟我說話的時候，水靈靈的大眼睛一忽閃一忽閃的，突起的胸脯一翹一翹的，那臉蛋兒就像蘋果一樣好看。她說罷拉起我的手放在她手心裡揉搓幾下子，然後又將我的手一下子捂在她那急速跳動的胸口上，一會她一把推開我扭頭就跑了。那天夜裡我一夜都未睡著，一眨眼就聽到她的笑聲，她那紅潤嬌美的臉蛋，那水靈明媚的大眼老像電影一樣在我腦子裡轉悠。第二天一放學我就跑到了約定的地點，她正在那裡等我。我們一起吃了麵包，喝了汽水，然後就一塊玩，玩累了，我們就躲到假山後面摟在一起親吻。後來她就讓我摸她，她也摸我。我們一直玩到將近晚上九點還是捨不得分手，正在我們難捨難分抱在一起的時候，她爸爸找來了。我們的行動都被她爸爸看見了。對了，她說她爸是市檢察院的副檢察長。」

「那你爸呢？」張秋水拉過他的小手說。

「我爸是輕工業局的一般幹部。」「白馬王子」說。

「嘿，只怪你爸不是市委書記啊。」坐在一旁的李自強插嘴說。

「噢，這麼說是你踩到地雷了。」張秋水說，「不過沒什麼大不了的，況且你還不夠治罪的年齡，拘留你幾天就會放你出去的。以後可別這麼胡來了，要好好學習，你還太小啊。男女之間的事並不神密，你以後會慢慢明白的。你看過《動物世界》嗎？說穿了人和動物都是一樣的，不過人類文明給本來很簡單的事情蒙上一層神祕的面紗罷了。過早的想這些會影響你的身心健康，也會影響你的學習，對你自己沒好處，你懂嗎？」

「白馬王子」似懂非懂地點點頭。張秋水明顯看出他心中的疑惑並沒解開，但他也無能為力。

這時武夫點起一支香煙硬塞到張秋水嘴裡讓他學抽，自己又點一支猛抽幾口說：「好，下面我就說說我的歷險記——

「我是一個社會青年，家裡很窮，八歲喪父，十歲母親改嫁，我便成了棄兒。我孤身一個，拾過垃圾，賣過冰棒，小時候還要過飯，那些情景我現在回想起來仍然心寒。談對象的時候，我老丈人就很看不起我，我呢還偏偏生性好強，既然老婆不嫌棄我，我就要設法多掙錢，讓她過得舒服些。可是我沒正式職業，開始在社會上打零工，一天掙不夠一頓飯錢，想掙大錢又沒門路，沒辦法就只得去偷。第一次一出手，在公共汽車上就被人家逮住毒打一頓，扭送到派出所。我心想自己不是這塊料，乾脆老老實實受窮吧。可是放出來不久，無意中碰到一個朋友，在他的指導下我又重操舊業，結果連連得手。不過我老婆不願讓我這麼做，她整天為我擔驚受怕。後來改革開放了，我就決定棄偷經商去做生意，堂堂正正地掙錢花。我老婆對我的改邪歸正當然很高興，在我臨行的那天特意買了一斤酒，炒了幾樣菜為我餞行。唉，女人啊，天生的會體貼男人，讓男人為她去死也是心甘情願的。」說到這裡，他皺皺眉頭，猛抽幾口煙，又接著說：「第二天我就乘上省城開往廈門的火車。記得那是一個寒冬臘月，我只穿件毛線衣，坐在車廂裡凍得直發抖。千辛萬苦不說，結果上了人家的當，被人家騙了，第一次做生意就幹砸了。我借了千把塊錢做的本，全賠光了，我想這社會不興學好，只興學壞。於是在回來的路上我又幹上了這行當……記得那天火車開到寧縣，上來一位拎包的老頭子，我旁邊正好空了一個位子，他看看我就在我旁邊坐下來。那老傢伙一上車就緊緊抱住他的包，我一看就知道裡面肯定有貨。我心想這真是天賜良機，可不能錯過。深夜，車廂裡人都打起瞌睡來，我也裝著打瞌睡，等待時機。可那老傢伙就是不瞌睡，真能把人氣死。到了夜裡兩點多鐘，那老頭子實在熬不住了，終於打起瞌睡來，頭隨列車的顛動來回搖晃著。我輕輕地碰了他一下，見他一點沒反應，就輕輕抽了一下他手裡的小包。小包落在座位上，他仍然不知道，我連忙就拎起小包進了廁所，我打開小包一看，呵，裡面滿滿的裝了一包都是鈔票，我喜不自勝，立即一卷卷拿出來往自己小包裡裝。突然，廁所的門被打開了，夜間值班的乘警走進來，一見我正在翻弄包裡的鈔票，上來一把扭住我的胳膊，二話沒說就把我銬了起來。我迅不及防，又落網了。我被押到毛山監獄，後來我越獄逃跑了。」說到這裡他又猛抽幾口煙，望望張秋水接著說：「哎呀，想到那次逃跑的情景，真讓人頭皮發麻。逃跑的時候，我對同室的人說：『等我爬到了牆頭上，你們再去報告，否則我跑不掉被他們抓回來，老子就將你們全宰了。』他們都連聲應喏，『你儘管放心，咱們這號人講的就是江湖義氣，我們盡力幫助你，決不會提前去報告的。』當我爬到牆頭上往下一望，便傻了眼。下面是萬丈深淵，陡峭的懸崖筆直而下，一眼望不到底，讓人毛髮倒豎，我這才明白原來這監獄是設在一個山頂上的。但事已至此，我是沒退路的了。於是我心一橫，兩眼一閉扒著牆頭就往下滑。我連滾帶滑跌下去，渾身變得血肉模糊，身上的衣服全掛爛了，幸虧掉在一個樹叉上才沒摔死。當時感到渾身上下到處疼，站都站不起來，鮮血一滴滴往下淌。我怕被他們追上，強忍著劇痛站起來沒命地往前跑。我跑到一個小鎮上，饑渴難忍，又身無分文，我就又偷了一位賣雞蛋的老奶奶十六塊錢，到了一家個體餐館飽吃一頓，就攔截輛卡車才趕回來。我一進門差點沒把我老婆嚇死，可想而知我當時的樣子是多麼可怕……」

隨著一陣開鎖聲，門打開了，一位警官又送進來一個十四五歲的男孩子，只聽一聲「進去！」門又鎖上了。

進來的孩子，顯得身體很瘦弱，但卻長著一雙好鬥的眼睛，他把一包衣服放在地上，隨即掏出一包「阿詩瑪」雙手一拱說：「各位將軍，小弟年幼無知，請多多關照。」他順次將香煙一根根敬過去，敬了八根就停止了，又從包裡取出火柴一個個點燃，自己也吸著一支。這時排在第九位的「鎮五里」站起身來，走到那孩子面前，伸手奪下他手中的香煙，把燃著的一頭往孩子臉上一搓，對準鼻子就是一掌，打得他頓時鼻孔流血。那孩子正要還手，張秋水猛下跳起來把兩人分開，「不准打人，誰也不能再動手。」「鎮五里」回到自己的位子上，躺下就睡。剛進來的那孩子到水龍頭邊上，洗洗鼻血，撕張草紙塞住鼻孔，坐在木板的一塊空地上。過了一會，他猛然站起來，走到「鎮五里」身邊，照頭猛踢一腳，只聽「鎮五里」哼嘰一聲，再沒敢動彈，疼得他抱著頭在地上縮成一團。

張秋水立即制止說：「小傢伙，不許這樣，這裡不許打人，跟別的囚室不一樣。」

武夫說：「暗箭傷人，不算英雄，咱這號人可不興這個。」

這孩子要那位叫「小山東」的給他按摩，小山東沒睬他，他就朝「小山東」的胸口猛踢一腳，踢得「小山東」捂著心口在地板上打滾。滾了一陣子，「小山東」邊哭邊說：「我家裡要不是有個女孩子沒人養活，就一腳踢死你，我有掛牽，我不能和你拼命。」

身強力壯的「小山東」受一個十幾歲的孩子欺侮，竟不敢反抗。這就不是誰的拳頭硬誰就能取勝的，有拳頭不使仍然要被人欺服。人生的邏輯，人的思想素質在這裡起了決定的作用，有的人生來就想站在別人頭上，有的人卻只知忍氣吞聲，委曲求全。張秋水想到這裡，不免又想起廠裡的一個青年工人，他一無後臺，二沒關係，小刀子戳過幾個人，廠長就怕他了，經常不上班，工資獎金卻一分不少。現在為什麼正氣壓不住邪氣，為什麼惡人當道，不就是委曲求全的太多了嗎？「小山東」如果換個生活邏輯，照那樣的孩子五個也不夠他打的啊。

武夫正要說什麼，被哐當一下的開門聲打斷了。又一個青年犯人被推進來，接著又投進來一個小包裹，說是王光耀的。坐在地板上的囚徒們像被搗破了窩的螞蜂，嗡叫一聲，一湧而上，就同張秋水剛進來時的情景一樣，個個呲牙裂嘴，張牙舞爪。然而武夫好像仍停留在往事的回憶中，他坐在那裡，面對牆壁一動也沒有動。張秋水朝進來的那人一看，不禁一驚，進來的正是那天晚上在廣場講演時認識的那位青年大學生。他面容消瘦，滿臉愁雲，眼裡網著血絲，緊鎖著眉頭，茫然地站在門口一動也不動，顯然是因為從光明的世界一下投到這黑暗中，一時難於適應。

張秋水看到一群囚犯就要動手打那位大學生，猛一下從地板上跳起來，「他是我的朋友，誰再敢動他一指頭，我就要誰的狗命。」囚徒們像聽到一聲驚雷，立即從狂躁中冷靜下來。他們看看張秋水，又看看武夫，一個個像霜打的樹葉一樣耷拉著頭，各自回到了自己的位子上。那位大學生這才認出張秋水來，一步跨到他跟前，聲音沙啞地喊了一聲：「張老師，你……怎麼也在這裡？」

「我也是剛到，你……怎麼樣？還有你的夥伴們？」

「嘿，這次損失太慘了，事情的發展正像你所預料的那樣。現在是沒法挽回的了，我們……我們又要倒退二十年啊……」

「你先坐下歇歇，『既來之則安之』嘛。」張秋水說著就拉他在自己身邊坐下來。

「將軍，這是外面送來的東西，打開看看裡面是什麼。」一位中將手裡托著剛才投進來的那只小包裹站在張秋水的面前。

「這是誰的？」張秋水問，並沒去接那包裹。

「管他誰的，都得經過你檢查，有好吃的你先吃，好用的你先享受，這是這裡的規矩。」那位中將說著仍然站著一動也不動。

「這裡咋這麼多規矩，打開看看，哎，對了，不是說是王光耀的嘛，那就快給他拿去。」那位中將還是站著沒動彈，張秋水說：「打開看看吧。」

那位中將把包裹打開，從裡面抖出幾件衣服和幾袋子點心和糕點。在往常，無論誰家送來的東西，全都歸將軍享用，中將都沾不到邊。張秋水拿過一袋子蛋糕遞給那位大學生，然後一擺手說：「去，都給王光耀去。從今以後，誰家送來的東西歸誰，講義氣就給哥們嘗嘗。」

王光耀接過衣物，將另一袋蛋糕留下來，然後又將那剩下的糕點送過來說：「將軍，副將，這些你們吃吧，我有這一袋蛋糕也就夠了。」說罷一轉身又去抹眼淚去了。這一定是他那位可憐的妻子托人送進來的，他妻子正在臨產期，得不到他的照顧，還在為他擔心。王光耀想到這些能不傷心嗎？人非木石，孰能無情啊。

張秋水叫坐在那裡一直默不作聲的武夫把糕點拆開，分給大家每人一塊，又叫人給大學生安好鋪，讓大學生躺下休息。然後他自己也躺下來，他實在太疲勞了，他感到自己的身體很虛弱，胳膊腿就像墜著千斤重的大石頭一樣沉重。他一閉上眼睛就進入了夢境，沈冰、香蓮、年邁的父母、家鄉的父老鄉親……一個個影子像走馬燈一樣在他面前映過。他看到沈冰那總是放著光彩的大眼睛哭得通紅通紅的，他看到香蓮那賢淑的面龐上掛滿淚痕……

他被押上法場，押他的士兵在他看來都還是孩子，他們正像他離開家鄉進城工作時那麼年輕，臉上充滿稚氣。太陽升起來了，大地布上一層金輝，金輝越來越濃，一會便化作無邊的血海。無數溺在血海中的勇士們都在拼命地泅渡、掙扎……岸上圍觀的人成群結隊，他們說著、笑著、指點著、比劃著、評論著哪位游得快，哪位游得慢，哪位游得好，哪位游得不好。有幾個快要游上岸來了，卻被岸上的人一腳又踢了下去，踢他們的並不是那些荷槍實彈的士兵，而是圍觀在岸邊的群眾……他的墳墓已經挖好，新土散發出芳香，士兵將他押到為他準備好的墓前停下來，遠遠地向他開槍射擊，可是他們的槍老是打不響。最後沒辦法，士兵們乾脆也把他推到血海裡，想讓他淹死。他一掉進去就被一口鹹腥的血漿噎得喘不過氣來。這時周圍的血泅們都紛紛朝他遊過來，他看到了面帶微笑的牛虻，滿臉憂傷的夏瑜，慷慨激昂的譚嗣同，目光銳利的李大釗，振臂高呼的李公僕，還有秋瑾、劉和珍、江姐等女英烈。他們有的拉著他的胳膊，有的提著他的衣領，有的托起他的腰肢，一齊努力將他往岸上送，並大聲疾呼：「我們一定要把你救出去，我們一定要把你救出去！」

「我不走，我願意同你們在一起同生死共患難！」

「別胡鬧，你要與我們配合好，我們是出不去的了，可是你還年輕，你應該出去，這不是為你個人，你懂嗎？」他們吶喊著，高呼著將他往岸上湧。血浪被攪騰得一翻丈把高，一浪高過一浪的往岸上撲，濺得岸邊的人滿身是血。圍觀的人們一個個倉惶而逃，連那持槍的士兵最後也不知躲到哪裡去了。

他終於被血囚們推上岸來，渾身鮮血淋漓，直往下滴，人們見了他都沒命地奔逃，都呼叫著說他是鬼。他高叫著，向他們呼喚，「我是人，我不是鬼，你們為什麼把人當成鬼？我是同你們一樣有血有肉，有靈魂的人。不過是因為我這一身血污才使你們害怕，洗去我身上的血污，我是同你們一樣的人。我也有父母，有親人啊！」

聽到他的呼喊，膽子大的便慢慢停下來驚恐地朝他張望，觀察著他的行動，看他究竟是人還是鬼；膽子小的仍然頭也不回，一個勁地拼命往前跑。他仍對他們大喊：「哎，你們這些人，人鬼不分，糊塗啊，真是太糊塗了！你們別跑，別跑，不信你們看看我的血是不是熱的？不信擦乾我身上的血跡看看我的肉是不是紅的？再不行把我的心掏出來讓你們看看是不是跳動著的。」

正在這時，他突然聽到一聲呼喚：「秋水——秋水你等我一下，我來了。」他循聲一看，不禁一驚，立即高興得跳起來，「啊，是沈冰！」他這麼高叫一聲就飛奔著朝她迎上去。只見沈冰扒開人縫也飛奔著朝他撲來，她手裡還拿著一套新衣服，一邊跑一邊朝他揮動著手裡的衣服。沈冰跑到他跟前，一個踉蹌，一頭便跌在他的懷裡，泣不成聲。她一邊哭一邊擦拭他身上的血污，然後慢慢地解開他上衣的鈕扣。突然，她發出一陣瘋狂的大笑，拿出一把明晃晃的小刀子劃開他的肚皮，一下子跳了進去。奇怪，沒有流血！她鑽進他的肚裡，還在裡邊大笑，一邊笑一邊唱：「你的胸膛是溫床，把我虛弱的身子在這上面將養；你的胸膛是墳墓，這裡才是我永久的故鄉。」

當他一覺醒來時，室內仍是一片昏暗，顯然天還未明。他感到空氣窒悶得很，糞池裡散出的臭味塞滿了整個空間。他感到頭疼得非常厲害，想坐起來搞點水喝，頭抬幾下也沒抬動，他只得閉上眼睛還睡，很快他又睡著了。

當他再次醒來，一束微光從透氣孔裡射進來，顯然外面已是大天亮了，但是室內仍是一片昏暗。他大概是因為睡得太久了，渾身的骨頭被木板硌得生疼，他乾脆坐起來。一張小紙片不知從他身上的什麼地方落下來，他拾起來就著微光看看，上面草草地寫著幾行鉛筆字：「我被調了號子，現在七號，臨走時你還睡著，就沒驚醒你。這裡有很多我們的朋友，我們並不孤立，連這裡的一些警官也在暗地幫助我們，審訊我的兩位警官很同情我，還把搜查出的幾份傳單還給了我。得道多助，我們是正義的，堅持就是勝利。『我渴望著流血的日子，它會將舊的世界毀滅，在那過去的廢墟上，建設起嶄新的世界。』ＷＬ。」

他看完立即將紙片撕碎塞到木板縫子裡，他知道是那位叫王林的大學生遞過來的。

武夫見他坐起來，也一翻身爬起來，顯然他並沒有睡沉。他睜開惺忪的眼睛對張秋水說：「你這一覺睡得可真長啊，幾次喊你吃飯推都推不醒你。你已經睡了整整一天一夜了，再不醒，天明我就去傳醫生。啊，對了，你是不是在發燒？夜裡老聽到你說夢話，還念詩。」他說著就爬過來摸摸張秋水的額頭，「哎呀，好燙，你是在發燒，我馬上就去找人傳醫生。」說著他爬起來就要去弄門，張秋水一把拉住他說：「不礙事的，等會再說。你看大夥都正在睡覺，你這一鬧把大夥都得給吵醒，等大家都起床再講。」

「哎呀，我差點忘了，昨天吃晚飯的時候，外面送來一包東西，說是你的，你看就在你腳頭上放著呢。我們沒敢打開，怕有什麼『祕密』，你自己看吧。」說罷他朝張秋水神祕地擠擠眼。

張秋水這才發現他腳頭上確實擺著一個小包袱，用一只紗巾兜著。他拿過來一看，一眼便認出那是沈冰的紗巾，那是在一個寒假裡他給她買的。他打開紗巾，見裡面是一件襯衣和一件短褲，一件背心，其餘是一大堆水果及食物。三件衣服都是潔白的，嶄新的，顯然是剛從商店裡買來找關係送進來的。他手裡托著衣物，不禁熱淚滾滾，大滴的淚珠順著面頰撲簌簌往下掉。「人生難得一知己啊！」他撫弄著衣物，突然一塊麵包掉下半塊來，他拿起來一看，裡面塞著一個紙卷。他輕輕地把紙卷散開，沈冰那娟秀的字跡就出現在他面前：

秋水，你受苦了，不過也不必後悔，我想你是不會後悔的。我倒有點後悔，當初沒能把你勸住，你要引以為戒，這也是一次很好的教訓。我正在找關係託人情設法營救你，我跟你說過我小時候的同學吳媛媛，她丈夫是市公安局一處的處長，他正好負責這次大清查。他們有人也很同情你，認為你沒罪，但是上面有指示也不好輕易為你開脫。他說對你的問題他們內部意見分歧也很大，一部分人認為你直接參與了動亂，舉辦沙龍屬於非法集會，在廣場講演屬於反革命宣傳；一部分人認為你雖然認識上有問題，但不是直接參與動亂，沙龍是社會主義理論沙龍，也沒什麼反動的地方。看來問題很複雜，我正在積極努力，利用一切有利因素，爭取儘快讓他們把你放出來。望你保重，吻你。你的冰，盼你早日出來……

4

張秋水被收審後，沈冰像丟了魂一樣，飯也吃不下，覺也睡不著。她不知道秋水會怎麼樣，聽說被抓進去的人很多，「工自聯」、「高自聯」、「退伍軍人聯合會」、「工人自發隊」等組織的頭頭和骨幹分子都被抓起來了，連在廣場上向群眾講北京天安門清場情況的一位五十多歲的老區農民也被判了五年。抓進去的大部分是學生，也有工人、農民、教師等，她的一位在大學教書的同學也被抓了起來。整個城市籠罩著恐怖氣氛，沸騰的城市一下子變得死一般沉寂。狂熱的人民群眾被鮮血驚醒，冷靜下來，面對中國的現實而沉默。神州落淚，江河嗚咽……

張秋水被抓進去的第二天傍晚，沈冰來到「流芳園」。她準備向他報告最近發生的一些大事情，可等了半天，派去的那隻灰鴿子「咕咕」叫著垂頭喪氣地回來了。可是那張小紙片還綁在腿上原封未動，她猛然產生一種不祥的預感，心裡一悸，打了個寒戰。「秋水他會不會出事，是不是也被抓進去了？」想到這裡她心中一陣難過，差點沒掉下淚來。轉念一想，也許他有事出去了，他並沒參與「動亂」，在廣場講演兩次也不算什麼大罪，搞社會主義理論沙龍更不能算錯。她一邊這樣想著，一邊心事重重地往回走。她老是擔心著秋水會出事，輾轉反側一夜都沒睡好覺。第二天一大早她又去找秋水，那隻鴿子又帶著那張小紙條回來了，她於是就不顧一切地跑到廠裡。她一口氣跑到他的寢室，敲開門，一個青年睡得正香，被她吵醒了，老大的不高興，眼還沒睜開就大嚷：「幹什麼呀，一大早的，真討厭。」

沈冰倒退兩步，陪起笑臉說：「對不起，師傅，驚你的睏了。我想找一下張秋水。」他這時才揉揉惺忪的眼睛，看了沈冰一眼。「你是……他什麼人？」

「啊，是……同學。他到哪去了，你知道嗎？」

「啊，他還能上哪去，公安局唄。前天一上班就被抓走了，連家都被抄了呢，你看看他那些翻得亂七八糟的東西，還帶走了一提包他寫的資料。」

當頭一棒，沈冰被打懵了，她感到天旋地轉，立即靠在門框上。停了好一會她才睜開眼睛，慢慢走進來，將秋水的床收拾一下，然後將那亂七八糟攤在地上的書籍資料裝在一個大塑料袋裡，對那位一直愣愣地站在那裡看她的小夥子說：「這些東西我帶走了。」

「你是誰呀，我不認識你，怎麼能讓你把東西拿走呢？」

「啊，我叫沈冰。」說罷她又高傲地望了他一眼。

「啊，久仰，久仰。」他說著便朝她嘿嘿一笑。

「好，那我走了，再見。」沈冰說著就往外走。

「再見！」小夥子很關切地把她送到樓梯口才返回去。

她踽踽獨行在冷冰冰的馬路上，濃霧在她的身邊翻卷著，世間的一切都改變了他們原來的面目，似虛似幻的讓人難以辨認，一切的一切都被這大霧籠罩著，辨不清什麼是真善美，什麼是假惡醜。她像是在雲霧中飄蕩，看不清眼前的路，看不見周圍的物，連汽車喇叭的叫聲她都聽不見，幾次都差點沒被汽車撞上。她不知道自己是怎麼來到家的，全憑著本能、習慣、潛意識的支配。她將塑料袋裡的資料掏出來，機械地分類整理著，同張秋水擺在這裡的書籍、資料、手稿等匯在一起，她現在腦子裡盤旋著唯一的念頭就是如何營救張秋水出來。她現在還不知道他被關在什麼地方，然而她十分清楚，無論關在哪裡都得受罪，那樣惡劣的環境他怎麼能受得了啊！她四顧茫然，小鬧鐘滴答滴答地走著，鬧得她心煩意亂，她一會站起來，一會又坐下去，站也站不寧，坐也坐不安。檯燈的光暈蒙在桌子上不時幻化出張秋水的背影來。張秋水那踱步時的剛毅沉穩，他那說話時的誘人手勢，他那伏案時寬闊的脊背，還有他那背誦古詩詞時的自我陶醉的神態……一切的一切都不時地在沈冰的面前映現。那春光明媚的早晨，那星空幽邃的夜晚，那奪窗而入的朝霞，那流光泛金的夕輝，都曾為他們繪織過那段美好的生活畫面。他們在一起的那段時光多麼美好啊，他寫文章，她就幫他整理資料；她做家務，他就幫她替手墊腳地幹一些雜事；晚上他們累了就到校園裡散步，那朦朧詩一般的花影，那抒情歌一般的天籟，那輕紗薄帷般的月色，還有那晃動在燈影裡的兩個長長短短的身影，那驚醒棲烏的吟詩聯句……啊，這一切難道永遠不會再回來了嗎？

她無意中一仰頭，看到了掛在牆上一個鏡框裡的照片，那有她同秋水在一起的合影，他們站在白雲山的頂峰，迎風而立，笑傲蒼穹，她的長髮纏著他的脖子，他的衣襟裹著她的身子，他摟著她的脖子，她攀著他的臂膀，多美好的時刻，多麼令人陶醉的一幕啊……突然一個天真爛漫的少女面龐跳入她的眼簾，那是她中學畢業時全班同學的合影照。她的旁邊坐著一位胖乎乎的姑娘，笑得很甜，深深的靨窩裡蕩漾著無限的幸福與歡樂。啊，吳媛媛！對，我怎麼就沒想起她來？何不找她去打聽一下秋水的情況，讓她丈夫給想想辦法。她腦子裡猛然跳出這麼個念頭，心中感到猛一輕鬆，口裡喃喃一句：「吳媛媛呀，吳媛媛，你怎麼現在才讓我看到你！」她一把將燈熄滅就往外走，走到門口又咯叮一下子站住了。我現在到哪兒去呢，況且上午我還有課。想到這裡她又折回來，坐在書桌前，面窗出神。上課鈴響了，她像從夢中猛醒過來，立即拿起教案走進教室。學生們一聲「起立」又喚起她的精神。她幾步跨上講臺，抓起粉筆用顫抖的手在黑板上寫下幾個蒼勁有力的大字「紀念劉和珍君」。

「同學們！」她轉過身來面向學生，望著一對對求知的大眼睛，她清清嗓子說：「今天我們上新課《紀念劉和珍君》。這是魯迅先生寫的一篇紀念『三・一八』死難烈士的文章，作品寫於一九二六年。當時的中國外受帝國主義列強的欺凌，內受封建地主階級及其軍閥的蹂躪，千瘡百洞，民不聊生，內憂外患壓得中國人民喘不過氣來。民主革命的高潮一浪高過一浪，在這樣的背景下，北京的大學生向段祺瑞政府請願而遭到血腥鎮壓。反動政府向手無寸鐵的學生公然開槍射擊……」她胸中燃燒著憤怒的烈火，眼前幻化出一片血海。以前她無數次讀過這篇文章，無數次教過這篇文章，可從沒有像今天這樣能深透地理解這篇文章。現在她真正理解了這篇文章的偉大認識價值，真正懂得了魯迅先生的筆力神工。「同學們，」她繼續說：「現在這篇文章已過了半個多世紀了，可是我們今天學習它，仍有偉大的現實意義，同學們結合今天中國發生的事情，從這篇文章的字裡行間自能悟出一些道理來。好，下面我們先讀課文，然後再串講。

中華民國十五年三月二十五日，就是國立北京女子師範大學為十八日在段祺瑞執政府門前遇害的劉和珍和楊德群兩君召開追悼會的那一天，我獨自在禮堂外徘徊，遇見程君，前來問我道：「先生可曾為劉和珍寫了一點什麼沒有？」我說：「沒有。」她就正告我，先生還是寫一點罷；劉和珍生前就很愛先生的文章……

可是我實在無話可說，我只覺得所住的並非人間。四十多個青年的血，洋溢在我的周圍使我艱於呼吸視聽，哪裡還有什麼言語？長歌當哭，是必須在痛定之後的……

這血淚的文字，這憤怒的控訴，讀來不禁使她淚哽喉塞。她彷彿看到作者正在血泊中痛苦地掙扎著。

真正的勇士，敢於直面慘澹的人生，敢於正視淋漓的鮮血。這是怎樣的哀痛者和幸福者？然而造化又常常為庸人設計，以時間流駛來洗滌舊跡，僅留下淡紅的血色和微漠的悲哀。在這淡紅的血色和微漠的悲哀中，又給人暫得偷生，維持著這似人非人的世界。我不知道這樣的世界何時是一個盡頭！

這字字千鈞，擲地有聲的語言，這滿腔的悲憤與控訴，不經過血與火的洗禮是寫不出來的。敢於直面慘澹的人生，敢於正視淋漓的鮮血，這正是魯迅的偉大之處。她覺得自己渾身都在瑟索，周身被颼颼的冷氣夾裹著。但是她的聲音卻越來越高亢激越起來。

我向來是不憚以最壞的惡意來推測中國人的，然而我還不料，也不信竟會下劣兇殘到這地步……

讀到這裡，她略一停頓，又接著往下念：

慘像，已使我目不忍視了；流言，尤使我耳不忍聞。我還有什麼話可說呢？我懂得衰亡民族之所以默無聲息的緣由了。沉默啊，沉默啊，不在沉默中暴發，就在沉默中滅亡。

她的聲音顫抖得很厲害，致使她被迫停下來深深喘口粗氣，像是剛從窒息的狀態中救出來似的，她覺得她特別需要新鮮空氣。

當三個女子從容地轉輾於文明人所發明的槍彈的攢射中的時候，這是怎樣的一個驚心動魄的偉大啊！中國軍人屠戮婦嬰的偉績，八國聯軍懲創學生的武功，不幸全被這幾縷血痕抹殺了……

然而既然有了血痕了，當然不覺要擴大。至少，也當浸漬了親族、師友、愛人的心，縱使時光流駛，洗成緋紅，也會在微漠的悲哀中永存微笑的和藹的舊影……

這字裡行間滲透著血淚，沈冰的心也在滴血。

苟活者在淡紅的血色中，會依然看見微茫的希望，真正的猛士，將更奮然而前行。

教室裡回蕩著她那高亢激越的聲音，同學們被老師的情緒所感染，鴉鵲無聲，屏心靜息聽著她那一聲聲血淚的控訴……

5

仲夏之夜，星空幽邃，高深莫測，納涼的人們在路旁手搖著芭蕉扇，漫話著艱難塵世，人間滄桑，閒扯著張家長、李家短。晚風搖曳著萬家燈光，給這人間點上幾杯美酒，也不多，也不少，以能微醉為度，使飲者也如醒也如醉，若無知若有知，可以歌可以哭。歷史的巨大震盪像是並沒留下什麼痕跡，地上的血污被沖刷之後，人們便忘記了它的殷紅，歌舞場裡依然燈紅酒綠，麻將桌上照舊骰子滾滾，方城壘壘，這就是現實的中國！沉醉的中國，麻木的中國，寂死的中國……

沈冰急匆匆地行走在馬路上，聲嘶力竭的流行音樂飄揚在市區的空中，攪擾得她心煩意亂。袒胸露背的摩登女郎翩翩而過，著意地炫耀自己的時裝。她要趕緊去找吳媛媛，連晚飯都沒吃，哪顧得上欣賞她們的奇裝異服呢。

在上中學的時候，沈冰是大班長，碰到什麼問題吳媛媛總是一馬當先幫助她。吳媛媛家庭條件雖然一般，但她是獨生女，父母很寵愛她，把她視為掌上明珠，她穿的總比別的女孩子鮮亮些，書包裡總不斷瓜子、糖果之類的零食，這為她搞「統戰工作」奠定了物質基礎。沈冰要同誰搞僵了，吳媛媛就會站出來幫助調和。後來，沈冰的父母遭批鬥，被抄了家，沈冰餓著飯去上學，吳媛媛知道了，正上著課就跑出去給她買包子吃。有段時間，沈冰吃住都在吳媛媛家。媛媛的父母都是搬運工人，是逃荒逃到這個城裡來的，後來落了戶，待人很厚道，不像有些人那麼奸滑小氣。沈冰每次來到吳媛媛家都受到她父母親的熱情款待……現在看來同學之間，數吳媛媛混得最好，雖說只上初中畢業，但她參加工作早，工資就最高，相比之下多上學不如早工作。在我們這個社會裡知識越多越倒楣，上學越多越吃虧。她大學畢業幹了這幾年，每月才七八十塊錢工資，而吳媛媛在市直某機關工作每月拿一百五十六，活卻很輕快，又有個當處長的丈夫，光人家送的東西都吃不完。這些都是吳媛媛自己告訴她的，吳媛媛自己也認為她是同學中過得最快活的一個。原來她家住在花園街五號，那小巷子，那破房子沈冰是非常熟悉的，現在吳媛媛搬到市委大院去了，吳媽媽卻不願意沾女兒的光仍然留在那破房子裡。吳媛媛幾次邀請沈冰去認認門，沈冰都沒去，現在真有點後悔了。她模模糊糊地記得吳媛媛在電話裡告訴她，他們的新居是108棟306室。

一輛公共汽車迎面開來，沈冰猛跑幾步趕上去。擠車的人很多，她費了半天勁，直擠得大汗淋漓才總算擠進車裡。她一隻腳踏著門口的階梯，另一隻腳卻懸在空中沒著落，車上的人擠得連下腳的空都沒有。人們穿著汗衣裳都是皮黏著皮，肉貼著肉的，一進入車廂，迎面一股濃烈的汗酸味撲鼻而入，沈冰感到一陣噁心，差點沒嘔吐出來。這麼大熱的天，這麼多的人，一進來便通身是水，她感到頭暈目眩。她是不常坐公共汽車的，只曉得擠，可沒想到擠成這個樣子。所以現在人們把乘公共汽車都說成是「擠」公共汽車，這一個「擠」字包括多麼豐富的社會內容啊。這公共汽車為什麼這麼擠？來這裡擠的都是些什麼人？這些人為什麼不像幹部一樣坐公家的小汽車，也不像外國人自己買汽車？這麼擠法又將擠到哪年哪月？我們的「全心全意為人民服務」的首長們可知道這汽車擠成這麼個樣子？聽姑媽說在外國，公共汽車幾乎沒人坐，上班的工人都有自己的小汽車。姑媽是前年出國的，幹了一年多她自己就買了輛小汽車，要在我們這裡一輩子也別想。資本主義社會的工人受資本家的殘酷剝削，還能買小汽車，中國是社會主義社會，工人不但不受任何壓迫和剝削，還是國家的主人，怎麼這麼窮呢？她怎麼也不明白這究竟為什麼，姑媽在信中說中國工人的生活水平遠遠比不上美國的一個叫花子，多慘啊！姑媽還勸她有機會也到美國去，她說她可以作經濟擔保人。但是我不能離開秋水，要走就得一塊走，而兩人一起走目前還有點困難，秋水正一心撲在他所從事的事業上，所以當時就把這事擱開了。現在看來是考慮這一問題的時候了，像秋水這樣的才子到了國外還愁沒有用武之地嗎？等他放出來，就想辦法托人，找找關係，趕快出國，「碩鼠碩鼠，無食我黍，三歲貫汝，莫我肯顧。誓將去汝，適彼樂土。……」汽車猛一顛簸，把她的思緒打亂，車上的人一陣哄叫，一齊抱怨說：「擠死了，這車怎麼開的！」「哎喲，我的腳給踩爛了！」車上的人一個個大呼小叫。

沈冰感到我們中國人民真偉大，真能吃苦耐勞，上班天天都是這麼擠過來的，還不能遲到，不能早退，有的披著星星出去，戴著月亮回來。一些女同志懷裡抱著孩子，在孩子睡得正香的凌晨，她們不得不把孩子弄醒，抱起來就往公共汽車站跑；在孩子困乏的夜晚，她們只能把孩子托在兩隻胳膊上讓他們在公共汽車上睡覺。說是八個小時上班，其實十個小時都不止，特別是紗廠的女工，勞動強度那麼高，上班跟著機器跑，一天幹下來搞得筋疲力盡，晚上回家還要抱著孩子擠公共汽車。正是這種偉大才致使這麼可悲！

賣票員手裡拿著票夾子在人堆裡來回擠蹭，臉上汗珠子像豆籽一樣往下滾，嘴裡不停地吆喝著：「買票，買票，請主動買票，月票請出示。」沈冰感到吃她們這碗飯更不容易。啊，中國人，哪個活得不累，哪個過得不艱難啊！

突然，兩個中年婦女在車廂裡大吵起來：「沒長眼嗎？往人家腳上踩！哎喲，痛死我了，哎喲——」

「腳上能長眼還要頭幹什麼，這麼多人，誰能不碰誰一下，看你咋呼的。」

「你這人怎麼不講理，踩了人家的腳不道歉，還這麼橫。你還有理呀你！哎喲——」

「看你邪乎的，跟幾巴毛紮到屁股的一樣。踩你的腳咋的？又不是有意的。有本事去坐轎車去，保准沒人踩你的腳！」沈冰回頭一看，見說這話的是位近四十歲的婦女，眼泡子像魚眼一樣突出，利齒像葫蘆籽露在外面，真是一位潑婦。

「你這人怎麼這麼不講理，說話這麼難聽。」那位被踩了腳的婦女氣得滿臉通紅，隔著幾個人的肩頭，指著她的對手嚷。要不是人多，她那架勢非要上來撕打不可。

「這還算好聽的呢，惹急了老娘還有更難聽的呢。」那位踩人腳的婦女一點也不示弱，同樣指著她的對手說。「中國人就是這麼個樣子，自己不講理，反而說人家不講理。究竟是誰不講理，嗯！」今天真是棋逢對手了。

「就是你不講理！你說這話好像你自己不是中國人一樣的。」

「我倒真想不是中國人呢，可是卻沒那個福氣，有什麼辦法。我做中國人還真做夠了呢。」
「你無恥！」
「你混蛋！」
「你放屁！」
「你噴糞！」
「我日你媽！」
「日你媽，你回家日去。」
……
他們吵著吵著隔著人牆就動起手來，最後被幾個中年男子拉開了。
聽著她們的對吵對罵，有的竊笑，有的私語，有的直皺眉頭，搖頭歎息。她們一路吵來，汽車到站，一位下了車，這場爭吵才停下來。那位下車的齙牙婦女，下車後還站在窗口對車上罵了幾句，直到汽車開走了，戰爭才算真正平息。
中國人啊，中國人！落後愚昧，自己看不起自己，連中國人自己也不願做中國人，多麼可悲啊！然而反過來想想，她們上班要轉幾次車，光路上要花兩個多小時，早上天不亮出去，晚上很晚才能回來，辛苦勞累，憋悶壓抑，加上各種不順心的事，本來就一肚子火，還有這要命的天氣，搞得人心煩意躁。人們心中的火氣就像烤焦的乾柴，一點即著。我們光吹社會主義好，可無論是物質文明還是精神文明都比人家資本主義世界差得遠，難怪中國人崇洋媚外。有的姑娘為了追求舒適的生活，不惜自己的一切甘願同外商老闆做「露水夫妻」；一些高級領導人白天高唱社會主義好，晚上卻去大使館求洋人讓自己的孩子出國；華僑飯店門前，一張張可憐的臉蛋伸手拉著老外的衣袖兌外匯……這一切的一切究竟是為什麼？一個剎車將她的思緒打斷，原來是喝得醉醺醺的一位青年人將自行車騎到了路中間，公交車司機不免又罵出一堆不堪入耳的髒話，才算把氣出了。

汽車到站，她立即扒開人縫往門前擠。「下車怎麼不早往外擠，小心點！」售票員關心似地衝她一句。她顧不得說話，被夾在人縫裡腳不沾地，連跌帶撞地被湧了下來。她下了車，好半天才喘過氣來，接著邁步前行。

知了爬在梧桐樹上拼命地嘶叫著，「知了，知了」，你究竟知道了什麼呢？馬路上翻卷著烘人的熱浪，兩旁的霓虹燈光怪陸離的閃爍著，沈冰匆匆前行，汗水不住地往下滴。

沈冰來到市委大院，找到吳媛媛的家。當她敲開吳媛媛的家門時，迎面撲來一股涼氣，原來這是帶空調的。吳媛媛正坐在沙發上看電視，二十一寸大彩電正在播放新聞聯播。這是三室一廳的套房，室內吊燈、壁燈交相輝映，一套時新家具豪華典雅，房間裡佈置得富麗堂皇，地上鋪著紫紅色的地毯。三口之家住這麼大的套房，佈置得這麼漂亮，真夠氣派的，與她那間斗室比較，真是天壤之別。

吳媛媛一見沈冰，立即張開雙臂熱烈地擁抱著她，將她迎進來，幾個月沒見，吳媛媛比先前又發福了許多，大眼睛顯得越來越小，瓜子臉變成了瓷盆子，下頷的肉都嘟嚕了下來。她身上緊裹著一件真絲連衣裙，更加顯得臃腫，一雙又白又胖的手上戴著兩個金戒指，金項鍊掛在半裸的胸前，珠光寶氣，一副貴夫人的氣派。相形之下沈冰顯得又黑又瘦，又是那樣寒酸。

「哎呀，我的沈姐，是哪股風把你給刮來了，有失遠迎，恕罪，恕罪。」她說著便哈哈大笑起來。

「我住得這麼遠，你搬家我也不知道，本來應該過來幫忙的。」

「這次搬家我誰也沒說，連我自己都沒問事，都是老闆單位的人給弄的，再說這點子小事哪能好去驚動你。我們搬過來後，一直想找你們這些老同學聚一聚，可是總是聚不齊，都挺忙的。你看現在又碰上這次動亂，搞得人心慌慌的。唉，這些學生也真是的，國家拿錢讓他們讀書，他們不好好學習，瞎鬧個啥嘛，有什麼用！共產黨的天下能隨你瞎鬧騰嘛。」說著她就走過去拉開冰箱，拿出冰水、冰棒、冰西瓜等放在桌子讓沈冰吃。小小的方桌擺得滿滿的。「我知道你一定還沒吃晚飯吧，我去給你弄點，都是現成的，方便得很。」說著，她就要動手去做飯。沈冰立即攔住她說：「你別忙，我真吃過了。」

「吃過也得再吃點，你一個人，吃了也是湊合的，到這來就得聽我的。」吳媛媛還是執意要下廚房。

「嘿，這又不是六〇年，還能餓著嘛。」沈冰確實一點胃口也沒有，她一把又將吳媛媛按在椅子上。這時吳媛媛五歲的女兒璿璿跑過來，沈冰一把將她抱起來，在她那紅嫩的小臉蛋上吻了一下，然後將她放在自己的腿上。

「叫阿姨好。」吳媛媛說著就要將璿璿從沈冰懷裡抱過來。

「阿姨好？」璿璿機械地喊了一聲，便從媛媛懷裡掙下來又去看電視去了。

這時電視裡正在播放北京平息反革命爆亂的實況錄像——《血與火的考驗》。從裡面看到的全是老百姓打解放軍，而且解放軍不還手。暴徒們在搶槍，用自製的燃燒彈炸坦克，燒軍車，當兵的卻無一人還擊。一位裝甲師長笑咪咪地在電視裡對觀眾說：「天安門清場沒死傷一個人。」從他說話的神態，一點也看不出血與火的味道來。這樣的新聞只有去哄小孩子，實際上連小孩子也哄不住，璿璿一邊看一邊嗷嗷叫說：「我要看打仗的，解放軍開著坦克，扛著槍就是不開火，真不過癮。解放軍叔叔，開槍，開槍！」

吳媛媛啪一下關上電視機說：「騙老鬼，美國之音天天報導天安門清場死傷數千人。前天我看到王璐——她現在是《中國青年報》駐我市記者站的記者，她親口告訴我說天安門清場時她就在現場，親眼目睹坦克車把手無寸鐵的人們輾成肉泥，她說她是從死人堆裡爬出來的。嘿，說這些幹什麼，還是莫談國事吧。來，吃西瓜。」她將切好的一塊西瓜給沈冰，自己也拿了一塊咬一口說：「人就是這麼回事，我算是看透了，世間萬事皆空，什麼都是假的，不然怎麼說『人生如夢』呢。管他真的假的，吃吃玩玩，享樂享樂倒是實在的。『世人都曉神仙好，唯有功名忘不了。古今將相在何方，荒塚一堆草沒了』。」說到這裡，她十分得意地望了沈冰一眼，「我可不像你們這些知識分子，整天事業呀，理想呀，我生活的最大樂趣就是把小家庭搞好，儘量生活得舒服些。哎，對了，我前天在晚報上看到一首新好了歌，是個叫新村的寫的，我還記得幾句，說什麼『彩電冰箱，當年書滿筐，官府學堂現為歌舞場。君子蘭開滿寒窗，皇冠車又停在商店旁。說什麼詩正濃，墨正香，待到擱筆又空忙。昨嫌「老九臭」，今日留學忙，亂哄哄你方回國我出洋……』這就是諷刺你們知識分子的，你說這位叫新村的酸秀才損不損，虧他怎麼想得出來的。」說罷她又哈哈大笑起來，她笑起來還是那麼天真而放肆，只有這點多年來一直沒變。

「我說這個新村還是有水平的，況且他說的也都是實話。」沈冰說。

「你現在怎麼樣？」

「你是指哪方面？」

「各方面，工作、生活，一切一切我都想知道。」

「工作嘛，窮教書匠，沒什麼可談的，平平淡淡，一如既往，不過是混飯吃。生活嘛，可就一言難盡了，今天我來拜訪，就是有件事想求你幫忙。」

「我說呢，無事不登三寶殿。什麼事？說吧，只要我能幫上的，赴湯蹈火，在所不辭。」

「我和張秋水在這次學潮期間搞了個社會主義理論沙龍，他又在廣場上講演兩次。照講是沒什麼問題的，誰知道他卻被公安局抓進去了。」說到這裡，她略一停頓，看了吳媛媛一眼，接著說：「我想打聽打聽他的情況，給他送點東西去。當然要可能的話，請你家老閩給疏通疏通，儘量從輕發落，要是沒什麼大問題，就儘快放出來。」

「哎呀，我說你呀，沈姐。你真是被這個張秋水迷住了，憑你這樣的條件什麼樣的對象找不到，怎麼非要同他……你叫他害得還不夠苦的嗎？他這人充其量不過是個拜倫式的英雄，有什麼值得你去為他做出這麼大的犧牲呢？況且他家裡還有老婆，離不掉婚，你怎麼辦？總不能就這樣當一輩子『個體戶』吧。」

「嘿，人生難得一知已啊！找個男人當然容易，找個知音可就難了。」沈冰歎口氣說。

「你們這樣總不是長久之計吧，依我說乾脆借此機會同他一刀兩斷，何必非要背這麼沉重的十字架。」

「什麼，你叫我乘人之危，落井下石？」沈冰眸子裡閃耀著熠熠的光芒，呼啦一下從椅子上站起來。

「你別激動嗎，我們姐妹在一起說話隨便慣了。所以……所以我就信口開河，傷了你的心是不是呀？」吳媛媛也立即站起來，面帶愧色地望著沈冰，又把她按在椅子上坐下來。

沈冰也知道吳媛媛一向是心直口快，於是就笑笑對她說：「你看我這脾氣，也總是改不掉，好激動。報紙上不是說，通過對百萬個家庭的抽樣調查發現，在中國湊合的家庭占百分之九十以上嘛。沒有愛情的家庭如同墳墓，沒有愛情的婚姻如同繩索。我覺得我現在很好，自由自在，無拘無束，赤條條來去無牽掛，想跟誰好就跟誰好。」

「你呀你，光知道追求個性解放，就不看看咱們的國情。你看《傷逝》裡的涓生和子君，結果怎麼樣，還是得分手。張秋水這小子也是，既然不愛他的老婆就應該跟人家離婚，你們愛得那麼真誠，就該儘快結婚才是。」

「他自然有他的苦衷，我們之間，我不怪他，他這些年把時間都用在學習上了，一天到晚忙著寫文章。查資料，根本顧不上考慮這個問題。」

「我不信，他這是回避矛盾。」

「哎呀，咱們不談這些了好不好。我問你能不能幫這個忙呀？」

「這還用問嘛，沈姐，話雖這麼說，忙還是要幫的，不看僧面看佛面嘛。明天老闆回來我就讓他先打聽一下情況，如果沒什麼大問題就儘快把他放出來就是了。不過聽說上面對這事要求很嚴。」

「那就讓你家老闆看著辦吧，不要給他為難。他今天出去了是嗎？」

「是呀，值班去了，一天到晚值夜班，跟他過日子真是活受罪。」說罷她得意地朝沈冰一笑，那神情表明她說的只是玩笑話。

「你家老闆很能幹，符合『四化』幹部的條件，今後還不是局長的料嘛，你就等著做局長太太吧。」沈冰說著也望著吳媛媛哈哈一笑。

「我可不想讓他當官，這年頭官是好當的嘛，上下左右，四面八方，哪裡糊不住就得出紕漏，不如當個老百姓省心。」沈冰知道吳媛媛說的不是心裡話，但她也不去戳破她，只是一個勁誇老闆能幹。吳媛媛聽到沈冰這樣的人也誇她的老闆好，心中就更得意了。「不過話說回來，當官當然也有當官的好處，不然的話怎麼有那麼多人在官場上逐角呢。辦點事，托個情，買點便宜東西什麼的，總要方便一些。張秋水這事如果真像你說的那樣沒什麼大問題的話，叫老闆給下面打個招呼很快就會放出來的，他就是負責清查這事的。」沈冰知道這才是吳媛媛的真心話。

「那太好了，我先請你向你家老闆轉告我和秋水對他的謝意。等秋水出來後，我們一塊來登門感謝。」

「哎呀呀，咱們姐妹們誰和誰呀，還說這，不是羞人嘛。不過現在的事情也確實難辦，現在的人都滑得跟泥鰍似的，誰都怕擔責任，辦事還講究個權利交換。」

「這個麼……我當然明白，我已準備了五百塊錢，先放在你這兒用，要不夠我再想辦法。」沈冰十分明白吳媛媛的言外之意，她說著就從挎包裡掏出一卷子鈔票放在桌子上。

吳媛媛連忙抓起那卷票子就往沈冰包裡塞，像是十分生氣的樣子說：「你這是幹什麼呢，這不是在打人的臉嗎？咱們之間還搞這個？」

沈冰又立即推過來說：「我知道，媛媛，這不是給你的，現在辦事找人是不能空口說白話的。讓你幫忙煩神就很不過意了，可不能再讓你們貼錢呀。」

「你說什麼也要帶走，我們找人是不花錢的，人家找我們的事多著呢。就是花錢，也不能要你的。你這可憐巴巴的一月百十塊錢的工資，不夠買兩條煙的，現在生活水平這麼高，你哪能有餘錢。」

「這你就別管了，我橫豎一個人好糊，現在的當務之急是把秋水趕快救出來，其他都是小事。這錢先放你這裡，要是用不到，我以後再拿走，這還不行嘛。」拉扯之間，沈冰乘吳媛媛一瞬間的遲疑之際，猛一轉身，奪門而出。吳媛媛立即噔噔地追下樓來。沈冰扭頭朝她揮一下手高喊一聲：「快回去吧，孩子還在屋裡，我走了。」說罷她一路小跑一樣出了市委大院。

「我這不也是在拉關係，走後門，託人情，搞行賄嗎？」沈冰一邊走一邊在心裡自問，我一向反對虛偽，反對阿諛奉承，反對戴假面具，可是我明明不喜歡老闆這樣的八面玲瓏的傢伙，為了滿足吳媛媛的虛榮心，我還是竭力在吳媛媛面前誇他，我這不也很虛偽嗎？我誇老闆無非是讓媛媛高興，讓老聞儘快地去把秋水弄出來，看來我也是同別人一樣自私。一定的社會生活時刻都影響著人們，被影響的人們又時刻作用於這種社會生活。想到這裡，她不禁搖頭歎息一聲，然後大步朝公交車站走去。

她猛然想起該給秋水買點衣物交給吳媛媛，托人送進去。她看看手錶，已八點多鐘了，九點鐘百貨大樓關門，時間還來得及，她折身就往百貨大樓走去。她緊趕慢趕跑到百貨公司，一看那鋁合金的卷閘門正在徐徐降落。她看看表，才八點三十五分，還有二十五分鐘不到點就關了門。她無可奈何地歎息一聲，只得折身往回走，剛走幾步，幾個小商販便圍上她，有的讓她買襪子，有的讓她買太陽帽，還有的讓她買烤魚片，彷彿她是位大財神似的。一看就知道他們是個體戶，他們一個個笑容可掬，異常熱情，與那國營商店的售貨員冷冰冰的面孔形成鮮明的對比，致使你不買他們點什麼就覺得過意不去似的。可是他們賣的東西她目前都不需要，而她需要的東西，他們又沒有賣的，她感到心裡很煩躁，對他們說聲：「對不起，我現在不需要這些。」然後就快步如風地往公共汽車站走去。

第五章　歸去來兮

1

毒辣辣的太陽炙烤著大地，烤枯了野草，烤蔫了莊稼，烤黃了樹葉，烤沽了河水。大地已容納不了太陽的輻射，將蒸騰的熱浪反射回去，渾濛濛的天宇像個大蒸籠蓋子緊緊地扣在人們的頭上，憋得人喘不過氣來。張秋水獨自一人行走在鄉間的小路上，土路翻卷著一股股塵浪，灼得他臉皮火燎一般疼痛。他感到有點頭暈，可他依然邁著堅實而穩健的步伐，一步步踏下去，土路上印下他深深的腳印。路旁的玉米吐出五顏六色的穗纓，夾道歡迎他的回歸，火紅的高粱穗點頭向他致意，高高的白揚樹向他招手，還有那蔥郁的紅芋地，茂密的大豆田，他都是那麼熟悉，「羈鳥戀舊林，池魚思故淵」。他又回到了家鄉，投入大自然的懷抱。「歸去來兮，田園將蕪胡不歸？既自以心為形役，奚惆悵而獨悲！悟已往之不諫，知來者之可追；實迷途其未遠，覺今是而昨非。」他一邊大步行走著，一邊咀嚼著陶潛的《歸去來》。他身上背個行李卷，手裡拎個黑皮包，渾身浸透了汗水，白汗衫爛成一個個像魚網一樣的小洞，一雙大頭塑料鞋灌滿了塵土，走起路來呱噠呱噠的響。汗珠像水泡一樣從他額前溢出，然後又匯聚在一起沿著腮幫往下流，點點滴滴落下來。汗水迷濛了他的眼睛，他連抹一下的功夫都沒有，任其順著臉淌。

眼看一場大雷雨就要來臨，他離家還有二十多里路呢，於是他不得不加快步伐。他渴得喉嚨眼裡冒煙，可前不扒村後不扒店，他只得咬牙忍耐著。他相信自己的韌勁與耐力，這十幾年，他在鹽水裡煮過，在海水裡泡過，在血泊中掙扎過，皮脫去了一層又一層，脊背變得比龜甲還堅硬。三個多月的獄中烈火，對他更是一次脫胎換骨的改造，造就了他的一副鋼筋鐵骨，他可以吃別人吃不了的苦，可以受別人受不了的罪。腳下的路同十幾年前他離開家鄉時沒什麼兩樣，坑坑窪窪，彎彎曲曲的。這路與他走過的那些城市柏油大馬路連在一起，形成了他前半生的人生軌跡。路旁的玉米也同十幾年前一樣隊列整齊，像是在接受他的檢閱。他忽然又想起了十幾年前那個雨過天晴後的早晨，他坐在水渠上讀柳青的《創業史》。那時他還是個幼稚的孩子，腦子裡充滿童話般的理想追求和對未來世界的美好憧憬。現在他已是中年人了，照土話說，他現在已是半截老頭子了。這十幾年的人生之課使他獲得了廣博的知識，找到了人生的真諦。十五年前他離開家鄉時走的就是這條路，當時村上的父老鄉親都出來送他，沿著大溶河畔送得老遠老遠的，他三番五次勸他們回去，可是他們都不願回去，堅持把他送上這條通往縣城的土公路，送上奔前程的陽光大道。鄉親們都囑咐他好好幹，混個一官半職的回來，光宗耀祖。大溶河畔沒出過什麼大人物，所以歷來受人欺凌，他們盼他能混出個人樣子來，為咱這大溶河爭光。四爺、五嬸、發財大娘，從小在一起玩耍滾爬的二狗子、黑鐵蛋……一個個熟悉的面孔在他面前映現，他們有的為他提著行李，有的替他拎著包袱，有的送上一兜熟雞蛋，有的給他幾把炒花生，還有的給他幾個大熱紅芋。一片片深情，一絲絲厚意，一句句囑咐，一腔腔熱忱令他熱淚盈眶，心潮澎湃……啊，他們希望我為大溶河的人爭光，光宗耀祖，衣錦還鄉呢！我回來了，終於回來了，可是並沒有衣錦，也不是得了一官半職回來光宗耀祖的，而是犯了錯誤被開除回來的。「我愧對大溶河，也愧對家鄉的父老鄉親。」他心中發出一聲悲歎，臉上浮現出一絲苦笑，「我見了鄉親們將如何向他們交代呢？」然而我無愧於天地，無愧於我們的祖國和人民，我又何愧之有！

啊，十五年過去了，這家鄉的小路一點沒變，高粱還是那麼通紅的，紅芋地仍是那麼翠綠的，玉米穗子還是那麼五顏六色的，赤豆秧開著粉紅的花爬滿一地，芝麻的小白花總是那麼一節一節往上長，還有這田間的小徑還是這麼彎彎曲曲、坑坑窪窪的。一切似乎都沒變，一切似乎都在等待著他的回歸。「青山依舊在，只是朱顏改」，一場民主革命的大潮將他又卷回來，走的雖然依舊是原來的路，可人已不是原來的人。他失去了青春，失去了那顆純潔無瑕的心，卻長了滿臉的鬍茬子和那眼角眉梢上的縷縷皺紋，這是十五年的人生經歷在他臉上刻下的刀痕，然而這十五年的奮鬥拼搏在他心靈上刻下的刀痕遠比那臉上的要深。十五年前，他以一個農民的身分還能進城當工人，而現在一個農村青年想進城當工人，那真是白日做夢；十五年前，他的農業戶口可以轉成商品糧，而今天一個農村青年除非考上大學，否則就根本別想吃商品糧。他之所以被開除回來，就是因為他犯了錯誤被取消了吃商品糧的身分，這和五十年代的右派分子被打到農村是一樣的……

他在看守所裡蹲了三個多月，經過沈冰的四處奔走，多方努力，加上掌握他的生殺命運的那部分人內部的分化與意見分歧，他終於獲得無罪釋放，可是釋放後公安機關卻建議他所在單位給予行政處分。當時他還正在開除留用期間，罪上加罪，新帳老帳一起算，還有他在電建廠的「一貫表現」，這一切客觀因素作用在他身上，他就被開除了公職，回原籍種田當農民。這在行政處分中是到頂的一種處分了，沒有比這再重的行政處分了；他既不是黨員，也不是團員，犯了錯誤沒什麼擋箭之牌，他本來就一無所有了，就這麼一個商品糧的身分了，所以把他打回老家是唯一的一個能夠處分他的辦法。不然就是判刑或者勞改，可那已是刑事處分了，只有確認他犯了反革命罪，才可以那麼處分。而他們並沒給他定罪，這就算他走運的了，他還能渴求什麼呢，還有什麼可說的呢？這樣的處分不禁令他含悲而笑。回鄉勞動，當個農民，這就是處分，這樣的處分只有在中國這個畸形的社會形態裡才存在，只有把農民不當人看的人才能想得出，也只有利用一切行政手段來維護和擴大城鄉差別的政府才做得到。本來中國的工人就夠可憐的了，可是犯了錯誤連這可憐的地位也保不住，還被打入農民階級，可見農民處在一個什麼樣的地位了，怪不得下放過的知青回城後都說在農村當了幾年「勞改犯」呢。人犯了錯誤，就開除他的公職，不讓他工作，這樣政治上就是剝奪他的勞動權，經濟上則是斷絕他的生活來源，紮他的脖子。我們這種「社會主義」國家裡工人並不是勞動力的出賣者從而得到了證明，御用文人們所說的「勞動力不是商品」的真正涵意就在這裡。可見我們的工人階級也絕非是社會的主人，而是奴隸——官僚統治階級的奴隸，誰要得罪了主子，重的殺頭坐牢，輕的一腳把你踢開，紮你的脖子，餓你的肚皮。他現在真慶幸自己出生在農村，是農民的兒子，工廠裡不要他，他還可以回老家來安身立命，即使不能以「人」的價值而存在，總還可以苟延幾天未盡的餘生。如果他出生在城裡，那就成了一個無業的遊民，一個露宿街頭，到車站碼頭求人家施捨的乞丐，一個飄蕩在人間地獄中的幽靈……農村成了「藏汙納垢」的收容站，難怪令人望而生畏！農民成了勞改犯，一年三百六十天，人老幾輩子都在接受勞動改造，怪不得人們不願意當農民！農民啊，農民，你們世世代代侍弄著那幾畝黃土地，一次次高舉義旗起來造反革命，可是革命勝利後少數人又變成統治者，成了新的貴族，仍然把你們壓在社會金字塔的最低層。如果你們再次覺醒，再次起來造反革命，你們就又成了反革命，就要被殘酷鎮壓，流血犧牲，這就是幾千年的人類發展史。馬克思創造社會主義理論，抱病寫《資本論》，就是為了結束這一過程，《共產黨宣言》公開宣布要徹底消滅這一循環，建立一個無階級、無差別、無剝削和壓迫的自由平等新世界，徹底消除產生新的統治階級的土壤和條件。中國共產黨帶領你們鬧革命，就是為了解放你們，可時至今日，你們又解放了多少，解放了什麼，三大差別是真的在縮小還是人為的在擴大？你們勒緊褲帶為城裡人，為有公職的人提供廉價的商品糧，可你們生產用的農藥、化肥卻全部是高價的，許多還是假貨。你們自己種糧，吃的是四五毛錢斤的高價糧，而有商品糧戶口的卻可以憑糧票吃一毛多錢斤的商品糧，他們還可以用糧票、油票、肉票等等反過來換你們籃子裡的雞蛋，或是乾脆幾毛錢斤把糧票賣給你們。逢年過節你們要賣商品豬、商品蛋，家裡沒有就到市場上去高價買來，再低價賣給政府。你們作了這麼大的犧牲，不知祭祀了哪路神靈，你們這麼無私的奉獻不知能否感動上蒼！城市的大醫院，沒有錢還是要把你們推出門外，闊家公子和小姐見到你們問路仍是皺著眉頭，捂著鼻子躲閃……我是農民的兒子，無論命運把我拋到哪裡，我的脈搏都將和農民一起跳動，順著這條思路想下去，他深深感到農民問題已成了最為嚴重的一個社會問題。他們經濟上最貧困，政治地位最低，科學文化最落後，而又占人口的絕對多數，這樣的一個農業大國在西方世界起碼有個農民黨代表他們的利益，替他們說話，而中國是一黨制，共產黨「代表」工人階級當領導，誰代表農民階級呢？農民自己並沒意識到他們處於不公正的地位，反而認為這一切都是合情合理的。前幾年，一本歷史學雜誌上有一篇文章，說中國革命的勝利應該歸功於農民，毛澤東本人也是農民的兒子，中國革命的形式是農村包圍城市，實質是農民戰爭，中國革命的主力軍也是農民。結果呢，革命勝利了，農民什麼也沒得到，再次進入歷代農民革命的大輪回中。他猛然記起自己在「動亂」期間寫的幾篇文章，其中一篇就是《中國當今社會各階級分析》。在這篇文章裡，他系統地闡述了中國當今社會已形成了工人、農民、官僚統治集團三大階級的思想。工人農民是被統治者，官僚集團是統治者，知識分子絕大部分屬於工人階級，小部分成為統治階級的工具。這樣的觀點公諸於世，當然是統治者絕不能允許的，所以把他開除回家當農民真算是「優待」了，五十年代一批知識分子說句老實話，向黨交交心就被打成右派，戴了二十多年的帽子。在他看來，當年的右派罪行與他張秋水的罪行相比真是微不足道的，所以可以說他比右派還要右派。啊，他猛然又想起他的啟蒙老師韓曦光，他那睿智的目光，他那憔悴的面龐，那被揪鬥遊行的慘相……一幕幕從他腦海裡翻過。他在心裡自問，我是不是在走韓老師的路，是不是在緊步五十年代一批先進知識分子的後塵？雖然我沒有學位，沒有名望，可我同他們一樣有過對未來世界的憧憬和追求，對前途充滿希望。後來經過一番痛苦的磨煉，經受了嚴酷現實生活的洗禮，又從泥淖裡自拔出來。而剛剛認識到一點點社會生活的本質，剛剛尋找到人生的一點真諦，就為社會所不容，當頭一棒被打入「另冊」。啊，社會是什麼？是不是一隻披著畫皮的狐狸精，一旦你揭去了他的本來面目，他就兇相畢露，張開血盆大口一口把你吞掉，然後吐出幾根白骨，以警後人——切莫大膽妄為！

啊，天氣真熱呀，這顯然是不正常的天氣，這預示著一場大雷雨很快就要到來。那天也是這麼個雷雨前的悶熱天氣，他在囚室裡雖說看不到天日，但能感覺到外面的氣候變化。室內空氣窒悶，抓把空氣好像就能攥出水來，到處潮乎乎的，到處黏搭搭的。木板鋪被汗水浸濕，黏得肉皮發癢，一翻身嗞啦一聲像塊大膠布從身上揭下來一樣。他發高燒，一連燒了幾天幾夜，整天處於昏迷狀態中。這天他半夜醒來，便聽到遠處傳來隆隆的幾聲悶雷。「心事浩茫連廣宇，於無聲處聽驚雷。」他心中不禁為之一振，又猛然想起裴多菲的那首小詩來，「我渴望著流血的日子，它會將舊的世界毀滅，在那過去的廢墟上，建立起嶄新的世界。」

昏迷中，往事如煙，一幕幕在他的腦海裡映現。那辛酸的童年，那艱難的塵世，那拼搏奮鬥的時光，那自強不息的抗爭，那步履艱難的足跡……一朵朵生活激流中的浪花，一個個堅強有力的節拍，一點點高亢激越的音符，一曲曲威武雄壯的旋律構成了他的人生交響樂，如《英雄》，似《命運》。他這前半生，活得雖然艱難，但過得感到特別快，時光不知不覺的流逝，皺紋偷偷地網住他的眼角，轉眼之間他已人到中年，三十五歲的人了。人們都說平順的日子過起來特別快，那也不盡然。一個飽食終日，無所事事的人他總要設法消磨時光，時間對他來說肯定是非常慢的。只有一心撲在事業上，為追求真理而獻身的人，才會感到時間過得總那麼疾速。「欲少留此靈瑣兮，日忽忽其將暮」，「汨餘若將不及兮，恐年歲之不吾與」。他發出這樣的感歎，便又記起席勒的一首詩，那也是對時間的慨歎：

姍姍來遲的乃是未來，
急如飛矢的乃是現在，
過去卻永遠靜止不動。
它在緩步時，任你怎樣性急，
不能使它的步子加快。
它在飛逝時，恐懼和憂疑，
不能阻擋住它的去路。
任何懊悔，任何咒語，
不能使靜止者移動寸步。

……

他捫心自問，無愧於祖國，無愧於人民，無愧於哺育他成長的大溶河水。回首往事，他不因虛度年華而悔恨，也不因碌碌無為而羞恥。使他唯一感到內疚的就是香蓮，他欠她的太多太多了，無法補償。從他們結婚到現在，他一次都沒回去過，母親帶香蓮找過他一次，住了個把星期就回去了，給他留個開除留用兩年的處分。他幾次想寫信回去向她正式提出離婚，可卻一直下不了決心。有一次信寫好了，也貼上了郵票，可終於沒勇氣寄回去，他怕那樣一來會把香蓮置於死地，如果香蓮真的尋了短見，他將悔恨終生，他的靈魂將永世不得安寧。於是這問題就一拖再拖，可越拖越麻煩，越拖對香蓮的危害越大，這點是他原來所沒有想到的。他一直在等待時機，尋找機會，他想最好讓香蓮自己提出，或者香蓮能跟別人好起來，甚至他企盼有一天香蓮突然跟別人私奔，那才是蒼天有眼，解了他的大困。可是這一切的幻想只不過僅僅是他的夢幻，香蓮默默地承受著一切的痛苦與不幸，耐心地等待著他心靈的回歸。時間一天天過去，香蓮一如既往地為他守著那個家，侍奉著年邁多病的爹娘，對他仍是那麼關懷體貼，愛得深沉而赤誠，這使他感到越發不可收拾。然而他覺得不能再這麼老拖下去了，必須痛下狠心，與香蓮離婚。他不能再這麼處於沈冰和香蓮的夾縫裡龜縮著生活下去了，他必須馬上正式向香蓮提出離婚。現在我已成了階下囚，他想，現在提出離婚該不會受到別人的譴責了吧，不會讓人指著脊樑骨罵我是喜新厭舊的陳世美了吧，不會遭到世人的唾棄了吧。對，等判決後，我就立即向香蓮提出離婚，我不能讓她受連累，不能讓她做一個勞改犯的老婆，在人面前抬不起頭來。他這樣暗自下定決心後，心中便即刻輕鬆許多。

現在他已適應了這裡的環境，他跟囚徒們相處得很好，在囚徒們中間有很高的威望。自從他進入這二十一號囚室，這裡就再沒發生過一次惡鬥，無論誰家送進來好吃的，都是主動拿出來分給大家吃，誰有困難，大家都主動幫忙。這幾天他在發高燒，一連幾天昏迷不醒，同室的人對他都非常關心。特別是武夫，日日夜夜地守護在他的身邊，給他倒茶送水、給他送藥打飯，幫他洗衣，幫他擦背，手裡拎著個汗衫子為他驅趕蚊子，不斷換下蓋在他額頭上的濕毛巾。這天夜裡他從昏迷中醒來，看見武夫仍守在他的身邊看著他。武夫一見他醒來，立即關切地問：「怎麼樣？你現在可好些，可想喝點水？」望著武夫那一臉的倦容，他不禁感動得熱淚盈眶。「不，我不喝水，我現在覺得好多了，你趕快去睡吧。我有病的這幾天多虧你的照顧，我真不知怎麼感謝你才好。」

「哪裡話，在家靠親人，出外靠朋友，我這人文化低，粗魯，給你在一起我學到了不少東西，明白了許多做人的道理。我真打心眼裡感謝你呢。我原以為我是這世界上最不幸的人，命運對我太殘酷，可是與你相比，我覺得我的那些不幸根本不值一提。我吃苦受罪說來說去都是為了自己，而你吃苦受罪卻是為了祖國，為了民族，在你面前我是太渺小了。我估計再幾天我就可以出去了，你的情況怎麼樣呢？」

「我的事情很難說，政治問題說大就能大，說小也能小，同你不一樣。」

「他們經常審訊你，都審些什麼呢？」

「他們認為我是一個祕密組織的頭頭，要我交代我們的活動內容和主要組織成員。事實上，我們根本就沒搞什麼組織，怎麼能承認呢？他們捉風捕影，老是在這個問題上糾纏著不放。我呢，沒有的事就堅決不能承認，所以就這麼拖下來了。」

「噢，那麼他們是不是對你進行逼供？」

「逼供倒沒有，不過他們總不相信我交代的事實，千方百計為他們的懷疑、揣測去尋找根據。」

「那你就堅決頂住，沒有的事就決不能承認。就是有的，也儘量不要多說，說得越多越麻煩，這是我的經驗。千萬不要相信他們說的坦白從寬、抗拒從嚴的鬼話。坦白從寬，牢底坐穿；抗拒從嚴，回家過年。」

「謝謝你的提醒。」

「不用客氣，我這次出去後下決心改邪歸正，洗手不幹這一行了。幹這個錢來得容易，花得也快，幹了一二十年仍然是兩手空空的，一無所有。再說人也不能總這麼灰不溜丟地活下去。你說得對，人活著不能光為自己，不能將自己的幸福建立在別人的痛苦基礎上，不能醉生夢死，無論活著還是死去都要做個有價值的人。我決心痛改前非，與過去的我徹底決裂。」武夫說這話的時候心情十分激動，搭在張秋水肩膀上的那隻胳膊抖得厲害。

「很好，我首先祝賀你，我想你的妻子也會為此而高興的。可是你得有思想準備，要能抵住各方面的誘惑，特別是在困難的時候，要挺得住。」

「我想過了，出去後我仍然想辦法做生意，不然就去學個什麼手藝，比如剃頭、修腳、補鞋子、配鑰匙什麼的。我原來認為幹這些行當丟人，可是細想來，憑勞動吃飯，有什麼丟人的呢？這樣我不但可以掙錢糊口，還能改造我的思想，磨煉我重新做人的勇氣。世上七十二行，哪行也比做扒手光彩啊。我有力氣，不怕苦，就不信掙不到一口飯吃。」他說著就摸出一支煙來，嚓一下劃根火柴點著，屋裡頓時出現片刻的光明，隨即又暗了下來。他抽了幾口接著說：「這煙我今後也不抽了，向你學習，一來可以省錢，二來對身體也有好處。」

「你不怕喪失了男子漢的氣派嗎。」張秋水笑笑說。

「唉，咱現在明白了，男子漢的氣派不在這上面。」

他們正談著，鐵門又嘩啦一下打開了，進來兩位幹警要提審張秋水。武夫猛一下從地上跳起來說：「他在發高燒，病了個把星期了，你們等他好了再審訊吧。」

兩位幹警瞪了武夫一眼，沒答理他，一把拉起張秋水就出去了。

審訊室裡，一盞昏黃的燈吊在半空中，一張木桌子擺在張秋水的對面，兩位老警坐在桌前，胳膊扒在桌子上。張秋水坐在桌子對面的地上，他眼裡冒著金花，渾身一點勁都沒有。他好幾天都沒吃東西了，嘴唇上起了一層虛泡，電燈的光芒變成一條條長長的光束刺得他眼花繚亂，他微瞇著雙眼，頭耷在肩上，等待著審訊。

兩位幹警已沒前幾次那麼凶了，對他很客氣，這可能是沈冰活動的結果，他想。那位瘦老頭聲平氣和地問：「張秋水？」

「嗯。」他機械地回答，頭也不抬，眼也不睜，彷彿是從鼻子裡發出一聲微弱的氣息。

「你這人真太死心眼了，問題交代清楚點，便於我們查清楚，對你自己也有好處，搞清了你不就可以出去了嘛。你的一些活動我們早就知道了的，你不說別人也會說的，你為什麼這麼頑固呢。」

「你們既然早就知道，何必還要問我，既然別人都交代過了，你們趕快結案吧，勞改、勞教、殺頭、坐牢隨便。我早已說過了，該交代的我全部都交代了。我做事從來光明磊落，敢作敢當，沒什麼可隱瞞的。再說我也沒做什麼有損於祖國和人民的事情，信不信那是你們的事，我沒什麼可說的。」說到這裡他猛然來了精神，直起頭，目光炯炯地望著那兩位幹警。

「真的嗎？那我問你，你們在×月×日沙龍活動之後，幾個人到白雨湖的河坡上開的是什麼會，討論的是些什麼問題？」

張秋水心裡猛地為之一震，他腦子裡立即閃過一個念頭，「他們有暗探，沙龍早就引起了他們的注意，受到了他們的監視。」停一下，他說：「那不是開會，更不是討論什麼問題。當時沙龍活動解散後，幾個工人和學生想繼續同我談談，因怕公園關門，就來到白雨湖畔，談了一會就各自走了。」

「當時都是哪些人在場？」

「叫不上名字來，我們彼此只是見面認識。一個是紡織廠的工人，一個是農大的學生，還有個女的，連工作單位也不知道。」講到這裡他腦子裡即刻浮現出一個皮膚黝黑，衣著樸素的青年姑娘的形象來。他當時就感到她與眾不同，莫非她就是暗探？想到這裡他心裡不禁一驚，頭腦立即清醒了許多。

「那你們都討論些什麼問題？」

「沒說什麼，時間很短，不過是將沙龍上討論過的一些意見分歧很大的問題，幾個人又交換了一下看法。我們的所作所為，沒一點不是忠實於社會主義事業，我們的言論沒一點不是站在馬克思主義立場上的。」

「你們互相之間留過通訊地址，簽過名，怎說都不認識呢？」

「不錯，當時有幾個人要我留下通訊地址和姓名，我就留給他們了。他們留給我的通訊地址和姓名都記在一個小本子上，這本子現已在你們手裡了。所以，現在我一個也記不起來了。」

「嗯，好的。」那位瘦老頭匆匆在筆記本上記下張秋水的交代說：「今天你的態度不錯，我們希望你實事求是地說清問題，配合我們儘快把問題搞清楚，這對你是有好處的，你懂嗎？」他望著張秋水遞了一個眼色，接著說：「總的看來，你的問題雖然十分嚴重，但我個人認為仍屬人民內部矛盾，是思想認識方面的問題。你明白我的意思嗎？」說著他又望了張秋水一眼。

張秋水會意地點點頭，他明顯感到了這裡面的變化，看來事情正是沈冰的字條上說的那樣，這些人中間也有同情他張秋水的。

「聽說你生病發高燒，那就讓這裡的醫生看看嘛。」那位瘦老頭說到這裡，又扭頭對旁邊的那位青年說：「小劉，天太熱了，去，抱個西瓜來降降溫。」

那位青年立即跑到裡間屋去抱出個黑皮大西瓜來放到桌子上，然後拉開抽屜拿出一隻水果刀來將西瓜切開。那位瘦老頭首先拿起一塊遞給張秋水說：「來，吃塊西瓜降降溫。」

張秋水猶疑地望了兩位老警一眼，見他們並沒什麼惡意，就接過西瓜啃了一口，真甜啊。看來外面的世界也在發生變化，從兩位老警今天的態度，他可以明顯感到這點。他口渴得要命，這麼甜的西瓜吃起來真過癮，一塊西瓜他三口兩口就吃完了，最後又把西瓜皮溜個精光。那位青年幹警又拿了一塊遞給他，他一邊吃一邊想，這西瓜皮是黑的，瓤子卻是紅的，人們並不因為它的皮黑而否定它的價值。是誰第一次發現了它的真正價值？是誰第一次把它剖開，知道了它的瓤子是紅而甘甜的呢？第一次發現西瓜的人真是偉大啊！

他一連吃下幾塊西瓜，審訊也就算結束了。出了審訊室，東方已經發白，隨即幾條魚尾樣的紅紋從白光中掙出，曙光就要升起來了，一個新的早晨經過一夜陣痛很快就要誕生了。他仰頭望望東方的天際，讓晨風梳理一下他那一頭長荒了的長髮，接著就又被送進囚室。

2

同室的人走了一批又一批，武夫、王光耀、「白馬王子」、「坐山虎」、副將、中將，還有一個個的「窩囊廢」、小嘍囉們不到一個月都陸續出去了，後來進來的一個個也都先後出去了。唯有他的問題好像總查不清似的，不定罪也不釋放。按規定收審是一個月，可他一個月完了又續一個月，接著再續一個月。反正收審證捏在他們的手裡，只要他們願意，就可以這麼一個勁地繼續收審下去。

在這裡他結交了不少江湖朋友，原來他以為那些偷竊扒拿的傢伙都非常可惡，都是沒有廉恥的，都是一些社會的渣滓，是危害社會治安的禍水。在跟他們的接觸中，他逐漸改變了這一看法。分析他們走上犯罪道路的原因，都是與我們的一些社會問題緊密聯繫著的，首先是社會的不道德，然後才有人的不道德，因為人是社會的產物，每個人都在一定的社會環境中生活——這也是馬克思主義的一條基本原理。我們的社會治安狀況這麼差，我們有那麼多的青少年犯罪，學生厭學，工人厭工，農民大量盲流，車站碼頭到處是流動的農民，隨處可見露宿街頭的乞丐。這一切的一切歸根結底都是由社會問題引起的，都是大量尖銳的社會問題的必然表現，而社會制度又正是造成這些社會問題的根源。政府將許多問題都歸罪於中國人口的膨脹，不錯，人口對社會的發展是有一定的影響，但不是決定的因素。馬克思主義認為生產力與生產關係是制約社會發展的內在原因，人口與地理環境對社會的發展會產生一定的影響，但不起決定的作用。比較一下中國與日本，大陸與臺灣，東德與西德，南朝鮮與北朝鮮等等，就不難看出這一點。口口聲聲堅持馬克思主義的政治家們竟然把馬克思主義的基本原理也顛倒歪曲了，這不是天大的笑話嗎？人們現在對馬克思主義不感興趣是因為他們不瞭解真正的馬克思主義，而我要宣傳馬克思主義又是大逆不道，被視為非法行為，真是豈有此理！像武夫、王光耀、「白馬王子」這些人，他們的心靈仍然是向上的，是有做人的是非標準的，天心仍然未泯。如果他們的境遇能好一些，如果不是一些社會問題的影響，他們是不會走上犯罪道路的。武夫不是已經下決心痛改前非了嗎？王光耀本來就不是那種人，這次教訓後，他也不會再去偷盜，至於「白馬王子」更不能算什麼犯罪……

他正這麼漫無邊際地思考著，鐵門發出一聲刺耳的響聲，進來一位老警把他帶出去，向他宣布說：「你的問題已基本查清，你雖然沒直接參與動亂，但是你的問題仍然是嚴重的，特別是在廣場上的講演更是十分反動的，在動亂期間搞社會主義理論沙龍，無論動機如何，客觀上對這次動亂起了推波助瀾的作用。根據你的坦白交代，我們認為你的態度不錯，所以決定對你進行從寬處理。從現在起，你就可以回家了。」

張秋水對這突如其來的喜訊並不感到歡欣，因為他覺得自己本來就無罪，更何況把他放出去也只不過是從一張小網裡放到一張大網裡，還是他們網裡的魚，什麼時候想抓就可以抓。說我的問題「基本」查清，放我出去不是因為我沒問題，而是出於他們的寬大與仁慈，多好的一副菩薩心腸！張秋水想到這裡，抬頭望了兩位老警一眼，臉上立即露出一絲輕蔑的譏笑。

「你還有什麼要說的嗎？」那位青年幹警問。

他望著他們又微微一笑說：「我還有什麼要說的呢，我還有什麼可說的呢？抓與放是你們的權力，逆來順受才是我的權利。你們讓我出去，我當然高興，可是我卻沒法向你們表示感謝，因為無論進來還是出去都是出於你們的需要，與我本人卻毫不相干。」

那位瘦老頭皺皺眉頭，十分不耐煩地一擺手，打斷他的話說：「好了，好了，沒什麼你就趕快走吧，走之前到會計那裡把帳算清，費用交不出就打個條子，以後從你工資中扣。你去吧。」

「好，我這就走了。這期間給你們添了許多麻煩，什麼時候需要，我再來，當然我是說你們要不怕麻煩的話。」他又朝二位警官笑笑，然後眉頭猛一擰，瞪了他們一眼，一揚頭轉身就走開了。結過帳，他更感吃驚，三個月的班房，一共欠下了一百九十二塊六毛錢，除了吃、住、水電等亂七八糟的費用之外，還有一項他從來沒用過草紙的「草紙費」，這無疑又是一個經濟制裁。

太陽當頭，熱浪撲面襲來，強烈的陽光刺得他睜不開眼。從黑沉沉的囚室猛一下來到豔陽高照的塵世，他已不適應了，正像一個人長期生活在污濁的環境中，新鮮空氣會要他的命一樣。他一陣頭暈目眩，踉蹌幾步抱住路邊的一根電杆急促地喘息一陣，才略微緩過來一點。三個月的囚徒生活摧毀了他的健康，他感到異常虛弱，似乎一股大風就能把他吹倒。毒辣辣的太陽曬得他肉皮火燎一樣疼痛，通身的汗水直往下滴，他憑著自己的剛強意志又邁步前進。走了幾步他又站住，回頭看看那幾排房子，又特別看了一眼住了三個多月的二十一號。他正要扭頭離去的時候，只聽一聲虎嘯狼嚎般的高叫從他旁邊的一排監房裡傳出：「女人呀，快來吧，我要日你的屄，快急瘋了——」

聽到這一聲高叫，他不禁打了個冷戰，頓時身上起一層雞皮疙瘩，他立即調頭就走，恨不能一步離開這裡。

他走出看守所的大門，抬頭一看，沈冰正在門口等他。她今天穿件白色的確良撒花短衫和一件橄欖色喇叭裙，青枝綠葉，素潔高雅，幾個月沒見，她明顯消瘦了許多。沈冰望望他，嘴唇顫動幾下，目光猶疑，顯然她已不敢認他了。他幾步走上去，喊了一聲「沈冰」，她才猛然認出他來。只見她的眉毛一揚，眸子歡快地閃動幾下，高喊一聲：「秋水，我的秋水——」便一個踉蹌撲到他的懷裡嚶嚶的啜泣起來，口裡喃喃著：「秋水，你受苦了，他們怎麼把你弄成這個樣子，我一下見了你都認不出來了。」望著秋水那虛弱的身子，深深凹陷下去的眼睛，那沒頭蓋臉的亂髮，還有那老長的鬍子，她心如刀絞。撫摸著他身上的道道傷痕和那被煙火燙傷的手背，她五內俱焚，淚水禁不住嘩嘩往下流。「秋水……你，他們怎麼把你打成這個樣子！」她抽噎著說。

「不是他們打的，是小痞子打的。」

「怎麼？你跟小痞子關在一起。」

「是的。」

「那我托人送給你的東西都收到了嗎？」

「都收到了。沈冰，你現在身體怎麼這麼消瘦呀？」

「看看你自己都瘦成什麼樣子了，還說我呢。」她從他懷裡抬起頭來，摩挲著他的臉說：「看你這頭髮鬍子都長荒了，嘴巴也瘦尖了，真把人心疼死了。要不是你先喊我，我怎麼也不敢相信這就是我的秋水啊。」

「啊，沒什麼，我很快就會好起來的，今天能見到你，我真高興啊。你怎麼樣，這些時？」

「我天天盼望你出來，到處奔走托人找關係，總算從輕發落把你放出來了。從現在起，我是一時也不離開你了，答應我吧，還搬到我那去，別管人家怎麼說。我把床都給你鋪好了，還給你弄了許多好吃的，給你補養補養。走，咱們走吧，一會車來了，怕趕不上。」

「走吧，不過我想還是得先回廠裡去看看。」

「廠裡下午去，你放心吧，我都打算好了，下午我用自行車把你送去。今天我同別人調了一天課，你必須一切都得聽從我的安排。」她執拗地噘噘小嘴，臉上綻出欣喜的笑容，然後在他那滿布長鬍子的臉上飛快地吻了一下，拉起他的手就往前走。走了幾步她猛然想起小挎包裡的自動折疊傘，她立即拿出來撐開，罩在秋水的頭上，自己卻曬在毒熱的太陽裡。

他們來到公共汽車站，迎面正好一輛公共汽車開過來。沈冰挽著張秋水的胳膊隨著蜂湧的人群擠上汽車，又搶了個位子讓秋水坐下，自己站在他的座位邊上，兩隻胳膊撐著座位的靠背，以免秋水被人擠著。她熱得滿臉通紅，鬢間的幾縷濕發緊貼在額前，短袖衫被汗水濕透。她掏出小手帕先在秋水的臉上擦擦，然後又在自己額前抹了幾下，額前的頭髮被她撩起又露出那個小傷疤來。秋水望見那塊小傷疤，不禁又想起他們第一次在火車上相遇時的情景，那時他們是多麼天真而純潔啊，現在竟搞成這個樣子，人啊，人，這十幾年的歲月就把人徹底變了樣，生活才真是塑造人的偉大工程師。

她神采奕奕，滿臉容光，充滿柔情地望著他，像隻母雞護小雞一樣的把他護在自己的暖翼之下，心中充滿幸福與甘甜。她正在心裡盤算著，晚上帶他上街剃個頭，洗洗澡，再給他買件T恤衫。她還要教他學會跳舞，要他學會生活，不能一天到晚光知道啃書本。她要幫他找回他的青春年華，補償他所失去的一切。她還要托朋友找關係設法儘快地讓秋水和自己一起出國。只有出國才能徹底跳出圍困他們的藩籬，只有出國才能掙脫掉捆綁在他們身上的繩索，只有到了國外他們才能真正成為一對自由的小鳥……

張秋水的思緒也在隨著汽車而顛簸，他思考著這次學潮給中國帶來的影響，思考著中國的出路，思考著那位大學生的一句話「中國社會又要倒退二十年」。不！歷史的車輪不容許倒轉，曙光就在眼前，這不過是黎明前的暫時黑暗。他覺得自己今後再不能光啃書本了，要多作些社會調查，注重社會實踐，翅膀故然非常沉重，但依然還是要飛。通過這次血的教訓，他又明白了許多問題，改良主義在中國沒出路，依靠點滴的改革要推動中國歷史大踏步前進仍然行不通，人民任何時候都得靠自己救自己，任何社會變革都不是輕而易舉獲得成功的，必須要有千百萬人的流血犧牲，要有災難與陣痛。然而下階段將必然出現資本主義，這又不能不令人心痛，雖說資本主義比較目前這封建集權的假社會主義也是一個很大的歷史進步，但是無產階級革命搞了這些年最後又被資本主義否定，這將使每一位真正的馬克思主義者痛心。然而奇怪的是真正的馬克思主義只有在下階段的資本主義體制中才能允許宣傳，他的文章只有在出版與言論自由的資本主義體制下才能發表，而在目前這種國家社會主義體制下，一切持不同政見者的言論都要被禁封起來。他要研究倡導真正的社會主義理論，卻又必須依靠資本主義提供條件，這豈不是大乖大謬！所以說無論人們主觀願望如何，中國的下一個歷史階段必然是資本主義，這是必然趨勢，然而作為一個真正的馬克思主義者應該永遠為勞動人民的解放而奮鬥。任何事物的發展都不是一帆風順的，都是遵循著否定之否定規律而前進的。依照這一原則，目前資本主義對社會主義進行否定本身也是個很大的歷史進步，再過若干年後，社會主義再對資本主義進行一個否定，這就完成了一個否定之否定，那時候建立起來的社會主義才是本來意義上的社會主義。

「我們這一代人，要比以往受到更大的推動去試著探索生活的神祕面孔。這面孔嘴角上堆滿了微笑，但雙眼卻是憂傷的。」他腦子裡突然跳出這句哲學家的名言，記不得是誰說的了。突然汽車猛一搖晃，沈冰的胸脯一下子擠壓在他的頭上。他猛然嗅到她身上發出的那股醉人的芬芳，一股幸福的熱流頓時貫遍全身，他心裡猛一緊縮，立即感到一陣暈眩。他真想頭枕在她那軟綿綿的胸脯上睡上一覺，可是當他睜開眼睛，卻看到沈冰已把身子挪開，微笑著望著他說：「壓著你了嗎？」

他深情地望了她一眼，小聲說：「不要緊，我還想讓你多壓會呢。」

「傻話，當心人家聽見。」她順手在他的腦袋上拍了一下，俯身在他的耳邊說。這時正好汽車到站，沈冰立即挽著他的胳膊走下汽車。

他們經過喧囂的鬧市，又回到了這清靜幽雅的斗室，經過赤日炎炎的馬路又回到了這涼爽的小書屋裡。沈冰一進門就將他按在寫字臺前一隻新買的籐椅上坐下來，自己便開始忙前忙後地拾掇起來。她對秋水如同久出而歸的親人一樣，慌得又是給他倒茶，又是給他打水讓他洗臉，趁秋水洗臉的時候，她又從水池裡撈出一個西瓜，放在桌子上切開，攤在秋水的面前讓他吃著，自己又忙著去弄爐子。「我先給你打幾個雞蛋下碗麵條吃，然後咱們再包餃子。我知道你早餓了，可是一下子也不能吃得太多，否則會脹壞的。」她歡快的忙著，衝他甜甜的一笑。「來，先聽聽音樂，放鬆放鬆。去，那兒，剛買的收錄機，放盤磁帶聽聽，你看我正忙著。」她說著朝那只書架上努努嘴。

他這才環視一下這嵌著他的無限歡樂與溫暖，留著他溫馨的夢境的小屋，發現了不小的變化。雖說仍很簡陋，但已沒先前那麼寒傖了。書架上的書擺得整整齊齊的，原來堆在地上的書箱資料與手稿也都裝進了牛皮紙袋子裡，整整齊齊地擺在書架頂上。「看來這書架完全成了裝飾品。」他心中立即掠過這樣一個念頭，又望了沈冰一眼，企圖從她身上捕捉到她的變化。可是她依然是那麼一副窈窕的身姿，略微瘦些，但神韻仍然如故。「這麼傻愣著看我幹嗎？快去把收錄機開開。」她衝他撲哧一笑。這時他才猛然回過神來，立即走到書架前，打開錄音機，房間立即輕籠在小提琴協奏曲《梁山伯與祝英台》的旋律中。這真像個「家」的樣子了，沈冰正在充當家庭主婦的角色，盡一個妻子的義務。他今天才算第一次感到了家庭的溫暖，然而這「家」真正是屬於他的嗎？他有權利再建立這樣的一個家庭嗎？想到這裡他心中不免一陣憂傷。他如數家珍似的審視著那些沾滿他的手跡和汗漬的一本本圖書，心中充滿一種極其複雜的感情。他需要這麼一個家，可是父母早已為他安排好了另外一個「家」；他需要愛情，需要沈冰，可是現實又令他望而卻步，進退維谷。他一轉身又回到寫字臺前坐下來，順手打開擺在身邊的一個筆記本子。這是新買的，剛啟用，見扉頁上寫著「國際悲歌歌一曲，狂飆為我從天落。」接著是一首七律《國殤曲》：

五月鮮花幻血海，人民十億遭劫厄。
幾墨民主天庭掛，十萬精英奮起摘。
神去鬼來社稷危，翻雲覆雨誇獨裁。
江河嗚咽神州淚，國殤一曲慟地哀。

翻過去，第一頁便是「啟用錄」：

我不大喜歡記日記，不像秋水，他再忙也是要記日記的。然而我親眼目睹了許多血和淚，親身經歷了許多痛苦與不幸，我總要寫點什麼，不能總是這麼沉默。可是「當我沉默著的時候，我覺得充實，我將開口，同時感到空虛」。秋水至今還關在裡面，媛媛告訴我他快出來了，可是又一個星期過去了，他仍然沒出來。他這人太真誠，太直率，太善良，只可研究學問，當個學者，決不能去當政治家。政治家要心狠手辣，會耍手腕，還要會屠殺生靈。中國的封建因襲這麼沉重，人民仍是這麼的不覺悟，參與政治活動免不了殺頭坐牢，這真太可怕了。我今後將設法影響他的生活，改變他的性格，他幹起事來牛勁太大，不撞到牆上就不知拐彎。這既是他的優點，也是他的缺點，吃虧往往就在這上面，不會妥協，不會玩政治手段，哪能幹得了政治家啊。更令人遺憾的是他至今不會生活，不講究生活，總是那麼馬馬虎虎的得過且過。他失去的已經很多很多了，我們都已失去了很多很多了，今後該屬於我們的決不能再讓它失去了……

「秋水，你在幹什麼？麵條就好了，快過來吃吧，我知道你早就餓急了。」沈冰一邊將麵條往碗裡撈，一邊扭頭望了他一眼說。「你在偷看我的日記，這可是違反國際公約的啊。」說著她又望著他爽朗地一笑。

張秋水被她打斷，「啟用錄」還沒看完，只得闔上那個日記本子，站起來走到她身邊說：「沈冰，幾個月來你進步可不小呢，你知道我剛才在想什麼嗎？」

「我又沒孫悟空的本事，能鑽到你肚子裡去，哪知道你想什麼呢。」她說著將碗遞給他，臉上始終都放射出幸福的光彩。「我猜呀，你一定在想『我現在真的回到了家，我再也不離開這座溫馨的小屋』，是嗎？」

「是吧，可也不全是。我在想我們如果能像梁山伯與祝英台一樣，即刻死去，化作一雙比翼而飛的蝴蝶，那真比活著還痛快啊。『得成比目何辭死，願作鴛鴦不羨仙』。」

「別胡說吧，我們現在不就是這樣的比翼鳥嘛，怎麼非要等死後呢？」她飛快地眨動著那雙明亮的眸子，熱烈地在他的腮幫子上咂了一口，然後真像隻花蝴蝶一樣，一扇翅子飄忽而去。

張秋水嗅著撲鼻而入的飯香，品味著沈冰那熱烈的一吻，醉眼朦朧地望著沈冰那歡快跳動的背影，心中有些微醉。他幾個月都沒見過這麼好吃的了，他一邊大口大口地吃著，一邊欣賞著《梁山伯與祝英台》優美的旋律。那濃郁的詩情，那深深的眷戀，無不深深地打動著他，使他沉醉。

沈冰又忙著去包餃子，張秋水三口兩口狼吞虎嚥地將一碗麵條吃完，也走過去給沈冰幫忙。「沈冰，你什麼時候學會的這個，弄這東西太浪費時間了。」說著他就抓過一張皮子放在手裡，放上餡子雙手一捏就成了。

「怎麼，你也會包？我還以為你這個書呆子只會吃呢。」說罷她嗤嗤地望她一笑。「我也是剛學會弄這個。」

「噢，你還學會了什麼？」

「還學會了織毛衣。」

「還有呢？」

「學會了生活。怎麼樣，嗯？」她又衝他甜甜地一笑。

「這麼說，你進步真不小啊，士別三日，真當刮目相看了。」

「別挖苦人嘛，我通過這次『動亂』可真算看透了。中國的事難辦，保守勢力太強，幾個人孤軍作戰只能是拿雞蛋去碰石頭。這主義，那主義，說到底還是為自己。你看那些民族精英們關鍵的時候一個個不都嚇跑了嗎？政府卻抓住你們這些墊底的嚴懲。」

張秋水這才切實感到沈冰思想深處的變化，他望了她一眼，「不能這麼說，沈冰，人還是要有點理想的，要為真理而奮鬥。」

「真理，真理在哪兒？有權就是真理，誰的嘴大誰說了算。中國人奴性太深，惰性太重，許多人只會想，不會做，或不願意做。他們只希望別人去幹，自己袖手旁觀，保留批評的權利，或者讓別人栽樹自己乘涼，坐享其成。他們常常把希望寄託在清官身上。這是《人啊，人？》裡的李宜寧總結的，可不是我的杜撰。」

「難道你已否定了你以前的自我？」

「不，不是否定，是否定之否定，也就是肯定。」

「那麼你的認識進行了一個飛躍了，那你否定的是什麼，肯定的又是什麼呢？」

「否定的當然是該否定的，肯定的當然也是該肯定的。哎呀，水開了，我去下餃子，我們今天不談這個了。不瞞你說，從你進去後我也沒吃過一頓安心飯，今天咱們就痛痛快快地吃一餐。」她立即站起來，抓起面板上的餃子就往鍋裡下。「我們的祖先真聰明，創造這麼多吃法。」

「什麼聰明，一天倒晚琢磨著吃，不事生產與創造，只圖消費。」

「吃是人類的第一需要，人們首先有物質生活，然後才可能有精神生活，這不是馬克思主義的觀點嗎？中國人連飯都吃不飽，能搞起來社會主義嗎？」

沈冰這話似乎不無道理，看來她在認識上確實有很大的提高，不過她在吸取養份的時候同時也把毒液吸進去了，他想。

一會兒，餃子就煮熟了，沈冰首先盛了一碗遞給張秋水，然後將鍋裡的餃子全部盛出來，拾掇好面板，也津津有味地吃起來。「你好好在這裡休息幾天，補養補養身子再去上班，我還要教你學會怎樣生活。既會工作又會生活，才是真正的全人。」說著她嘻嘻地一笑，又把一碗餃子倒在張秋水的碗裡。

張秋水又好久沒吃過餃子了，是女人都有一種天生的柔情與體貼，對她心愛的男人真是關懷備至。張秋水深情地望望她說：「我不能在溫床上躺得太久，我應該儘快去上班，這幾個月幾乎與世隔絕了。只有回到生活中去，我才能探索生活的奧秘，只有同工人在一起勞動才能瞭解他們的思想感情，加深對社會的理解。」

「我不是不讓你去上班，我是想讓你多休息幾天，你看你的身體多虛弱啊。我有一個很大的計劃，但等弄個差不多再告訴你，養好你的身子可以說是實現這一計劃首要的必要條件之一。」

「一邊上班幹活一邊養身體不是一樣的嗎？那樣可能恢復得更快些。現在的工廠上班，憑良心幹事，想幹多少幹多少，還能累著？你的什麼計劃不告訴我，我也就不打聽，不過儘快恢復健康這點我是完全接受的。我想吃過飯就到廠裡去。」

「看你這個急性子，關了幾個月都不急，就這半天就等不及了。」

「關在裡面沒有人身自由，自己當不了自己的家，急也無用。現在出來了，自己的行動可以讓自己支配了。」說話間，他已把碗裡的餃子吃完，將碗推到一邊。

「好好好，吃了飯我送你去。」

「送什麼呢，我又不是不能走，有這兩碗餃子墊底，全市兜他兩圈子都沒問題。」吃飽了飯，他覺得自己的元氣在恢復，身上的肌肉開始活動了。

「我不放心。」

「嗨，有什麼不放心的呢。」他猛一下站起來，一把摟著她的腰窩把她抱了起來。「怎麼樣，你看。」

沈冰嘻嘻哈哈地笑著，「快把我放下來，當心碗打了。」她掙脫下來放下碗，拉過一條濕毛巾揩拭著滴在衣服上的餃子湯。「你看你，衣服都給你弄髒了不是。好好，去你就去吧，晚上早點回來，我做好飯等你。吃過飯我陪你上街剃個頭，洗洗澡。」

「好，可以，聽你的安排就是了。」說著他就朝外走。

「噯，你怎麼說走就走，這碗餃子剩著怎麼辦，你吃了再走嘛。」

「不能再吃了，再吃就把肚子脹破了。你要實在吃不下，就等我晚上回來再吃吧。」

「那你就走吧，晚上可要早點回來啊。」她站在那裡目不轉睛地望著他說。等到他剛走到門口，她猛然追上去說：「等一下。」

「你……怎麼？」他神情恍惚地望著她說。

「啊……沒什麼，你……身體不行……你還是走吧。」她微瞇著眼睛，恍恍惚惚地對他說。隨即她目光一閃，見他癡癡地站在那裡望著她，便上去一把將他推出門外。「快走吧，早點回來吃晚飯。」她一扭身就又回去收拾鍋碗去了。

他已明顯感應到了沈冰心中的起伏與變化，他知道她想要做什麼，他的胸中也即刻卷起狂潮，當沈冰一把將他推到門外，潮頭便立即退了下去。他又抬頭望了一眼她那籠著輕紗一樣夢幻般的背影，然後猛轉過身，邁開大步就走開了。

3

張秋水來到廠裡，已是下午三點鐘了，廠離市區很遠，要轉幾次車，又值中午上下班高峰時期。他熱得頭昏腦脹，滿臉通紅，鼻孔裡似乎往外噴火。他一進廠大門，門衛老王就一把拉住他說：「哎呀，張秋水，你小子可回來了。怎麼樣，沒事吧？哎呀呀，你看你這頭髮鬍子像荒草一樣，趕快上街去理個髮。這裡還有你兩封信呢，看地址是你老家來的。」王師傅說著就拉開抽屜，把兩封信交給他。他看了一眼信封，便認出一封是父親寫的，另一封是香蓮寫的。他將信裝進口袋裡說：「謝謝你了，王師傅，我這些時候不在，沒什麼事吧？」

「啊，聽說……」王師傅臉色陡然陰沉下來，略一沉吟，又說：「沒什麼，沒什麼，你快到廠部去吧。」

他同王師傅握握手，就離開傳達室，走沒多遠便來到成品包裝車間。民工們正在幹活，一見了他，呼啦一下子都一齊圍上來問長問短。

「張師傅回來了！」朱順治說。

「張師傅，哎呀，幾個月沒見可瘦多了。」朱順治迎上來。

「張師傅受苦了。」民工小隊長上來拉著他的胳膊，十分親切。

「啊，張師傅快坐下歇歇吧，看你熱的。」杜高芝說著就端過一只小板凳放在他的面前。

「張師傅，過幾天我請你到我家去玩玩。」這時民工小隊長已放開他的手，憨厚地笑著說。

「張師傅喝點冷飲吧，天怪熱的呢。」王小翠說著就將一瓶廠裡自製的桔子冰水遞給他。

「謝謝，謝謝，你們都好嗎？小楊、大劉、王少剛……」他一一喊著那些臨時工的名字，接過王小翠遞上來的冰水一飲而盡，然後將空瓶子還給王小翠。「這段時間很忙吧，你們大家辛苦了？」

「唉，不是辛苦是命苦，咱這當臨時工的就是這個命，談不上辛苦不辛苦。」小隊長回答。

「我有點事，先到廠部去一下，待會下來就和你們一塊幹活，幾個月沒抬大鐵還真有點想的慌呢，特別想聽你們那出工的號子。」說罷他哈哈一笑，朝他們揮揮手說：「我先上去，馬上就回來，我們再好好聊。」說著他轉身就離開料場，朝廠部辦公樓走去。真沒想到這些民工們對他那麼親切，以前為了幹活一搞就訓他們，有時還扣他們的工錢，整天像工頭一樣監督他們幹活，可是他們沒一個跟他記仇的，幾個月沒見，就像見到了久別重逢的老朋友一樣。他這麼一路想著，一抬頭便來到了廠部辦公樓。他首先來到保衛科，保衛科長又把他帶到勞資科。勞資科長，也就是他剛進廠時給他往車間開調令二十幾個字寫錯了七八個的那人，這件事他至今記憶猶新。

保衛科長把他帶到勞資科，隨即就出去了。勞資科長很客氣地給他拿了一把椅子，讓他坐下，又給他倒了一杯茶遞到他面前，然後就坐下來，從文件夾裡翻出一個紅頭文件遞到張秋水面前說：「前天為你的事，廠長召開了辦公會議，會議決定你被除名了。」說到這裡他略一停頓，望了張秋水一眼又說：「你把這文件好好看看，最好把文號、日期都記下來，你明白我的意思嗎？嘿，我們都對你很同情，也很為你惋惜，但是上面有指示，公安部門有要求，廠裡不得不這麼做，我想你是能理解的。你還年輕，來日方長，人生的路是不平坦的啊……」

這無疑又是當頭一棒朝他打來，他來不及躲閃，頭上重重地被猛擊一下，眼前一陣天旋地轉，桌晃椅搖。停了幾分鐘，他才回過神來，明白了擺在他面前的文件就是對他的處理決定，明白了他已被廠裡開除。他從桌子上撿起文件，渾身瑟索著匆匆將文件掃視一遍。

「你好好把文件看看，最好將文號和日期都記下來，我的話你明白嗎？」勞資科長滿懷同情地望著他又說了一遍。

他心中猛一下劃過一道閃電，馬上明白了勞資科長的言外之意。顯然他是說我今後肯定是會平反昭雪的，記下文號和日期到時候便於上訴。連這樣的不學無術的人都能看到這一點，這不恰好證明這次「動亂」有多麼深廣的社會基礎嗎！連他都對我深表同情，這難道不是人心所向嗎！看來人們還是有是非標準的，大多數人還是有良知的，想到這裡，他身上陡然增添了力量，猛地站起來說：「既然這樣，那麼我就走了，我們再見了，謝謝你的提醒。」他向科長伸過手去。科長立即也伸過手來拉著他的手說：「你別慌，別慌，你還有三個月的生活費和糧票，還有一些勞保品，我給你開個條子你去領吧。今天正好是九月三十號，這個月該給你的應全部給你。」說著他又坐下來匆匆填了幾張單子遞給張秋水。

張秋水接過來說：「謝謝你了，謝謝你的關照。」

「不謝不謝，應該的，應該的，你多保重，多保重。」科長抓過張秋水的手使勁握了握，將他送到門外，說聲再見就退回去了。

他看看那單子上開的三個月的生活費，正好是九十塊錢；三個月的糧票正好是九十斤；時間又正好是九月份，多奇妙的數字，「三九」，三九嚴寒啊！

他到財務科一算帳，在看守所裡欠了一百九十多塊錢，當時沒付，他三個月的生活費一分不要還欠公家百十塊，他只得拿三個月的糧票和所有勞保品抵帳。這樣一來他真是身無分文，一無所有了。

辦完這一切，他才回到宿舍。他一進屋第一個感覺就是這一席之地如今也不屬於我的了，儘管我僅僅占這十五平方米的三分之一空間。開除回家，這是既在他料想之外，又在情理之中的，黨員可以給個黨內處分，團員可以給個團的處分，一般工人還可以給個行政記過或者開除留用什麼的，而他呢，什麼也不是，什麼也沒有，光光的脊梁沒一點可抵押的。他仍在處分期間，再處分只能是開除公職，這是最後一道防線，這是他唯一的一件遮羞的褲衩子，去掉這件褲衩子他就是道地的光腚漢。現在他真正被剝得精光精光的了，赤條條來去無牽掛，這樣也好，死了放在火葬場的爐膛裡也好燒些，還可以為國家節省點能源，現在不是能源緊張嘛。他心中不禁發出一絲苦笑。

他現在幹什麼呢？沒什麼可幹的，只有捲鋪蓋滾蛋！於是他就去收拾被子，這床棉被還是他參加工作時母親為他套的，當時是三面新，新裡、新面、新棉花，花嗶嘰尼裡子還不算差。可是現在被頭上已補了三塊補丁，被裡爛過幾次都是重新拼接的，看起來比露宿街頭的盲流們的被子還寒磣。然而這件破棉被卻又是他的唯一家產。幾捆子書籍資料早已被沈冰拿走，一支棕床是公家的，免費供他睡了十五年就夠了，還能帶走嗎？一支破蓆子本來就是人家用爛了嫌戳得慌才送給他的。啊，天天上班幹活，出力流汗，幹了十五年仍然是一無所有，真是「質本潔來還潔去」了。作為一名社會主義國家的主人——工人階級，真是徹底的無產者！十五年吶，天天幹活就僅僅是為了活著，為了苟延人生！十五年不算長，可是我已由一個天真的小夥子變成了一個滿鬢皺紋，滿臉胡茬子的中年人，這條破棉被已由「三面新」變得如此破爛不堪，這就是十五年的歷史進程在這一席之地上留下的痕跡。然而作為人來說，我的變化是異常巨大的，十五年的社會大學學到了通常人所學不到的東西，懂得了人生的價值，找到了人生的真諦，成長為一個真正的人！

他慢慢地將被子伸平，疊起來，捆好，環視一下四周，一切變得似乎他既熟悉又陌生，他下一步行動就是去找沈冰，把這「風雲突變」告訴她，然後去車站買票，乘車，還鄉。古人為什麼只有「衣錦還鄉」之說，而沒有落難歸巢之歎呢？「少小離家老大回，鄉音無改鬢毛衰。」指的是否就是落難而歸的遊子呢？

他捆好被子往身上一背，心想自己一定很像個跑單幫的。他正要走出門去，腦子裡突然閃過一個念頭，我就這樣去找沈冰嗎？我能讓她為我痛苦與煩惱嗎？不行，不行，我決不忍心看到她的眼淚，我不能親手撕碎她的夢幻。這突來的一枝無情棒不應攥在我的手中朝她的頭上打啊，我應該現在就去火車站。啊，我就這樣走了，連個招呼也不打，不是太絕情了嗎？她大概已把晚飯做好，正等著我去吃呢，我就這樣離開這個城市，離開她，讓她怎麼承受得了啊？我還是應該先到她那去一下，無論如何得把這不幸的消息告訴她。可是告訴她除了讓她痛苦之外還有什麼用呢？我們的結合現在看來已是根本不可能的了，如果說在這以前的幾個小時還有可能，還有希望的話，那麼現在這希望是徹底破滅了。我被打回老家當農民了，香蓮這邊暫且勿論，同沈冰這樣一鄉一城，一工一農，天各一方的生活也是不可能的。我只會成為她的累贅，根本不可能給她帶來什麼幸福，她已經被我拖累得夠嗆的了，我決不能再往她那瘦弱的肩膀上壓包袱了。她還年輕，應該有自己的家，應該去享受那屬於她的幸福，我們都還有幾十年的人生之路擺在面前，各人尋求各自的歸宿吧。既然分離是不可免的，那麼還有什麼必要去再見她呢？不如就此一了百了，過去的一切就讓它永遠過去吧，過去的生活無論是光輝的還是暗淡的，那都已記在歷史的帳冊上，都已成為過去，只有未來才屬於自己，從現在起我又是農村人了，在老百姓這個行列裡我又被貶了一層。這十幾年的城市生活也確實過夠了，不是貪戀於未竟的事業，我早就離開這裡了。鄉裡人都想進城，可城市又有什麼好的，空氣污染，道路擁擠，空間狹窄，過個馬路都提心吊膽的，心中老有種壓抑感，精神時刻都繃得緊緊的。自古有言落葉歸根，我成了一片早衰的樹葉，不到落葉的季節就提前歸根了，誰能告訴我，這是為什麼？

想到這裡他最後心一橫，就決定不去見沈冰了。他拉開蓆子找出一張白紙，立即坐下來給沈冰寫信：

沈冰：

我第一句話就是請您饒恕我的無情，原諒我不辭而別。當您接到我的信後，大概我已行走在故鄉的小土路上了，那時我會遙望著一片藍天向您招手，向您微笑，向您告別，我們再見了。我將託輕風和白雲帶去我對您的美好祝願。

事情是這樣的，當我最後望一眼您那籠著輕紗般夢境的背影，毅然離開那座溫馨的小屋，一路風風火火地趕到廠裡上班時，迎接我的卻是當頭一棒。我彷彿夢遊似地見到幾個青面獠牙的傢伙朝我大喝一聲：『你被廠裡開除了！』接著他們舞起大棒便將我打昏在地，自此我像是真的到了陰間，陽間的事就一點也不知道了……我怕讓您難過，我怕您受不了如此沉重的打擊，我更怕我自己見到您不能自製而改變我的決定。所以我就不辭而別了，我再次請求您的原諒。我知道您收到這封信一定很痛苦，我現在就能想像出您那痛苦的表情，您那令人心碎腸斷的淚眼，還有您那熔金銷骨的愛火。我怕承受不了這一切，才這麼毅然離去。我知道您現在正在等我回去吃晚飯，知道您在等著我去上街剃頭洗澡，我多想再去看您一眼，多想待在您的身邊，多想再吻吻您那吐玉含香的櫻唇啊。可是我不能了，忘記我吧，沈冰。您的倩影將永遠銘刻在我的心中，您那小屋將永遠留著我的夢境，您是我今生唯一愛戀的人，今後我與香蓮無論是分開還是湊合著共守那墳墓一樣的家庭，我的心將永遠是屬於您的，無論我的肉體漂泊到何處，我的靈魂將永遠圍繞在您的身旁。我願用我的嘴唇去吻乾您的眼淚，我願用我的胸膛去作您的墊被，讓您那疲憊的心在那上面將息，如果您生氣，那我現在就跪在您的腳下，送上我熱辣辣的臉，請您打吧……

曾記否？我們在火車上相識，在圖書館邂逅，在護城河邊漫步，在白雨湖濱留影……圖書館門前的草坪上印滿我們的足跡；澄澈的白雨湖水攝下我們無數的倒影；田田的蓮葉間潛藏著我們甜美的歡聲笑語；巍峨的白雲山頭飄遊著我們的詩句……往事如在目前，扯也扯不去，拂也拂不開，如煙如霧，如絲如縷。可這一切畢竟都已成為過去，嚴酷的現實就擺在我的面前，我被開除了公職，如今這一席之地也不再屬於我了。我思量再三，只有回去，別無選擇。人生的路故然漫長，但緊要處常常只有幾步，特別是當人年輕的時候。我現在又到了一個人生的關節點，這一步邁下去將決定我的後半生，正同我進城來工作所邁出的一步決定了我的前半生一樣。您應該有更美好的生活，應該有更光輝的人生，不應該受我的拖累。除去我的騷擾，您將會生活得更好些。也許您對這話會生氣，但我可是由衷之言啊！

我猛然想到我們兩人的名字，您為什麼叫沈冰，我為什麼叫秋水？這難道不是天機的巧合？「冰，水為之而寒於水」，冰與水從形式上看是不可能同時存在的，有水就無冰，有冰就無水，而本質上說他們本來就是一體的，水即是冰，冰即是水。表面看來我們是分離的，實質上我們永遠是不可分的，您便是我，我便是您，多麼有意義的巧合啊。這是否是上帝有意識的安排？

放在您那裡的書籍、資料，您願留著看的就留著，不願留著的就寄給我，我老家的地址您是知道的。寫出的一些文稿就請您保管著，等有機會就拿出去發表，發表時署上您的名字就行了。我回家後肯定有更繁重的體力勞動，能否再繼續研究下去，我沒把握，不過我將盡力而為，我永遠也不會停止思考。「路漫漫其修遠兮，吾將上下而求索。」

千言萬語，萬語千言，訴不盡的繾綣情思，道不完的離愁別緒。「馬上琵琶關塞黑，更長門翠輦辭金闕。看燕燕，送歸妾。」

獻上一首小詩，以作最後道別：

兩顆流星在沉沉的夜空中匆匆劃過，

在他們接觸的短短瞬間，

燃起一股愛的烈火。
他們交臂而行，
他們舉翅高歌；
他們劃破黑暗，
他們呼嘯而過。
夜鶯在他們左右奔走囀啼，
微風在他們前後輾轉輕歌。
他們越過高山，
他們跨過平原，
他們飛過大江，
他們跳過大河。
他們痛苦，他們歡樂，
他們高亢，他們激越。
突然間，地動山搖，
天塌了，地陷了，
雷霆將他們劈開，

閃電把他們擊破。

他們卷在罡風中隕落，隕落，

他們夾在塵埃裡消磨，消磨……

他一口氣把信寫完，不禁淚如雨下，淚水一滴滴打在紙上，湮濕了紙背，字跡模糊。他立即用白紙疊了個信封，將信裝進去，又寫上地址，便裝進口袋裡。他掏出手帕拭幹淚水，又最後看一眼這棲息十幾年的居室，提起行李卷便離開宿舍。

天不知什麼時候已經黑了下來，萬里星空遙接著萬家燈火給這世間塗上一層夢幻般的色彩。他走到大料場上，仰望那直插夜空的大塔吊，環視一下那滿地銀光閃閃的塔材，不禁又掉下幾滴淚來。這裡有他十幾年來撒下的勞動汗水，留著他的足跡，也是他人生軌跡的重要之點。他仰天發出一聲長歎，「再見了，大料場；再見了，電建廠。」然後他猛轉身便離開這裡。

經過廠門口的時候，王師傅老遠就迎上來，安慰他說：「想開點，你還年輕，留有青山在，不愁沒柴燒。我們國家就是這麼個樣子，哪次運動不打下一大批人，等下一個浪子翻上來再給他們平反昭雪，許多大人物尚且不免，何況你一個小老百姓。」他說著就拉著張秋水的手使勁握了握。張秋水心中頓時感到無限的溫暖，這是他離開電建廠時碰到的唯一一位師傅。王師傅對他深表同情，再三囑咐他放寬心。他向王師傅連聲道謝，說聲再見，就走出了廠門。廠裡早已下班，人們都正在家裡圍坐在一起吃晚飯，除了王師傅，沒人看見他，沒人知道他就在這萬家燈火裡含悲飲恨地離開電建廠。

出了廠門口，他一折身又拐進了「流芳園」，他對這塊地方有著一種特殊的感情，一進到這裡他就忘記了塵世間的紛攘，忘記了世間的煩惱，彷彿進入一個童話般的境界裡。河水仍是那麼嘩嘩的流淌著，對面的樹林仍是那麼蒼蔥蓊鬱，芳草照舊發出一股股沁人的清香，花枝像往常一樣向他搖首含嫣……這裡的一切並不因為他受到處分而改變對他的態度，這裡與世態的炎涼真是大相徑庭，這裡的一切都令他十分留戀。然而他不能再待在這裡讀書了，他就要告別這裡了。他心中不能不有一種悲涼，一股惆悵，一腔憤懣。他踏著草徑，繞「流芳園」漫步一圈，最後又站在河沿抬眼遙望，一泓清水在星光下熠熠的泛著灰白的光。他又回頭望一眼伏在他腳下的那叢野玫瑰，然後繞過她們又折下一竿青竹，心中發出一聲低沉的呼喚，「再見了，流芳園；再見了，花草樹木們。」他深深地吸了一口那帶露的清新空氣，一轉身便邁開大步離開這裡。

4

他離開電建廠，沒有馬上去乘公共汽車，而是獨自一個人慢慢地在馬路上行走。他記得他來這個城市的時候也是這麼獨自一人背個行李卷走來的，現在又獨自一人在這夜幕籠罩裡，在這華燈初放時離去。那時，他腳踏在這寬闊的馬路上，望著這魚貫而行的車流人流，心中激蕩著豪邁的進行曲，一切都令他驚歎，令他興奮。而今他漫步在這馬路上，周圍的一切都已沒有吸引力了，那高大的建築物，那變幻莫測的霓虹燈，還有那飄揚在空中的流行歌曲匯聚在他的心中，形成一曲沉鬱哀惋的悲歌。習習的晚風翻卷著他的鬢髮，暮靄寒煙纏繞著他的思緒，時近中秋，白天雖然還很熱，夜晚便涼了下來。月上東山，秋蟲噥噥，寒蟬泣露，更使他惆悵悱惻，思緒綿邈。

他走著，走著，一抬頭，不覺來到了沈冰的學校門口。他不禁心裡一驚，我怎麼會來到這裡？真是神使鬼差！他站在學校門口，望著那個大木牌子舉步不定。現在他同沈冰已近在舉目之間，他站在這裡就能看到那間小屋裡的燈光，只要他跨過這個門坎，便很快就能見到她，去醉享她的溫馨與柔情。大丈夫當斷即斷，決不能兒女情長，既然決定了的事，就無需再去改變。見了沈冰，讓她痛苦一場，最後還是得分手，何必呢。我不能再去撩撥她了，讓她在夢幻中多停留些時光吧。讓她就此痛恨我，把我永遠忘掉吧。想到這裡，他面對大鐵門發出一聲慨歎，「真是咫尺天涯」！隨即他便轉身離去，走了幾步不禁又回頭望一眼那隱約可見的小屋和那小屋裡透出的一股迷濛的光芒。「再見了，沈冰，我衷心祝願您幸福快樂。」他這才扭頭匆匆離去。

市區裡今夜特別熱鬧，橋頭、路口、街心巷尾到處都擠滿了人。迎國慶的標語高懸在空中，在彩燈的輝映下，顯得格外耀眼。遠處的高樓大廈燈火輝煌與星空遙接；近前的霓虹燈閃爍跳動，光怪陸離；路旁的梧桐樹上都扯上了紅綢，布上了彩帶，配上了燈光，火樹銀花，一派太平盛世，歌舞昇平。這是中華人民共和國成立四十周年大慶。誰能相信，就在這片土地上，幾個月前曾有過一場腥風血雨；誰能想到中國還背著上千億的外債和每年幾百億的財政赤字。在這普天同慶的時刻，誰能相信他張秋水這樣的青年會被趕出這個城市，打回老家去。

他無心觀看街上那扎眼的繁花，也無心去聽那蒙汗藥一樣的笙歌。他徑直來到郵局將寫給沈冰的信寄出，然後就大踏步朝火車站走去。

他來到車站，離開車時間還有兩個多小時，這期間他沒什麼事可幹，就在候車室裡默然靜坐。今天他感到了時間的難捱，感到了孤獨與寂寞，時間似乎被凝固在這一片清冷的氣氛中，每一分鐘比過去的一年都難熬。候車室裡的大屏幕電視機正在播放北京迎國慶茶話會的實況。一開始照例是長時間的領導人講話，他聽了幾分鐘頭皮都麻，音量放得很大，似乎是硬往他耳朵裡塞。他於是就又走出候車室，來到車站廣場上。隨著幾聲炮響，空中便紛紛飄下簇簇花團，原來今天還有煙火啊。繽紛的花團，飄搖的落英，耀目的彩球與火樹撒向江河大地，這無疑是在悼祭那些死難的英靈……

他呆呆地在車站廣場上站了一會，就又轉身往候車室走，他胸中總像揣個什麼東西，坐也不是，站也不是。他剛走兩步，便聽到一聲尖利的高喊從背後傳來，「秋水——」他猛轉過身來，一下子驚呆了，原來是沈冰。在他驚喜的一剎那，沈冰便一頭撲到了他的懷裡，捶打著他的肩膀，哭訴著：「秋水，你可不能走啊，你可不能丟下我啊，我一刻都不能沒有你，你走了我也不想活了，我說什麼也不能讓你離開我啊……」她紮在他的懷裡，嗚嗚咽咽的哭泣著。「你就這樣走了嗎？連個招呼也不打。我還等著你回去吃晚飯呢，你的心可真狠啊……」

「沈冰，你冷靜點，你聽我說……」一時間他肝腸寸斷，淚水嘩嘩往下淌，滿腹的話都塞在胸腔裡，竟然一個字也吐不出來。

「你什麼也不要說，我到你廠裡去過了，看門的王師傅把一切都告訴我了……我把晚飯做好後，左等右等總不見你回來，我心裡等得跳急，老怕你出什麼岔事。我知道你身體很虛弱，怕你出什麼問題，可我怎麼也沒想到會出這麼大的變故啊。更沒想到你會不辭而別，就這麼離開我。你太不近人情了，你辜負了我的一片赤心啊……」

她一邊哽咽著一邊扳住他的肩頭沒命地搖。「我知道去你家鄉的那班車還有幾個小時才能開，所以我就立即趕來了。走，跟我回去，你什麼也不要說。」她說著，用手背抹一把眼淚，拉著他的胳膊就走。

「不，沈冰，你……我反正是要走的，在這裡我已注銷了戶口，沒有資格留在這裡了。」

「我都想過了，我一個人的工資也夠我們吃飯的了，這樣你可以一心一意地寫你的文章，豈不更好嗎？」她不容分說，奪過他手裡的行李卷就朝前面走了。他一時間無可奈何，只得跟隨著她往回走。他知道這時候，無論說什麼，沈冰都是聽不進去的。

「我說過我有一個計劃暫時不告訴你，你還記得嗎？現在看來不能不告訴你了，我正在設法托人辦出國手續。我有個姑母，你知道的，她是幾年前去的美國，她早就答應作我們的經濟擔保人，現在就差這邊的手續了。搞好了，我們一起遠走高飛，走得越遠越好，再也不要回來。」她扭過頭來，淚目汪汪地望著他說。

「出國當然好，可是我研究的問題是不能脫離我們的祖國和人民的啊。我曾立誓要為我們中華民族的重新崛起而奮鬥終生，我不能半路退卻，遇難而逃啊。再者我目前肯定還是公安部門監視的對象，他們怎麼會批准我出國呢？」

「你啊，你，你這人讓我說什麼好呢，真是一頭撞到南牆上都不知道拐彎。你空有一腔報國之志，誰能理解你？空有一身補天之才，又有什麼用？『眾女嫉余之蛾眉兮，謠諑謂余以善淫。荃不察余之中情兮，反信讒而齎怒』。你已碰得頭破血流，難道至今還沒明白過來嗎？至於護照你不用擔心，花錢托人找關係就是了。」

「我相信我們的社會很快就會出現生機，沉默是暫時的，歷史的車輪決不允許倒轉。在這樣的民族危難之際，我更不應該逃之夭夭。」

「這麼說，我花這麼大的勁辦出國，是白費力氣了！」她氣得滿臉通紅，淚水在眼圈裡打著旋。「你回農村就等於毀了你自己，一天到晚幹活累得要死，肚子都搞不飽，還要受多方面的欺壓，你還能幹什麼事業？我決不答應讓你回農村，決不答應，你聽見了嗎？就是不出國，我也要你待在這裡，為了你，也為了我，為了你的未竟事業，你懂嗎？」她滿臉怒容朝他大吼，執拗地夾著他的行李卷頭也不回地朝前走。

他歎口氣，只得緊緊地跟在她的後邊。街上的人很多，到處擾擾攘攘的。燦爛的煙花灼燎著兩顆破碎的心，彌漫的硝煙像濃霧一樣夾裹著他們，他們踏著沉重的步子前行，誰也沒再說一句話……

一聲驚雷將他的思緒打斷，他從漫漫的回憶中清醒過來，抬頭一看，一大塊烏雲正從西邊天際壓過來，大口大口地吞噬著一片片藍天和白雲，一場大雷雨已孕育成熟，眼看就要降臨。

他加快步伐朝前行，大溶河已隱約可見，很快就要到家了。一聲炸雷「啰嚓」一聲在他的頭頂上炸開，接著一股狂風掠地而來，卷起無邊的塵土，一時間天昏地暗，飛砂走石。狂風搖曳著路旁的莊稼，高粱東倒西歪，玉米翻卷著濤濤綠浪，知了停止了嘶鳴，鳥雀止息了啼囀。一道閃電撕開頭上的烏雲，又一聲炸雷，豆大的雨點便劈頭蓋臉地潑下來。緊接著又是一道閃電，霹靂一聲，傾盆大雨便嘩啦一下倒下來。狂風將雨水扯成白霧，一團團在空中飄灑。他一下子就變成了落湯雞，通身往下淋水。頂頭風噎得他喘不過氣來，每走一步都要拼盡全身的力量，猛一股狂風吹得他站立不穩，腳下一滑便跌趴在泥水裡。他感到頭有些發懵，嗓子像火烤一樣的痛，他掙扎著從地上爬起來，沒走幾步又跌了下去。他再也無力爬起來了，身上軟癱似的像散了架。他就趴在泥地上用手接著一捧捧的雨水往嘴裡倒。突然，他的眼前一閃，他好像又看到沈冰正朝他奔來……

他在沈冰那溫柔的小天地裡待了個把星期就再也待不下去了。他感到他已成了沈冰的累贅，一個七尺男兒整天在家裡坐著吃閒飯，靠情人養活著，這算什麼男子漢！他的自尊心怎麼也承受不了這樣的壓力。儘管沈冰對他是那般的溫柔體貼，他還是不能這樣被長期裝在籠子裡，儘管沈冰對他更加關懷與愛憐，他還是不願老躺在溫床上消磨自己的銳氣。他的自尊自強之氣以及他那勇敢頑強的個性，決定了他只能在風雨中搏擊，在烈火中騰躍，決不能醉臥於這樣的溫柔之鄉。那天，他早早地把晚飯燒好，又把房間收拾整齊，趁沈冰到教委開會尚未回來，他匆匆給她留個字條就溜掉了。他一口氣跑到了火車站，買張車票就隨正在檢票進站的旅客上了車。儘管這趟車不能直達，但他為了儘快地離開，怕沈冰再來找他，就毫不猶豫地搭了這班車，他寧願中途換車，也得馬上離開這裡。當列車長鳴一聲，就要啟動的時候，沈冰還是飛奔著趕來了。他立即打開車窗將胳膊伸出來朝她揮舞，她一眼看見了他，便沒命地朝他奔跑。她一邊跑一邊喊：「秋水，你不能走啊——你等一下，我要跟你去——」汽笛又一聲吼叫將她的呼叫扯斷，接著火車便嘭嗵嘭嗵的開動了。她緊跟著火車猛跑，很快便被甩在了後面。淚水迷濛了他的眼睛，他站在車窗下久久地凝望著……

這天正好是十月八號，記得十五年前，也是十月八號，是他到電建廠第一天上班，十五年後的今天他終於又離開這座城市，告別了電建廠。歷史在他的身上劃了一個大圓圈，他像螞蟻似的沿著托在別人手裡的皮球不遺餘力地爬了一圈，現在又回到了原點……

他再次睜開眼睛，猛一使勁從泥水裡爬起來，一個熟悉而又陌生的身影出現在他的面前，只見她的髮辮被風掀起，雨水順著鬢角往下流，渾身水淋淋的，衣服緊裹著肉體，手裡的小黑傘隨她一起在風雨中飄搖。啊，是香蓮！看到她，他的心一陣痙攣。她又一次在他就要不行的時候來到他跟前，顯然她是來接他的。她猛跑幾步來到他跟前，立即將一件軍用雨衣披在他的身上，同時又將那小黑傘罩在他頭上，而她自己卻泡在雨水中。她在村口老遠看到一個人行走在風雨中，看到他倒下去。她趕忙找件雨衣就往這跑，來到跟前才認出他就是秋水，心裡別提多難過了。

「啊，是你，香蓮！」他喉頭梗塞，淚水在眼裡打了幾轉，終於和著雨水一齊順腮幫淌了下來。

「你呀，你，我說你又該說你了，回來怎麼不先來個信，俺好到城裡去接你。看你淋成個啥樣了，不病一場才怪呢。」她說著一把便取過他身上的行李背在自己身上，滿懷疼愛地望他一眼，抹抹他額上的雨水，然後拉過他的一隻胳膊放在自己的肩上，口裡喃喃一句：「真讓人心疼死了。」又嗔怪地瞪了他一眼，隨即用自己的一隻胳膊攬著他的腰一步一滑地朝前走。張秋水嘴唇抖動幾下，卻終於一句話也沒說出來。當他接觸到她的目光時，便立即慚愧地低下頭去，心上像被猛地抽了幾鞭。她的目光是那樣的悽楚而含情，同時又迸射出久久壓抑在胸中的火燄，烤得他心裡更加疼痛。

他們在風雨中一步步前行，在泥水裡一點點往前挪，誰都有千言萬語，可誰都沒再說一句話，誰都有滿腔的苦情愁緒，可一切都被這暴風雨撕碎。只有那淒淒的風雨和嘩嘩流淌的大溶河水在聆聽著他們的心聲，話解著他們胸中奔流的無聲語言……

（第二部完）

釀小說71　PC0502

火餤二部曲
──一九八〇年代的中國青年趕潮小說

作　　者　李三一
責任編輯　陳思佑
圖文排版　周好靜
封面設計　楊廣榕

出版策劃　釀出版
製作發行　秀威資訊科技股份有限公司
114 台北市內湖區瑞光路76巷65號1樓
電話：+886-2-2796-3638　傳真：+886-2-2796-1377
服務信箱：service@showwe.com.tw
http://www.showwe.com.tw
郵政劃撥　19563868　戶名：秀威資訊科技股份有限公司
展售門市　國家書店【松江門市】
104 台北市中山區松江路209號1樓
電話：+886-2-2518-0207　傳真：+886-2-2518-0778
網路訂購　秀威網路書店：http://www.bodbooks.com.tw
國家網路書店：http://www.govbooks.com.tw
法律顧問　毛國樑　律師
總 經 銷　聯合發行股份有限公司
231新北市新店區寶橋路235巷6弄6號4F
電話：+886-2-2917-8022　傳真：+886-2-2915-6275

出版日期　2015年10月　BOD一版
定　　價　310元

國家圖書館出版品預行編目

火燄二部曲：一九八〇年代的中國青年趕潮小說 / 李三一著. -- 一版. -- 臺北市：釀出版, 2015.10
面； 公分. -- (釀小說；71)
BOD版
ISBN 978-986-445-047-3(平裝)

857.7 104016683

讀者回函卡

感謝您購買本書，為提升服務品質，請填妥以下資料，將讀者回函卡直接寄回或傳真本公司，收到您的寶貴意見後，我們會收藏記錄及檢討，謝謝！

如您需要了解本公司最新出版書目、購書優惠或企劃活動，歡迎您上網查詢或下載相關資料：http:// www.showwe.com.tw

您購買的書名：________________________

出生日期：________年________月________日

學歷：□高中（含）以下　□大專　□研究所（含）以上

職業：□製造業　□金融業　□資訊業　□軍警　□傳播業　□自由業

□服務業　□公務員　□教職　□學生　□家管　□其它_____

購書地點：□網路書店　□實體書店　□書展　□郵購　□贈閱　□其他

您從何得知本書的消息？

□網路書店　□實體書店　□網路搜尋　□電子報　□書訊　□雜誌

□傳播媒體　□親友推薦　□網站推薦　□部落格　□其他__________

您對本書的評價：（請填代號　1.非常滿意　2.滿意　3.尚可　4.再改進）

封面設計____　版面編排____　內容____　文／譯筆____　價格____

讀完書後您覺得：

□很有收穫　□有收穫　□收穫不多　□沒收穫

對我們的建議：________________________

____

____

____

請貼
郵票

11466
台北市內湖區瑞光路 76 巷 65 號 1 樓
秀威資訊科技股份有限公司 收
BOD 數位出版事業部

(請沿線對折寄回，謝謝！)

姓　　名：____________　年齡：________　性別：□女　□男

郵遞區號：□□□□□

地　　址：____________________

聯絡電話：(日)____________　(夜)____________

E-mail：____________________